U0732531

浙江教育出版社·杭州

图书在版编目(CIP)数据

星演者 / (英)朱迪·加尼什著；(英)内森·柯林斯绘；徐娅群译. -- 杭州：浙江教育出版社，2024.8
(追梦剧场；1)
ISBN 978-7-5722-7991-1

Ⅰ.①星… Ⅱ.①朱… ②内… ③徐… Ⅲ.①儿童小说—长篇小说—英国—现代 Ⅳ.①I561.84

中国国家版本馆CIP数据核字(2024)第105218号

浙江省版权局著作权合同登记号 图字：11-2024-093号

Text copyright © Jodie Garnish, 2022
Published by arrangement with Madeleine Milburn Literary, TV & Film Agency, through The Grayhawk Agency Ltd.
Inside artwork reproduced by permission of Usborne Publishing Limited
Copyright © Usborne Publishing Limited, 2022
Cover illustration, map and chapter head illustrations by Nathan Collins © Usborne Publishing, 2022

追梦剧场1 星演者
ZHUIMENG JUCHANG1 XING YAN ZHE
[英]朱迪·加尼什 著　[英]内森·柯林斯 绘　徐娅群 译

责任编辑	赵清刚
特约编辑	田　颖
美术编辑	韩　波
责任校对	马立改
责任印务	时小娟
特约监制	王秀荣
封面设计	路丽佳
封面绘制	王　卓
版式设计	宋祥瑜
出版发行	浙江教育出版社
	地址：杭州市环城北路177号
	邮编：310005
	电话：0571-88900883
	邮箱：dywh@xdf.cn
印　　刷	三河市百盛印装有限公司
开　　本	880mm×1230mm　1/32
成品尺寸	145mm×210mm
印　　张	12
字　　数	187 000
版　　次	2024年8月第1版
印　　次	2024年8月第1次印刷
标准书号	ISBN 978-7-5722-7991-1
定　　价	45.00元

献给我的家人

目 录

序章
一次最大胆的逃跑

作为一辆归政府所有的机车，这辆有轨电车本不该在陡峭的山坡上狂奔。它一路沿着生锈的轨道发出咔嚓咔嚓的声响，惊坏了几只毫无防备的绵羊。而且，它也不该由三个在逃的叛乱分子驾驶，更何况他们没有任何的驾驶经验。在三人的脚边放着一个背包，里面充满神秘的光亮。

"我们就不能开得再快一点吗？"顶着一头黑色长辫的男人对着驾驶室内的另外两个人说道，"拉希莉？"

娜迪亚·拉希莉是个黑头发的女人，目光敏锐，听到这话不禁皱起了眉头。"我来给你提个醒，我们偷来的可是一辆八节车厢的有轨电车，正在努力地开上一个非常陡峭的山坡，"她怒气冲天，"我们当然会尽可能快地把车开上去，不过也欢迎你下去亲手推一把这堆废铜烂铁。"

名叫摩根·弗莱彻的男人咬了咬嘴唇。他长得人高马大，穿着一件宝蓝色的外套配一双黑色的皮靴。"我们需要更多的光，"他自言自语道，接着又冲第三个人高声叫了起来，"罗珀！我们需要更多的光！"

乔治娜·罗珀是个矮个子女人，留着一头金色的鬈发。她点了点头，一把拉开脚旁的背包翻找起来。她扔出一把口琴、一个唱着歌的饼干罐和一本名为《在音乐剧场使用星尘的 101 种方法》的厚书，然后拿出了一个独立密封的罐子。长长的、闪闪发光的卷须在罐子里轻柔地摇曳着，散发出银色的光。

"只剩这些了吗？"弗莱彻不敢相信地望着罐子。

"是的。"罗珀确认道。

在他们身后，有个声音在他们飞驰而过的群山间此起彼伏地回荡着，离他们很近很近。那是电喇叭正在发出警告。

13 路有轨电车，停下。接日不照省部长的命令，立刻停下。

驾驶室内所有人的眼睛都望向了窗外，一串闪着光的黑色雪橇正在他们身后疾驰，毛色油亮的猎犬拉着雪橇，每一秒都在全力追赶他们。

"弗莱彻，"罗珀扫了眼前面喷着银色火星的引擎，急切地说，"我们还有星耀，可以用它。"

"开什么玩笑？"拉希莉嘘道，"那太危险了！"

回忆起自己打包星耀那会儿，弗莱彻微微打了个寒战。和他眼前罐子里温和闪动的星光不同，星耀嗡鸣不止，剧烈地振动着。为了防止它把电车晃散架，他不得不用好几层布把它包住，甚至连他的羊毛衫都用上了。

"我们别无选择，"罗珀坚持道，"只有这东西能让我们活着逃走！"

弗莱彻再次回头看了看雪橇。他是策划这次逃跑行动的反叛首领，一切都是他的主意。他有责任保护所有人的安全。

"弗莱彻，别犯傻，"拉希莉说道，"我们只可以用星尘和星光这些被允许使用的星物质。星耀是被明令禁止的，我们不知道用了它会发生什么！"

"可我们都心知肚明如果被他们抓住的话会怎样，"罗珀指向后面的雪橇，"我宁愿冒险去用星耀。"

弗莱彻伸手示意她们安静。他深吸了一口气，说道：

"去把星耀拿来。"

罗珀点了点头，又在背包里找了起来。这一次，她取出的罐子上贴着一个标签。

星耀

易爆炸、不稳定、极其危险，

仅限紧急情况下使用

敬请知悉，麦卡宾斯。

罗珀将它拿到车头处。

弗莱彻将双手按在额头，无声地请求着。"它必须管用，"他想，"一定要管用啊，拜托了。"他背靠在隔开驾驶室和其他车厢的那扇门上，闭上了双眼。

他不知道的是，在门的另一边，两个小朋友正全神贯注地进行着一场同样重要的谈话，他们一脸严肃地小声讨论着。小女孩的名字叫哈珀·伍尔夫，只见她果断地点了点头。

"肯定是戈林沃特先生。"她说道。

她身边那个蓝头发的小男孩哼了一声，说道："才不是呢！我们先前转弯时，他眼睛都没眨一下。是哈蒂·德怀特，她看起来脸都绿了。"

"你忘记了一件很重要的事。"

"什么事？"

"戈林沃特先生在晚饭时吃了两份豆子呢，"哈珀自信地点了点头，"肯定更容易胀气想吐。"她打开膝盖上的书，小心翼翼地写下赌约：

哈珀·伍尔夫：戈林沃特先生

特里克·托雷斯：哈蒂·德怀特

获胜者将得到七个巧克力梅子。

在他们身后，也有一个电喇叭呼啸起来，命令他们在逃跑的路上在自己的座位上坐好。但是没人服从这个指令，所有人都挤在车窗前看窗外闪过的群山，还伸长脖子去看身后疾速追赶着的黑色雪橇。

"如果我们被他们抓到了会怎样？"哈珀小声问特里克。

"弗莱彻说我们还是不知道为好。"特里克回答道。

哈珀用手指绕起一绺铜红色的头发，说道："我不明白，他们为什么就不能放过我们呢？"

"停下！停下！"那震耳的声音再次响起。

"我觉得他们需要喝上一杯茶。"特里克给出建议。他对茶的治愈力深信不疑。

哈珀闭上双眼，试图假装自己并不是坐在一辆偷来的电车上，也没有被日不照省的警方穷追不舍。她回忆着家乡的样子：那是日不照省最大也最邋遢的城市，冒烟城。她在脑海中认真描绘着自己长大的镇子：那里霓虹璀璨，剧场和音乐厅星罗棋布，街上弥漫着奶油爆米花和烤坚果的香气。她几乎可以听见领座员竭力吸引人们走进剧场的声音……

艾德里安娜·菲里普斯——她能唱出一场暴风雨！是的，你没听错——当她唱到那些剧烈的曲调时会出现电闪雷鸣！"溅水区"座位半价，提供免费雨衣。

由完全非皇家剧团演出的《迷失在丛林》，给你沉浸式戏剧体验——观剧时你周围的剧场会变成活生生的丛林！身临其境，风险自担，被老虎咬到概不赔偿。

一演一整晚，仅演这一晚！巴斯特·杨和他的影子——全镇最棒的喜剧二人组！票价优惠，每张六波币！

哈珀的回忆被电车突然摇晃而产生的剧烈震动所打断。驾驶室内爆发出刺眼的亮光。当聚在窗边的人群发出胜利的欢呼时，哈珀和特里克从门边一下子猛地被甩开。他俩互相看了一眼，赶紧跑过去用手肘支开人群，向窗外看去。

看到窗外的景象时，哈珀感觉有些反胃。山峦以令人眩目的速度一闪而逝。在扭曲的景象中，她看到警察的雪橇从视野中快速地消失，变得只有一排小黑点大，根本追不上他们现在移动的速度。

"三……二……一……太好了！"看到哈蒂·德怀特

转身跑到角落并一下子吐得满地都是时，特里克高兴地举起了双手。

"什么？"哈珀大叫道。此时，戈林沃特先生正纹丝不动地看着窗外。

"我赢了！"特里克欢呼道，"七个巧克力梅子哟！"

哈珀怒气冲冲地说："好啊，那等你得了蛀牙，牙齿全都掉光了可别怨我。"

特里克眨了眨眼睛，说道："才不会呢。"

"我们走着瞧！"哈珀咕哝道。

"喂，你们两个小家伙，安静！"一位靠在窗边的老人皱起了眉头。"我都听不清广播了！"说完他调大了音量，广播员的声音在一号车厢里回荡起来。

近期，在日不照省发生了几起重大安全漏洞事件，下面为大家播送最新进展。事件中涉及的人员被称作"星演者"，他们被列为具有"特殊表演才能"的种类。自从上世纪末首次出现以来，星演者的数量不断增长，他们的大型社区遍布整个日不照省。在冒烟城，星演者更是像潮水一样，迅猛地聚集于城市郊区的剧场镇。这些年来，我们伟大的部长仁慈地允许星演者们安稳地练习他们的技能。但是，他们的力量呈几何级数地增长，这也导致在去年，部长不得不遗憾地将他们定为六级危险族群……

"危险族群？！"老人惊呼道，"就好像我们都不算是人了！"

"就因为我们的'特殊表演才能'？"另一个声音嘟哝道，"他觉得我们要做什么？组织一场踢踏舞革命吗？还是跳着插秧舞步把他直接赶下台？"

"你们看，他们就是这样让人们互相反目的。"老人郁闷地说。

哈珀垂下双眼。回忆起部长突然对星演者采取的宵禁、限制等行动，还有昔日友善的邻居们脸上那怀疑的表情，都让人愉快不起来。

今天上午，发生了一系列有计划的反叛行动。遍布在日不照省的星演者们劫持了多种公共交通工具，从冒烟城的通勤有轨电车，到克拉格岛部长私人所有的逗弄海龟的潜水艇。据市民称，场面一片混乱，他们被星演者"竭力说服"下车……

听到这儿，老人哈哈大笑，说道："还记得那个牵着几只贵宾犬的女人吗？我们让她下车时，她脸上的表情真是太滑稽了！"

"她还朝我扔了一只呢！"一位女士义愤填膺道，"就是字面意思，她竟然向我扔了一只贵宾犬。"

被偷窃的车辆径直朝北方开去，目的地尚未明了。截至报道时，部长派出的警力仍在展开追捕……

"不用担心，孩子们，"注意到哈珀脸上焦虑的表情，老人开口说道，"我们也不是第一个遭遇到这种事情的。日不照省骨子里压根就容不下魔法。他们在几个世纪前就赶走了巫师、小仙子、小妖怪和地下精灵，迟早也会这样对我们。不过你们知道魔法人士们被赶走后都到哪里去了吗？"老人眨了眨眼，"他们穿过了重重门关，去到了没人能找到他们的地方。"

当提到门关时，哈珀打了个冷战。在六岁那年，他们还没参与到叛逆计划中，但她和特里克已经偷听到了足够多的谈话内容，其中的要点便是：一连串的秘密门关通往一片隐藏之地——魔法者的避难处。日期已经定好了：星演者们将在某一天穿越日不照省，从门关逃走。他们带上所有能带的家当登上了有轨电车，避开所有紧追不舍的猎犬，专心翻越山峰。哈珀不愿去想，如果他们失败了会怎样。

为了让自己分心，她又把注意力转回到了戈林沃特先生身上。他仍然站立在窗前，看起来有些憔悴……

"呵，看你一脸神神秘秘的样子，又在打什么主意？"特里克问道。

"我们再打一次赌吧，"哈珀提议道，"要么翻倍要么一无所有！"

特里克还没来得及回答，一号车厢和驾驶室之间的门打开了。他们的首领，同时也是特里克的叔叔弗莱彻大步走了出来。

"各位，我理解这是个令人既兴奋又紧张的时刻。然而，我们即将抵达门关，所以我请求你们每个人都回到自己的座位上，直到我们安全通过。"

哈珀不乐意地咕哝起来。她的座位在父母旁边，她得一路返回到八号车厢，也就是有轨电车的最后一节，然后再以最快的速度偷偷溜回来。毕竟，当你即将第一次看到新世界时，你会希望最好的朋友在自己身边。

"我们必须这么做吗？"她努力扮出自己最讨人喜欢的样子抬头看向弗莱彻，想哄他松口。"你的脸怎么了？你看上去就像充了气似的。"身边的特里克小声道。

"等到了门关另一边就没事了，"弗莱彻向她保证道，"特里克，你也回自己的座位去。"

特里克翻了个白眼，跳回到座位。就在他坐下时，突然微微一晃，一个踉跄伸手扶住了墙。

"你没事吧？"哈珀皱起了眉头。

"就是感觉有点晕。"特里克眨了眨眼。

"难道你也要吐，不会吧？"哈珀问道，"那可不能算在我们的赌约里。"

特里克晃了晃，然后笑着对哈珀说："我没事，那咱们就等到了门关那边再见吧！"

哈珀出发了，她小心翼翼避开地板上的呕吐物，一路沿着长长的通道，终于回到了第八节车厢。当她走进车厢时，爸爸扫了她一眼，说道："去玩打赌游戏了？"

"是的，"哈珀叹了口气，"特里克赢了。"

"哈珀，来看这个！"妈妈朝她招了招手。妈妈把哈珀抱起来，方便她往窗外看。只见，前方的地平线上有道蓝色的光在闪烁。

"那是门关！我们做到了！"爸爸在空中挥舞双拳。

哈珀的爸爸是位星演者音乐家。他和他的乐队用注入了星尘的乐器进行演奏，他们给大家带去了欢乐，让听众真的开心到飘起来。哈珀在乐队的某场音乐会上就亲眼看见过，一位老婆婆不仅从她的座位上飘了起来，还在半空中跳了一曲活泼欢快的二步舞呢。哈珀的妈妈则不同，她不是星演者，是一位机修师——但如果有谁建议她不要和她的丈夫、孩子一起逃跑的话，她一定会给他们的鼻子结实地来上一下。

在接近蓝色的光时，有轨电车加快了速度。可就在这时，哈珀突然感到有些奇怪：她脚下传出沉闷的声响，就好像有什么东西掉下去了似的。

"怎么回事？"她问道。

妈妈皱起了眉头。"我不知道，"她说，"迈克尔……"

她没说完的话被淹没在巨大的震动中。电车整个儿倾向了一边，所有人都摔倒在墙上。哈珀猜想第一节车厢肯定正在通过门关。顷刻间，所有的东西都因为受阻而发出刺耳的声响，人们也都尖叫起来，一道奇怪的蓝光似乎将他们全都笼罩了。随后，伴着一声巨响，下面似乎有什么东西松开了。哈珀看向窗外，她惊恐地发现，他们这节车厢仍在飞快地移动着，只不过是后退！车厢正在与电车脱离，而电车此时正在加速穿过蓝色的光。

"发生了什么？这是怎么回事？"哈珀尖叫道。爸爸一把抓住她，将她从窗口拉开。就在此时，一个颤抖的窗框突然掉落，碎开的玻璃在车厢内飞溅开来。

"哈珀，抓紧！"爸爸叫道。

空中传来金属发出的尖锐声响，哈珀在意识模糊间感觉到一阵碰撞，随后她被弹飞了出去，一切都陷入了黑暗之中。

当天夜里晚些时候，弗莱彻坐在驾驶位上，凝视着窗外。他们把电车停在了一大片闪闪发光的树木旁。弗莱彻

思索着，到底树叶是蓝色的，还是自己有些累过头了？大部分的星演者已经投入到工作中，他们收集着星尘用来补充库存并为改装电车制订起计划来。

无论从哪点来看，这一天都比他们想像的要更成功。弗莱彻已经收到了从其他被劫持交通工具那里发来的信息——克拉格岛的星演者开着逗弄海龟的潜水艇穿过了瀑布后面的门关，与此同时，那些位于南方海滨城市的星演者征用了一艘飞艇，并且已经穿过了隐藏在暴风云后面的门关。他们全都平安无事地抵达了隐峰，许多比他们还早的魔法者都是到这里避难的。

然而，弗莱彻却无法将注意力集中在这些事上。他坐在那里，手里拿着杯蜂蜜水，当他慢慢晃动杯里的水时，有一个声音在他脑海里回响："我失败了。我辜负了他们。"

他不知道第八节车厢发生了什么事。要是有任何迹象表明那节车厢出了故障，并且即将脱离开来的话……可穿越时实在太嘈杂、太混乱了，直到他们穿越到门关的另一边，大家跑出车厢后，才发现整个一节车厢以及车厢里的四家人，都在穿越时不见了。

突然，弗莱彻脚边破旧的烤面包机里传出一股烟味。他满怀期待地望过去，过了一会儿，从机器里吐出了一张纸。弗莱彻抓起那张纸扫了一眼，随即冲着大门叫起来。

"拉希莉！"

拉希莉将头探进驾驶室。"怎么了？"

"我刚刚收到了斯普拉格一家的消息——他们找到了门关，已经在路上了。"

拉希莉立刻采取行动。"好的。我安排独木舟去接他们。"她掏出一本笔记本并快速翻阅起来。"现在，麦卡宾斯家和鲁伊斯家都已经成功穿越了，斯普拉格家正出发去穿越……现在就剩伍尔夫家了。"

弗莱彻皱起了眉头，问道："还是没有任何关于他们的消息吗？"

拉希莉摇了摇头。"没有。他们家的妈妈不是星演者……说实话，我有点担心他们。"

"好吧，继续寻找。"弗莱彻揉了揉眼睛，"我应该去和特里克聊一下，他和伍尔夫家那个小姑娘哈珀是好朋友……"

"他出去了，"拉希莉说道，"还是再给他一点时间吧。会没事的，首领。我们会找到伍尔夫一家的。一旦找到他们，就能着手实施改装电车的计划了！"

"听上去不错。"弗莱彻打了个大大的哈欠。

"去睡一会儿吧，弗莱彻，"拉希莉坚持道，"这可真是忙乱的一天。"

"那我去打个五分钟的盹。"弗莱彻答应道，他的眼皮已经耷了下来，"一旦有任何关于伍尔夫家的消息，马上叫醒我。"

"我会的，"拉希莉点头道，"有消息马上叫你。"

弗莱彻睡醒时，伍尔夫一家并没有到达。此时已是午夜时分，星星开始纷纷坠落。

第一章
爆炸的贮藏室

五年后。

这一天，和冒烟城寻常的九月下午并没有什么不同。天上下着毛毛雨，很冷，自行车、雪橇和有轨电车挤满了街道，车主们显然在较量着谁的嗓门最大，所以这吵闹声简直大到要命。纷纷的雨水仿佛织出了一道帘幕，高耸的烟囱里喷出一团团暗紫色的烟雾，这座城也因此得名。

在这个无比寻常的日子，哈珀·伍尔夫沿着街道匆匆地走向电车车站，手中紧握着一把红色雨伞，仿佛抓着一根救命稻草似的。

看到要搭乘的电车后，哈珀加快了脚步，在蹚过一个水坑时不小心溅起了泥水，遭到了路人的一顿白眼。电车缓缓停下后，哈珀一跃而上，在车厢前面找了个位置坐下。她把书包扔在地上，拧起了自己湿答答的头发。

"……没错，我们会在巡游开始前享用晚餐。"

卡弗家的双胞胎和他们忠心的跟班们经过哈珀身旁，向电车后面走去，哈珀忍不住翻了个大大的白眼。劳伦斯·卡弗和蕾西·卡弗是哈珀同年级的同学，并且在她最讨厌的人排行榜上并列第一。

"爸爸在厨房忙了一整天了。"劳伦斯宣告道。

显然，他们邀请了哈珀班上大部分的孩子在晚上的巡游活动开始前共进晚餐。虽然哈珀并不喜欢这对双胞胎，但是没有受到邀请还是让她感觉有些不是滋味。卡弗家的双胞胎在山上的象牙镇长大，他们家房子的形状就像是结婚蛋糕一样。哈珀对于他们也会搭乘电车感到很是意外——在放学后，通常会有两只油光发亮的白狗拉着金色的雪橇把他们接回家。

"爸爸可是四星大厨呢，"蕾西沾沾自喜地插嘴道，"他做了鲑鱼肉汤。"

这句话让哈珀感觉好过了不少。毕竟在她看来，肉汤听上去就像是某种令人恶心的呕吐物——即便它是四星水准也还是让人恶心。再说，哈珀的妈妈答应了要带她去看巡游活动，还会给她做苹果派——对哈珀来说，这才是更胜一筹的美食选项。

哈珀下车的站点到了，当她起身时，听到同学们在窃窃私语。

"真让人害怕……"

"那些房子……"

"谁会选择住在这里呢？"身后传来劳伦斯·卡弗的声音，哈珀知道对方是故意说给自己听的。她想她没什么理由去指责他们：剧场镇上被遗弃的街道和用木板封住的大楼，看上去就像是恐怖小说里的场景，哈珀在学校图书馆有时会偷看这类小说。

从哈珀住在这里起，她就听说过不少传言，这些街道曾经生气勃勃，霓虹璀璨，在剧场表演的人更是熙熙攘攘。他们用低吟浅唱召唤雷鸣，用乐器使人飘到空中，舞台还能变幻成城市、丛林或是一整片闪闪发光的海洋。但这些事是严格禁止公开讨论的，人们只能窃窃私语或放在心里想想。

和生活在这个城市的每个人一样，哈珀也知道在上世纪之交发生的事情：那天晚上，冒烟城的居民从睡梦中醒来，他们发现天上下起了星尘雨，就像覆盖了一层柔软的雪。星光在闪闪发亮的叶片间流淌，悄悄爬进烟囱，进入敞开的窗子里。在整个日不照省，相关的报道如同潮水般涌现，关于星物质会让居民们拥有魔法的传闻甚嚣尘上。

当大家发现并不是每个人都得到了星物质的馈赠时，局面就变得有些尴尬：星物质降临在了城市的周边，从冒烟城到克拉格岛那些蜿蜒的街道，还有那些隐藏在文明社会中的剧场和剧院里。那些被富有的精英阶层视作不三不四的手风琴演奏者、船歌吟唱人和舞蹈表演者，他们得到了天赐的礼物。随着星物质的降临，其才能被提升到了一个无与伦比的新境界——并且当他们有了孩子后，这些能力还会得到传承。不过这些人现在已经离开了——被部长赶走了，如今只剩下全是废弃剧场的街道和唱歌的幽灵。

哈珀匆匆穿过格列佛咖啡店，那里有整个冒烟城最好的热巧克力。弗洛拉维修店和它在同一排，一只戴着闪光项圈的沙色小猫咪坐在门外，对每个路过的行人怒目而视。哈珀冲它皱起了眉头。

"哦，走开，松露。"

松露是哈珀邻居家养的猫，哈珀将其视为死对头。总体上来说，她是喜欢小动物的，但她每次路过，松露就冲她嘶叫，更令哈珀难以释怀的是，这只猫竟然还在她的新拖鞋上"方便"。

松露灰溜溜地离开后，哈珀打开了商店的大门。感觉背后好像有什么人在看着自己，她不由得顿了一下。回头扫了一眼，发现街对面有个女人正专注地望向自己。那个女人个子矮小，脸色苍白，有一头金色的鬈发。与哈珀的视线对上后，那个女人的眼神似乎起了变化。哈珀说不清那是什么变化，但她知道这个城市里和陌生人说话的规矩（最好是不说）。所以她将视线从那个女人身上移开，走进店里。

当哈珀关上背后的门时，门上的铃铛响了起来。她朝妈妈挥了挥手，妈妈穿着一贯会穿的艳粉色连衫裤工作服，头发用布条扎在脑后。母女俩都有着一头铜红色的头发和长着雀斑的、微黑的皮肤。

"嗨，妈妈。"

"嗨，甜心。"

哈珀热爱这家店：机油和金属的气味，随意堆放的机械零件，嗡嗡作响的工具。这里是她所知道的唯一的家。

或者说，至少是她目前记得的唯一的家。

生命的前六年对哈珀来说是一个混乱的漩涡。如果用力去回忆的话，她勉强能记起自己曾身陷一场意外的事故。（"是两辆通勤电车撞在了一起。"她的妈妈总是用这样的口吻坚定地说道。）哈珀和妈妈都幸免于难，她的爸爸却失踪了。不久之后，母女二人便搬到了几乎无人居住的剧场镇，住进了一间小小的公寓。有时，哈珀会梦到那些地方——在脑海中，她看到了明亮的灯光、舞动的身影，还听到了雷鸣般的掌声——但妈妈对她的诉说总是置若罔闻。

那个男孩就更难解释清楚了。

"他有一头蓝色的头发。"哈珀不断地向妈妈提起。

"我和你说过了，哈珀，"妈妈总是这样回答她，"他肯定是你想象出来的朋友。"

哈珀认为这是有可能的，毕竟她大多数时候都是孤单一人。但那个男孩并不是自己想象出来的，这种感觉不管妈妈怎么声明都无法动摇。他对她来说实在是太过真实了：她能想象出他的声音，他的笑容，他闪烁着淘气光芒的眼睛。

大门突然砰的一声被打开，一个穿着夸张的金色皮大衣的男人皱着眉头大步走进来。他将一只怀表重重地拍在柜台上，大声嚷嚷道："我要修这个，越快越好。"

弗洛拉正在接待另一位顾客，只皱着眉瞥了他一眼。虽然这个男人既没说"请"，也没说"你好"，但是哈珀还是决定展现一下自己的价值，于是她拿起了那块怀表。

"发条全坏了，"她检查了一下后，对男人说道，"你该换块新表了。"

男人冷笑起来："哦，那是你的建议，是吗？"

"是的，"哈珀眨了眨眼睛，"我刚才已经说了。"

"好的，谢谢，但我很难相信来自一个小女孩的'专业'建议。"男人嘲笑道。他朝弗洛拉喊起来："嗨！我可没时间在这里耗上一整天。"

哈珀叹了口气。被一个把怀表反复拍在柜台上的男人嘲笑自己的专业知识，这让她感觉有些难堪，但她还是咬着嘴唇没出声。弗洛拉接待完另一位顾客后，不慌不忙地来到柜台前。

"遇到什么问题了吗？"她彬彬有礼地问道。

男人拿起怀表，递到她面前。弗洛拉检查了一会儿，然后抬头看向他。

"好吧，恐怕你白绕了个大圈子，因为我女儿一开始就说对了。这表没用了，买块新的吧。"弗洛拉露出甜美的微笑，"咨询费十个波币。"

男人将十波币的纸币拍在柜台上时，瞪了母女俩一眼。哈珀凶巴巴地瞪了回去，而对方先移开了视线，这点让她感到很满意。

"我就不该对小镇的这块地方抱有任何希望。"在转身冲出商店前，他语露嘲讽。

"啊呀，"弗洛拉温和道，"多奇怪的男人呀。"她转身问哈珀："今天在学校过得开心吗？"

"事实上……"哈珀迟疑道，"有一张留校通知需要你签名。"

"现在吗？"妈妈扬起一边的眉毛，"你为什么会被留校？"

哈珀叹了口气。这次的留校完全就是老师反应过度了。早上，因为哈珀总是盯着窗外看，老师就觉得她注意力不集中，所以在下午晚些时候，当老师看到她的练习册后，几乎当场气昏过去。

"这到底是什么？"他鼓着眼睛问道。

"这……"哈珀低头看向练习册。他们是想让你为一些无聊的米色装置做示意图标注，这装置专门用来吸地板上的灰（而且，这大概是你生活中的乐趣）。但哈珀并不感兴趣，所以她翻到练习册的背面，并在上面设计了一些不一样的东西。

"是一条龙，"她回答道，"一条机械龙。"

"一、一条机械龙？"戈尔根先生结结巴巴道，"你为什么会想要一条机械龙？"

"唔……"哈珀想努力编个理由出来，可这并不容易。她反问道："为什么你不想要一条机械龙呢？"

最后哈珀只能回答道："我就是想象嘛，为了好玩。"

听到这话，戈尔根先生的表情就好像听到她说把小狗当早饭吃了似的。"就是想象？为了好玩？"

"是的。我想我能让它飞起来。"

"哈珀，"戈尔根先生叹了口气，"上课时要专心才行。你们这些孩子是我们日不照省的未来，是我们进步的未来！"

"真的？"哈珀皱了皱鼻子问，"我们所有人吗？"

"当然。"

"那加文·格伦德尔呢？"

"他怎么了？"

"昨天我看到他把一条毛毛虫放在了自己的鼻子上。"哈珀对老师道，"我可不是在开玩笑，如果他是这个省的未来的话，我想我们可能麻烦了。"

戈尔根先生就是在这个时候给她留校处分的。

听了哈珀的讲述，妈妈哈哈大笑起来，问："你什么时候留校？"

"明天放学后。如果今天没有巡游活动的话，原本应该是今天晚上。"

弗洛拉脸上露出抱歉的表情来。"哈珀，我很抱歉，部长亲自下了订单，订购一批新的潜水艇引擎。他希望明天就能交货，所以我没法带你去参加巡游活动了。"

哈珀的心一沉。每个人都会去参加巡游活动。虽然它并不是什么特别有趣的活动，却像是冒烟城的生活一样美好。不过她也知道，妈妈无法忽视那个新订单，尤其还是部长直接下的单。

"好吧，"她叹了口气，咽下了自己的失望，"反正我也有许多功课要做。再说，至少还有苹果派可以吃。"

弗洛拉双手绞在了一起："这个嘛……"

"妈妈。"

"我是打算在午休时做的，但今天一直忙个没完，一点空闲都没有！我很抱歉。"

"没关系，"哈珀叹了口气，"我会弄点别的什么东西吃的。"

"下个星期，我向你保证，"弗洛拉肯定道，"我会做一大堆的苹果派给你当早餐！"她吻了吻哈珀的额头，然后匆忙去接待另一位顾客了。哈珀独自来到店铺后面，她在那里给自己布置了一个小小的阅读角，铺了好几张毯子，还放了一大摞的书。

"你们好，"她冲书本问候道，"你们过得愉快吗？"

书本没有回答，哈珀又叹了口气。书本几乎是人类的替代品，只不过它们从来不会回答你。哈珀掠过书堆上的第一本书——书里讲了一个爵士什么的杀了一条龙，这故事总让她隐隐觉得悲伤，因为相较于穿着闪亮铠甲的骑士，她还是更喜欢龙。于是她选了一本让人高兴的恐怖小说，讲的是一群僵尸攻击当地的纺织俱乐部，最终被一群老奶奶打败。她坐在自己的阅读角，翻开书看了起来。

在很远很远的地方，越过群山和峡谷，穿过一道魔法门关，一个女人正沿着走廊跑得上气不接下气。她冲进一间杂乱的办公室，吓到了正在橡木桌上伏案办公的男人。

"我们找到她了，"拉希莉气喘吁吁道，"失踪的伍尔夫家的孩子。我们总算找到她了！"

办公室一角，正坐在窗边画素描的蓝头发男孩，猛地抬起了头。

摩根·弗莱彻站起身来，问道："在哪里？"

"在冒烟城，"拉希莉告诉他说，"我刚刚接到罗珀发送的信件。她看到她了。"

弗莱彻皱起了眉头。几年来，他们派出了好几支搜寻队去寻找失踪的伍尔夫一家，他们翻遍了门关周围的每一寸山，却只是徒劳。他原本并不愿派搜寻队到下面的冒烟城去，因为他确信，部长的警察一定会埋伏在那里，蹲守所有敢再次露面的星演者——但随着录取夜的临近，他同意派一小组人偷偷潜进冒烟城里。

"弗莱彻，从罗珀偷听到的内容来看，那个孩子，她对我们的事一无所知，"拉希莉犹犹豫豫道，"显然，她就读于一所普通的学校，从我们所掌握的情况来看，她好像对所有的事情都没什么印象，甚至可以说是完全不记得了。"拉希莉挥动着双手。

"可是，弗洛拉为什么不告诉她关于我们的事？"弗莱彻眉头紧锁，"她明知道哈珀需要来我们这里接受训练。"

"谁知道呢。"拉希莉耸了耸肩。

弗莱彻思忖了片刻，吩咐道："准备独木舟。"

"弗莱彻，罗珀已经在那里了，我想她可以把人接过来的……"

弗莱彻摇了摇头，说道："若非必要，我不想让他们在那里多待。再说，那个女孩也会被弄糊涂的。我觉得最好还是由我来向她解释清楚一切。"

"那也好，"拉希莉点头道，"你想要哪条独木舟？"

"最快的那条。我这就出发，马上！"

在角落里，特里克露出大大的笑容，棕色的双眼闪闪发光。

她终于要回来了。

哈珀在她的阅读角读书，读到差不多一个小时的时候，她注意到了一件不寻常的事。一阵低沉的嗡鸣声填满了周围的空气，声音变得越来越大。哈珀朝声音出现的方向望去，发现自己正盯着贮藏室的大门。

据哈珀所知，从她们搬到这里以来，贮藏室的门就没怎么打开过。只有在刚刚搬进来时，妈妈往里面放过一个盒子，盒子里是几件爸爸在那场车祸事故中遗留的物品，然后贮藏室就关门上锁了。

在那之后，那间屋子从来都没发出过这样的嗡鸣声。

"如果你不介意的话能小点声吗？"哈珀朝屋子提出请求，"我正在读书呢。"

可随即，嗡鸣声变得更响了。

哈珀合上书，从阅读角站起身来，徐徐穿过房间，来到贮藏室门前。她只犹豫了一下，便将手按在了木门上。

那个声音暂停了一下，突然，大门发生了爆炸。

更确切地说，感觉像是贮藏室内有什么东西发生了爆炸，爆炸的力量从里面传出，震动了大门。哈珀被这股力量向后推去，笨拙地摔倒在木制的象棋棋盘上。当她撞上地板时，棋子在她周围叮当作响，滑出了好远。她抬头看去，只见有火星从贮藏室锁孔内飞溅而出，像烟花似的。

"哈珀？"弗洛拉从店铺前面跑过来，发现女儿正瞪大了双眼，周围还散落着许多象棋的小卒，"怎么了？发生了什么事？"

"我——我——"哈珀语不成句。她指着贮藏室的门，可火星已经不见了。吵人的嗡鸣声也减弱成了很轻的嗡响，就像是一辆远处的电车。

"你没受伤吧？"弗洛拉将哈珀拉到跟前，从头到脚快速查看了一遍。

"没有，"哈珀试着作出回答，"但是那里——那个房间里有什么东西。它……"

"什么？"妈妈低头看向她。哈珀咬了咬嘴唇，试着

28

去思考该怎么说"贮藏室的爆炸"才不会让妈妈觉得她病得太厉害，以至于在今晚接下来的时间都必须待在卧室里。

"没事，"哈珀最终说道，"就是……被绊了一下。"

弗洛拉充满爱意地揉了一把女儿的头发，说道："你为什么不直接上楼呢？"

妈妈坚决地把哈珀推向通往公寓的楼梯。哈珀的视线从妈妈的肩膀上方偷偷往贮藏室看去——那扇门看上去相当无辜，就好像它从来没有做过像是爆炸这样有损尊严的事。

当哈珀爬上楼梯回到自己的房间后，忍不住在脑海中再三思索着刚才的爆炸。和银色的火花以及低沉的嗡鸣声有关的什么事情，让她莫名觉得有些熟悉，虽然她也搞不清楚这到底是为什么。

第二章

巡游活动

哈珀悄悄穿过公寓来到厨房，跃上排水板后，她爬出窗户，登上了安装在大楼旁边的金属逃生通道。外面仍然淅淅沥沥地下着毛毛雨，不过哈珀早有准备——在某个冬天，有段时间特别多雨，于是她在逃生通道上方悬挂了一串颜色艳丽的雨伞，看着就像一个巨大的彩虹顶篷。这引来了邻居们异样的目光，但哈珀并不怎么在意。她盘腿坐在雨伞下，低头去看下面聚集的人群。

六点钟一到，鼓手们出现在视线中。不同于哈珀在书里读到的那样，冒烟城平时可算不上是个音乐之都：街头没有玩银币的艺人，优雅的咖啡馆里也没有人演奏音乐。巡游活动是个例外，但即便如此，也只是用鼓打出单调的拍子罢了。哈珀多么希望鼓手中有人能来上一段欢快的独奏，她很好奇其他人会有什么反应，可是这一幕并没有上演。鼓手们排成了一条完美的直线，伴着死板的节拍向前行进。

鼓队后面是巡游的花车：移动的花车机械化地展示着冒烟城作为一座工业城市的威力。

"……受部长亲自委托……我们在这里为大家展示最新的有轨电车技术。"

在人群上方的主席台上，几位评论员对经过的花车依次进行讲解。

"空中住宅，永远的理想选择——现在向我们走来的是新一代住宅的模型！内设安全飞艇，私人赌场和最先进的赛车场。"

哈珀哼了一声。她怀疑在剧场镇根本不会看到这些"新一代的住宅"。卡弗家的双胞胎及其同类可能会得到飞艇和赛车场，哈珀和她的邻居们则将继续生活在和现在一样狭小的公寓内。

随着巡游的继续，哈珀饶有兴趣地注视着花车上的每个人，当他们穿过剧场镇时，全都回避视线，只坚定不移地盯着前方。似乎没人希望回忆起这里曾经是什么模样——或者更确切地说，是这里曾经有过什么人。

倒数第二辆花车上展示的是部长的"私人鸟舍"。鸟舍的出现让哈珀感觉有些不适。在花车中央布置着一个巨大的鸟笼，笼里展示着精挑细选的美丽鸣禽、鹦鹉和孔雀——部长在"收集"稀有和濒危的动物上是内行。哈珀想象着自己跳到下面的花车上并打开鸟笼，里面的鸟儿就能像撒在风中的五彩纸屑一样涌出来了。

巡游队伍里最后出场的是部长本人的巨型机械雕像，浑身肌肉虬结，脸上带着洋洋自得的笑容。哈珀看到几个汗流浃背的工作人员正在操纵着他的手臂，让他朝周围的人群挥手致意。为了调动群众的热情，负责巡游的职员在部长的头上放起了烟花，所以在雕像经过时，人们纷纷发出欢呼。

放完烟花后，巡游队伍继续向前，径直朝山上的象牙镇走去，卡弗家的双胞胎和他们的朋友无疑正等候在那里。下面的人群四处闲逛着，哈珀看到有的一大家子人在食品摊分享热气腾腾的面包，有的好朋友们三五成群在街上玩捉迷藏的游戏。

正下方，两个在街上闲逛的身影引起了哈珀的注意：高个子男人顶着一头黑色长辫、深棕色皮肤，旁边的男孩子棱角分明、黄褐色皮肤，头上的羊毛帽压得低低的。哈珀也不知道这两个人为什么引起了她的兴趣。虽然他们的穿着和冒烟城大多数居民一样的单调，但他们身上似乎有什么东西……更为亮眼。哈珀自己也说不明白。

哈珀顺着逃生通道慢慢走下金属台阶，沿着大楼的一侧曲折向下，直到距离那两个人仅仅几米远。她蹲下身，两人交谈的内容零星飘入她耳中。

"……我都告诉过你多少次了，晚饭只吃一块梅子蛋糕不够健康，营养也不均衡。"

"那吃两块呢？"男孩厚着脸皮咧嘴笑道。

"真拿你没办法。等会儿我们看到卖水果的小贩时，我会买上一篮橙子，看在缪斯的分上，你至少得吃三个才行，不然我真怕你父母从坟墓里爬出来把我揍趴下……"

哈珀被两个人轻松诙谐的交流方式给逗乐了。她看到那个男人在大街上左右打量，可能是在寻找卖水果的地方吧。

"看到他们对这个地方所做的一切，你难道不恨吗？"男人叹气道，"所有这些被木板封掉的剧场，完全没有了魔法，真是太浪费了。"

哈珀瞪大了双眼，她紧张地环顾着四周。如果说剧场镇是一个被禁止的话题，那魔法可就是终极禁忌。故事和传言是一回事，但是像这个男人这样随随便便地大声讲出来……

男孩伸手去调整他的帽子，就在他调整时，几绺头发松落下来。

哈珀听到自己急促的呼吸声。

他的头发是蓝色的！

两个人准备离开，他们转身来到两栋大楼间狭窄的小巷内。

哈珀一跃跑下最后几级台阶，冲到了大街上。她必须追上他们——她必须看一眼那个男孩……

哈珀在他们转入的那个狭巷跟前，打着滑急停下来。这是一条死胡同，铁链栅栏阻断了去路。可奇怪的是，她并没有看到那两个人。哈珀抬头望去，那两个人正在爬行的画面在她的脑袋里疯狂地旋转——他们像昆虫一样在大楼的一侧攀爬，可墙壁都是光秃秃的。他们就这样消失了。

哈珀沮丧地回到逃生通道，然后爬回到阳台。她从窗户爬进屋，蹑手蹑脚地回到了自己的房间。她坐在床上，将一本书摊开在膝盖，但她根本无法忘记自己看到的那两个人。这只是巧合吗？这里的男孩子并不流行蓝色的头发……可是，她想象中的朋友怎么会在冒烟城里闲逛，他是真实的、有呼吸的，而且还在谈论着梅子蛋糕？

找不到任何答案的哈珀合上书，打量起这间静谧的公寓来。为了驱散周围的空虚感，她聆听起回荡在公寓四周的声音：全家人的欢笑声和争论声，一起煮饭和讨论日常的声音。如果她闭上双眼，他们就好像在她的房间里一样。

嗡……

哈珀坐在床上，双眼猛地望向房门。刚才她正在埋头设计她的机械龙，这里修修，那里改改，但此刻她停下双手并竖起了耳朵。

嗡……

她坐直了身子。没错，那个嗡嗡声回来了。

哈珀把设计图胡乱塞进睡袍的口袋，悄悄地走出房间。根据走廊上的时钟显示，现在是八点半。她能听到妈妈正在厨房里东奔西跑，她踮着脚走过以免被发现。来到通往楼梯的大门时，她打开门听了起来。过了一会儿，她瞪大了双眼。

她真的可以听到下面有声音。

他们的声音很轻，含糊成了一串长长的低语，但哈珀听得见。当她踏上楼梯时，还听到了从下面传来的脚步声。

哈珀犹豫了一会儿，不知道该怎么办才好。要是来的是窃贼，她知道自己应该去提醒妈妈当心。但哈珀直觉认为他们不是窃贼，就像她隐隐觉得，无论声音有多微弱，都是从贮藏室传来的。

拿定了主意，她转身回到公寓，在妈妈平时用来挂钥匙的地方摸索起来。她轻轻将钥匙从墙上解下，握在手心里，之后关上了门。她偷偷爬下楼梯，小心翼翼地避开那些会嘎吱作响的地方。当她进到店里并转身来到贮藏室时，她的怀疑得到了印证：哈珀听到了屋内传出的嗡嗡声和与之交叠在一起的说话声。

"……确定我们没走错地方吗？"

"……你看盒子上写的，那肯定是迈克尔的……"

哈珀大脑一片空白。不管他们是不是窃贼，这些人都认识她爸爸！她挪了挪身子，尽量靠贮藏室更近一点。

不幸的是，她没看到身后的留声机。

她的脚跟撞上留声机，发出了一声轻响。贮藏室里的谈话停了下来。哈珀杵在原地，心跳得怦怦直响。

"……或许，在楼上……"

"……可我们没时间了……"

他们再次交谈起来，并没有听到哈珀弄出的动静。哈珀松了一口气。

可随后唱片开始动了起来。

"噢，宝贝……"

贮藏室内没了声响。

"让我们在夏夜的月光下舞蹈……"

哈珀举起拳头朝着留声机重重来了一下，歌声里也掺进了锤打声。

"闭嘴，你这个愚蠢的破玩意儿！"她嘘道。但她才想方设法弄停了歌声，便听到贮藏室里传出了脚步声，声音朝着离开她的方向去往店后那扇生锈的后门，那扇门通往后巷。

"不，不，不……"哈珀冲向贮藏室。她将妈妈的钥匙塞进锁孔使劲拧，一次、两次、三次，门终于打开了。可哈珀冲进屋里时已经太晚了：人不见了，微微敞开的后门是他们刚才在那里的唯一迹象。

哈珀冲出后门跑到大街上，她拼命寻找着提起过父亲的人的踪迹。

随即，毫无征兆的，一双胳膊从背后抓住了她。

"干什么……"哈珀惊慌之下开始挣扎起来，她用力往身后踢去，但抓住她的人并没有松手。

她被带到鹅卵石路上，从拐角处进入到相邻的巷子。看到眼前出现一条巨大的独木舟时，她难以置信地张大了嘴巴。

那条独木舟竟然漂浮在半空中！

船上有另外两个人影，但在昏暗的光线下哈珀无法看清他们。她踢得更用力了，绝望地环顾着四周，一团油光闪亮的皮毛吸引了她的视线。她猛地转过头看向了那只叫松露的猫，它正蹲在垃圾桶后面望着她。

"松露！快找人来帮忙！去找我妈妈来！"哈珀不顾一切地喊道。

松露歪着脑袋，看着像是在考虑，然后转身舔起了自己的屁股。

"我恨死那只猫了！"哈珀凄凉地想着，随即她就被举起来扔进了独木舟。哈珀重重地摔在了船里，惨叫声在巷子中回荡开来。她立刻跳起身，摆好了姿势准备和对方干上一架。

"说真的，你就不能用点别的办法——唉，你呀，我以为你是帮忙的！"掳她来的人抱怨起来。哈珀转过头想看看是谁在说话，然后怔住了。

"你。"

一个和她年龄相仿的男孩走上前来。他以她熟悉的方式冲她咧嘴一笑，而他的头发是蓝色的。

第三章
乘着飞行独木舟离开

哈珀望着蓝头发的男孩，一时间目瞪口呆。当她发现自己又能出声时，立刻吸了一口气然后嚷嚷道：

"这到底是怎么回事？"

"真有意思。我也想问这个问题。"另一个声音说道。哈珀抬眼望向那个高个子男人，先前她在大街上就注意到他了。高个子男人也看了看哈珀，然后就把目光转向刚才把她拖进巷子的人。

"所以，我眼下看到的是什么情况？"他问道。

只见对方抬手拉下兜帽。帽子下面的是——哦，哈珀不是很确定那到底是什么。是人类的脸，或者说是像人的，但皮肤皱巴巴的，像皮革一样，黑色的眼睛里闪烁着光芒。

"是那个小姑娘。"那个生物说道。

男人无语地闭了一下眼。"是的,赫尔贾,我知道她是个小姑娘。我不知道的是,为什么她会被粗鲁地扔到独木舟上,而且明显不知道到发生了什么。"

"好吧,对不起!"那个生物抱怨道,"这还不是因为你们两个一有动静就逃跑了。我被告知要抓一个小姑娘,所以就抓来了一个小姑娘。"

"话是没错,赫尔贾,"男人耐心道,"可你就没想过要用稍微温和一点的方式来执行指令吗?也许可以不用当街抓人,拖进巷子,然后扔进奇怪的交通工具里?"

赫尔贾眯起了双眼。片刻沉默后,突然消失在一团烟雾中,一把怪模怪样的拖把出现在了刚刚的位置上。

"哦,看在缪斯的分上,"男人叹气道,"这种时候能先别这样吗,赫尔贾?"

拖把倔强地回瞪了他一眼。

哈珀疑惑地望向那个男孩。男孩耸了耸肩,说道:"她生气了。"那语气就好像一个人生气后变成拖把是一件理所当然的事。

"赫尔贾,求你了,"男人开口道,"我们等回到旺德里亚再谈这件事可以吗?顺便还能一起谈一下给你加薪的事。"

显然,这对拖把来说很重要,她微微直起身,然后拖行着挪向独木舟远处那头。当拖把赫尔贾经过哈珀身边时，还一本正经地摇了摇自己的拖把头并发出小声的嘀咕。

哈珀神经质似的大笑起来，问道："我刚刚是被一支拖把骂了吗？"

"别担心，这对我们来说已经是最好的待遇了，"男孩回答道，"赫尔贾是个淘气鬼——有着持家精神和变化形态的能力。你真的不用担心，除非她变成一台碾压机，因为那意味着你是真把她给惹毛了。"

哈珀睁大双眼盯着他。她想自己或许是在做梦，又或许是这一天发生的怪事让她产生了幻觉。

"可我记得他。"她望着男孩，心中暗暗想道。

高个子男人叹了口气，然后望向哈珀。"噢，伍尔夫小姐，我要为今天晚上唐突的开始向你道歉。"他伸出了他的手，说道："我叫摩根·弗莱彻。我是大伙选出来的星演者领袖，旺德里亚的演出制作人，隐峰理事会成员。我碰巧也是个训练有素的咖啡师，不过从来没人问过这个。"

弗莱彻。在哈珀脑海深处有什么东西模模糊糊地认出了他。她握住了他的手。"很高兴见到你，"她说，"现在请告诉我到底是怎么回事，不然我就从独木舟上跳下去并大叫救命。"

弗莱彻示意她坐下。哈珀犹豫了一下便照做了：这些人提到过她的爸爸，所以应该不会对她怀有什么恶意吧？

"我们是谁你现在心里有数了吗？"弗莱彻问道。

哈珀干咽了一下，打量着他们两个人。她记得在巡游时他们关于魔法的那段对话，记得他们谈论那些老剧场的口吻。"你们——是以前剧场镇的人……"她迟疑地说道。

弗莱彻点了点头。"没错。我们——这个'我们'指的是你和你亲爱的爸爸，还有我和特里克……"

特里克。这个名字就像一盏亮起来的灯。刹那间，闪现的回忆填满了哈珀的脑海——哄然大笑，调皮的微笑，一本字迹稚嫩的书。在弗莱彻讲得滔滔不绝时，哈珀飞快地眨了眨眼，试图抓住这些回忆。

"……是被称为星演者的人。星演者就是从星星那里得到了特殊馈赠的表演者——有歌手、舞者、演员等。你的爸爸是一位出色的音乐家，他演奏用的小号里注入了星光，当他表演时，能让坐在座位上的你漂浮到空中。"

提到她的爸爸，哈珀的脑海中闪过另一段记忆，虽然遥远又模糊，但她仍然记得。是爵士乐。四个身影，一起演奏着，还有一位老婆婆在空中跳着两步舞。

但是……当脑海中的逻辑胜过想象时，哈珀摇了摇头。星光小号？浮在空中的老婆婆？这一切都太梦幻了，不可能是真的——但弗莱彻是以一种非常严肃的口吻在讲述。

"现如今，你们的部长对于与众不同的人群并不怎么喜欢，他下令将我们定义为'危险分子'，并让所有的市民都反对我们。所以，我们才征用了他的一些车作为战利品，穿越门关逃到了隐峰，那是一个数百年来收留所有魔法人士的地方。可是——"弗莱彻垂下双眼，声音变得柔和起来，"在路上发生了一起意外。最后一节车厢脱节了，没能完成穿越。"

当这块特别的记忆碎片嵌入它在拼图中的位置时，哈珀轻轻"哎呀"了一声。所以，那起意外并不是像妈妈所说的那样，发生在"两辆普通的通勤电车"之间。那是一辆……载满了星演者的电车——一辆被认为会将他们带入新生活的电车。只不过不是所有人都成功了。

"我的爸爸——在那次意外中去世了。"哈珀平静道。

弗莱彻低下头。"我们听说了。我很抱歉。我唯一能想到的就是你的妈妈找不到门关或者不知道该怎么穿越，所以她才把你带回了这里。我们也是刚刚才发现，原来这些年你都在这里。刚刚到这里来接你时，我想我们意外引爆了你爸爸的一些物品，有些人——"他意有所指地望向特里克，"铁了心要吹他的小号，但小号里面太久没用的星物质有些过于兴奋了，然后便爆炸了。我们想，最好还是等商店关门再回来找你。幸运的是，我们今晚找到了你——刚好能赶上！"

"刚好能赶上什么？"自从弗莱彻提到了她的爸爸，

一颗小小的兴奋的种子就种进了哈珀的胸腔，准备好要发芽、开花，长成一棵成熟的兴奋之树。然而，对犯错的害怕让她抓住了兴奋之树的树根并把它按了回去，问道："这一切和我有什么关系？"

"这真是一个好问题，"弗莱彻表示赞同，"眼下我想我们应该和你妈妈谈一下。如果我对弗洛拉的记忆没出错的话，她或许可以给出一些建设性意见。"

哈珀对弗莱彻的提议有些意外，但她还是点了点头：她肯定不会反对让自己的妈妈加入进来。

弗莱彻转身来到独木舟一侧的一台银色引擎旁。他打开侧面的表盘，将独木舟升到了空中更高处。随着地面的下降，哈珀的胃猛地一紧，她以前从没乘坐任何东西飞行过，更别说是一条漂浮在空中的巨型独木舟了。

"哪扇窗户是你家？"弗莱彻问道。

哈珀沿着一排窗户望去。"在那里！"她指着有普通碎花窗帘的一扇窗说道。弗莱彻用某种方法将独木舟横移到了窗口外，船上下摆动着。哈珀倚着船沿叩响了窗玻璃。

过了一会儿，弗洛拉穿着她毛茸茸的睡衣出现在窗前。值得称赞的是，看到漂浮在空中的独木舟，她并没有晕倒或尖叫，而是用双眸瞟向弗莱彻和特里克，然后立马闭上了双眼。再次睁开双眼时，她做了一个深呼吸。

"你们要不要来一杯茶？"

44

弗莱彻露出大大的微笑，说："如果有的话，麻烦来杯薄荷茶。"

就在弗洛拉忙着泡茶时，弗莱彻、特里克和哈珀小心翼翼地从窗户爬进屋内并坐在了沙发上（弗莱彻大声表明赫尔贾也受到了邀请，是拖把自己一动不动没有加入他们的）。

"好漂亮的坐垫啊，弗洛拉。"当哈珀的妈妈端着茶杯回到屋里时，弗莱彻说道。

"弗莱彻，别再没话找话了，"弗洛拉回答道，"你来这里可不是为了谈论我的坐垫。"

"不是，当然不是，"弗莱彻看上去有点慌乱，"我们来这里是为了讨论未来的教育前景，也就是，潜在的教导和培训机会。当然啦，这要在哈珀接受我们提议的前提下……"

哈珀觉得他还要东拉西扯很久，不过弗洛拉打断了他："你来这里是想带走我的女儿吧。"

哈珀一时语塞。当她瞪着弗莱彻时，特里克靠了过来，在她背后捶了一下。她的心怦怦直跳——但这是因为兴奋还是害怕呢？

"那将取决于哈珀，"弗莱彻严肃道，"作为星演者的女儿，哈珀有这个资格，而且事实上，我们也建议她加入学徒计划。"他望向哈珀，继续说道："我们的剧场——旺德里亚音乐厅和大剧院，是由我们逃离冒烟城时乘坐的那辆有轨电车改建而成的。我们在隐峰四处巡演，几乎每天晚上都有演出。同时我们还对新一代的星演者进行培训。年满十一岁的你有资格在我们这里当学徒——而今年这批学徒的录取夜正好就是今天晚上。"

哈珀连眨了几下眼。她不知道是否应该希望卡弗家的双胞胎突然跳出来，指着她大喊："骗到你了吧！"

"所谓的学徒，"弗洛拉问道，"都包含哪些方面？"

"跟着才华横溢的星演者学习，"弗莱彻回答道，"学习机械和舞台表演的艺术，并在隐峰的每个角落巡游。"

"还能品尝最棒的蛋糕，赫尔贾是隐峰最优秀的面包师。"特里克补充道。哈珀望了眼独木舟上的拖把，她似乎骄傲地挺直了身子。

"要学多久呢？"弗洛拉问道。

"初级学徒是三年课时，中级的话还要再加两年。"弗莱彻答道。

"好吧。这好像是一个她不可能会拒绝的邀约。"弗洛拉第一次正眼望向哈珀，"你觉得呢？"

"妈妈……"哈珀望着自己的妈妈，脑海中有无数个问题闪过。她问了最明显的那个。"你为什么没告诉我？"

"我一直想告诉你的，"妈妈手里握着杯子回答道，"但那场意外发生后……我失去了你爸爸，也不知道门关在哪里，除了把你带回到这里，根本不知道该怎么办。我寄过信，试过去联系那些认识星演者的人，但没有人愿意提起他们。所以，最好的办法就是先在这里住下来，保持低调，希望有一天，他们会来找我们。"

"现在我们来了。"弗莱彻说道。

"是的，"弗洛拉费劲地笑了笑，"我想，事情发生时我就已经做好了准备。"

"没人会准备好和孩子说再见的，"弗莱彻看了眼特里克，"但就像我刚才说的——这要看哈珀的意愿。"

哈珀感觉，所有人的视线都落在了自己身上。她突然觉得很尴尬，希望自己手上有什么事可以忙。

"那里还有一个游泳池，"特里克补充的同时，瞥了眼弗莱彻，"你告诉她关于游泳池的事了吗？"

"是的，正如我侄子所说的那样，那里有一个游泳池。"弗莱彻严肃地说道。

哈珀发现自己无法开口说话。一部分原因是，兴奋的种子在她的大脑中炸裂成了一棵参天大树，上面有树屋和荡起来的秋千——像"星光"和"巡回演出剧场"这样的词呼啸而过，召唤她立刻回到独木舟上，现在就出发。另一部分原因——虽然稍小但却相当坚持——因为她深知，如果她选择离开，这所公寓将变得多么冷清。

"我不想把你独自留在这里。"哈珀对弗洛拉道。

"我不是独自一人，"弗洛拉坚定道，"我有我的店铺，不是吗？而且我说不定还会带一些苹果派去拜访新搬来的邻居，他们看上去像是一群好相处的人。"

"你可以从隐峰寄信回来，"弗莱彻补充道，"有些时候我们也可以安排回家探亲……"

"那个世界不属于我，哈珀，但它属于你，你应该把握这个机会。如果你还是拿不定主意的话……"说到这儿，弗洛拉离开了一会儿，回来时手里拿着个背包。

"上个月，在你满十一岁时，我为你收拾了这个，"弗洛拉柔声道，"我有预感他们可能很快就会来找你的。"

哈珀从妈妈手里接过背包并查看起来。里面有一件针织套衫，一些干净的内衣，一把牙刷，一个钱包，一包饼干，还有……

"这是什么？"哈珀将手伸进包里，摸了摸放在所有东西上面的一个小小的银色领结。

"这是你爸爸的，"妈妈微微一笑，"他以前和乐队一起演奏时都会戴上它。"

哈珀低头看向领结时，感觉自己的呼吸都凝滞了。她有点担心自己会在所有人面前失控大哭。

"我得提醒你，这种生活并不那么轻松容易，"弗莱彻大声道，"我们每天在马不停蹄地努力工作。理事会还没通过我们针对高于两米的龙类的保险表格，我们也无法防止时有发生的星光爆炸，尽管我们会因为掉了脚趾或手指而得到现金赔偿。可无论如何，在一天结束时，我们所有的人都是一家人——同属于一个古怪的、多姿多彩的大家庭，这个家里有太多的奇思妙想，只是脚趾略微少了一些。"

弗莱彻所谈到的一切——星物质、剧场以及隐藏的世界，都让哈珀因为渴望而心动。她不用再独自搭乘电车，也不用再边听收音机边独自一个人吃晚饭了。她将会有一个大家庭——不仅如此，他们还和她是同一类人。那些创作和表演的人，想必永远不会因为她画了一条机械龙而责备她。在那一瞬间，她明白了自己必须去。

"你当然要去。"弗洛拉似乎看穿了女儿的心事。她放下手里握着的茶杯，用力抱住了哈珀。哈珀也紧紧回抱住了她，呼吸着她身上香水和机油的味道。

"我爱你。"哈珀喃喃道。

"我也爱你。"妈妈回道。她们就这样抱了好一会儿，直到弗洛拉收回双手。"好啦。我想你还要去赶独木舟。"

于是几个人全都来到了窗边。弗莱彻在最前面，他虽然身材高大，跳进独木舟时的动作却优雅得令人意外。接着是特里克，哈珀将双手按在窗户两边，准备好撑起身子跟上他们。她最后看了一眼公寓，然后荡身越过窗台，跳进了正在等着的独木舟。弗莱彻再一次转动银色的表盘，独木舟开始向上，缓缓升入高空，直到下方的城市仿佛变成了一本摊开的书。弗洛拉朝她飞吻了一下，哈珀挥了挥手，然后看着妈妈渐渐消失成了一个小点。哈珀悲伤极了，心脏就像被揉捏了似的，但她还是情不自禁地把目光转向了地平线，以及未来可能会发生的事。

第四章
穿越门关

当哈珀回头看时，弗莱彻正走向独木舟远处的那头——大概是想继续对拖把循循善诱。不过，特里克还留在原地。他露齿一笑，说道："我想我们应该好好地重新认识一下。我是特里克。就算你不记得我了，我也不会生气的。"紧接着他又补充道："创伤性撞击，记忆混乱……这可以理解。"

"我记得你，"哈珀对他说，"算是记得吧。我妈妈告诉我说你是我想象出来的朋友。"

特里克一脸愤愤不平的表情，说道："想象出来的？"

"她没什么说服力。"

"希望是这样，"他揉着自己一头蓝发，让它们像孔雀的羽毛一样竖起来，"我可是非常令人难忘的。"

哈珀眨了眨眼——然后，突然大笑起来。她笑个不停，抱着肚子笑到直不起腰。随后，特里克也开始笑了起来。在经过让人震惊的半小时后，这是如释重负的笑——而且更棒的是，这种感觉很自然，就好像他们从前已经一起这样笑过一百次了。

特里克摆出一脸严肃的表情，说道："我们还有一项非常重要的首要业务需要解决。"

"噢？"哈珀迟疑地问，"是什么业务？"

"恐怕你还欠我两颗巧克力梅子呢。"

这可不是哈珀希望听到的。"你说啥？"

特里克从口袋里掏出一本书，敲着其中的一页，说道："这是我们的最后一次打赌，就是穿越的那天，关于呕吐的那次赌约，我赢了七个巧克力梅子。不过扣除之前班尼斯特滑动下注那次我欠你的三个，再算上带头儿把头塞进你生日蛋糕罚掉的两个，总体算下来，你还欠我两个。"

他以令人惊叹的速度算完了所有的账。哈珀咧嘴笑了起来，答道："好的。我会把这个记进我的清单的——就排在被陌生人绑进一条飞行的独木舟和偶然发现魔法存在于山里某片隐秘的领土后面。"

独木舟在空中盘旋着，直到指向北方，然后它开始在笼罩着城市的烟雾上方飞行，将高耸的工厂和喷着烟的烟囱甩在了身后。特里克向前倾身并从独木舟的底部取出一个包裹，然后问道："想喝点饮料吗？弗莱彻总是说，世界上没有什么打击是适量的茶水解决不了的。"

包裹里放着一排长颈瓶和一罐饼干，还有一台收音机。特里克将收音机摆好后打开了开关，他转动着一旁的调频旋钮，直到收到一个台正在播放欢快的班卓琴曲。

"严格来说，我们是不允许带食物、饮料或者会呼吸的生命体穿越门关的，"特里克告知她说，"但来了这里，我们会想方设法偷偷带一些回去。在隐峰根本买不到雾时茶和星星脆饼，这太可怕了。"他叹了口气，掏出了一个长颈瓶。

"不用了，谢谢，"哈珀耸了耸肩，"茶喝起来就像是湿泥浆似的。"

特里克倒抽了一口气，紧紧抓住长颈瓶，说道："她不是故意这么说的，别和这个淘气小姑娘一般见识。"

当他们小口喝着他们的饮料时（哈珀喝的是一瓶热巧克力，丰富的口感让人感到愉快，而且一点也不像湿泥浆），哈珀询问特里克是否也会在今年开始接受学徒培训。

"是的，"特里克答道，"说真的，在旺德里亚长大却不能去做任何好玩的事情是很折磨人的。他们为演出者的孩子特地准备了家庭营，但不允许我们靠近后台或是工作间——因为曾经发生过一起和芭蕾舞裙以及星光喷灯有关的小意外，可那并不是我的错啊，而且也没必要反应那么大……"

　　他们在云上继续飞行了大约一个多小时，在此期间，特里克向哈珀大致介绍了一下星演者。他给她讲有些舞者可以和自己的影子一起跳华尔兹，有些演员能通过改变自己的外表从而饰演多重角色，还有的歌者能让所有听到歌声的人相信，自己是世界上最棒的舞者（这项技艺曾一度引发相当大的政治尴尬，事关一个大城市的现任市长和一段非常不明智的小鸡舞）。哈珀试着对特里克所说的全盘接受，但除非亲眼所见，她不确定自己是否会相信。

　　突然刮起了一阵强风，哈珀知道是他们在加速了。当她看向前方时，弗莱彻转动起银色的表盘，独木舟向着一片奇怪的蓝色光亮靠近，那光亮在两面岩壁间的狭窄缝隙中闪烁着。

　　"门关到了！"弗莱彻向他们大声说道。当意识到这里便是发生意外的地方时，哈珀的胃绞成了一团——那次意外带走了她的爸爸，改变了她之后几年的生活历程。她发现自己正死死盯着独木舟的甲板，并不愿意看向周围，以防任何事会触发她不愿回想起的那段记忆。

　　弗莱彻再次转动表盘，独木舟疾速前行。就在他们几乎完成穿越时……

　　砰。

他们向后退去，就好像岩壁把他们吐出来了一样。在那一瞬间，哈珀担心隐峰可能会拒绝自己——毕竟，门关曾经已经拒绝了她一次——但随后从山洞里冒出了一个看上去和赫尔贾类似的生物（哈珀猜是另一个淘气鬼），用严厉的目光盯着弗莱彻。

　　"有什么要申报的吗，弗莱彻？"

　　"申报？让我想想……"弗莱彻用手指点着自己的面颊，摆出有点过于放松的表情来。"三个星演者，两个未成年人，一个……"

　　"老家伙。"特里克帮忙补充道。

　　"是成年人，"弗莱彻边纠正边捅了特里克肋部一下，"还有什么……一个淘气鬼，极其暴躁。一条飞行独木舟，标准尺寸……还有一包脆饼星星和三瓶雾时茶。"

　　他飞快地说着最后那部分东西，就像是希望淘气鬼别听见似的。可这并不管用。

　　"把东西交出来。"

　　"哦，别这样！"弗莱彻哄道，"脆饼能有什么危害？"

　　"这些是违禁品，"淘气鬼坚持道，"交出来！"

　　弗莱彻不情不愿地把食物袋交给了淘气鬼。特里克把茶瓶递出独木舟时，悲痛地摸了摸它，就像在和自己心爱的宠物告别。淘气鬼利索地查看了一下包，然后挥手让他们通过。独木舟嘎吱作响地重新开始运行起来，他们继续朝着蓝色的亮光前进。

"他们以前查得可没这么严，"弗莱彻执拗道，"但几年前发生了一起意外，事关一些鸵鸟走私犯和一些违禁的萝卜……说实话，有些人就是害群之马，不是吗？"

这一次，他们平安无事地穿越了门关，门关那一边突然出现的大片风景看得哈珀几乎无法呼吸。四面群山包裹着他们，点缀着闪闪发光的瀑布和茂密的松林。天空似乎无限延伸，没有尽头。哈珀眨了眨眼——她记不起自己上一次看到这么清澈的天空是在什么时候了。冒烟城的天空永远躲藏在烟雾里，可在这里，就好像是谁在天上铺了一块巨大的蓝色毯子。在远处，有光照亮了地平线——蓝色、紫色、粉红色和白色的光四处舞动着，就好像天空正在举办派对。

哈珀盯着独木舟的外面注视了好一阵子，满心敬畏。随后，她渐渐意识到收音机里的音乐停了下来，新闻播音员正在进行播报。

欢迎收听《星演者演出日报》。我是你的主播，爱丝·马龙。今晚头条内容概要：尤兰达·狂热和托尔尼奥·夜曲名列《星演者时代报》最具影响力人物排行榜榜首……富裕剧院价值一百万波币的重修工作已经竣工，新剧场拥有十五盏水晶枝形吊灯和一个纯金的舞台……剧

56

评员对全新音乐剧《金钱第一》的演员阵容作出回应，称其制作"令人非常愉快"……

弗莱彻笑着关掉了收音机。"我们快要着陆了。特里克，你最好给罗珀船长发条信息，让她知道我们很快就要到家了。哈珀，我没权利对你的时尚选择作出任何评价，但穿这些可能会让你觉得更舒服。"他说着取出一双硬皮靴和一件厚外套。哈珀低下头看到自己身上穿着的睡袍和拖鞋时，双颊微微泛起红来。她飞快地脱掉拖鞋，换上了弗莱彻的那双靴子。它们很重但内里很柔软。当哈珀穿上外套时，发现它也一样，有着厚实的毛绒衬里。

"谁是罗珀船长？"哈珀边问边系上鞋带。"一个海盗吗？"

"哦——不是，不过……"弗莱彻转动双眼，"当我们首次开放旺德里亚的教学区时，觉得先生和女士的称呼太过死板，所以我让职员们自己选择头衔。大家有点误会了我的意思，真的——于是我们就有了女爵士、将军和两位阁下……不用担心，我只花了五年就记住了全部的头衔。无论如何，大多数还是沿用姓氏来称呼。"

在他们聊天时，特里克写了封信并小心地将它折成四分之一大小。然后，令哈珀困惑的是，他在独木舟底部东翻西找，取出了一台破旧不堪的老式烤面包机。他将折好的信放进烤面包机里并按下操纵杆。信纸滑入烤面包机，接着就消失不见了。

弗莱彻把独木舟向下划去，驶向山侧凸出来的岩架。他们平稳着陆，只和船下面的石头轻轻碰了一下。

"我们往这里走。"特里克边说边指向两条生锈的铁轨，铁轨看上去像是一半被埋在了山腰里，仿佛是被饿了一天的大山当成点心给吃了。

他们沿着铁轨稳稳地向上攀爬了一会儿——弗莱彻打头阵，恢复成淘气鬼的形状的赫尔贾垫后。在他们爬行时，哈珀听到前面的拐角处传来了人烟——欢呼声、叫嚷声，以及时不时的放声大笑。她的心怦怦直跳——没错！全新的生活正在拐角处等着她。当他们绕过弯道，双脚踩上一片空地时，弗莱彻冲她露齿一笑：

"欢迎回家。"

第五章
茶壶特质入学测试

哈珀眨着双眼环顾着面前的空地，色彩与喧闹构成了模糊的一切。空地边缘排列着火红的纸灯笼，树间悬挂着鲜艳夺目的彩旗。一群人——大约有两百来个——他们兜兜转转，欢声笑语，纵情高歌。在人群后面，透过一丛松林，哈珀看到了一排深红色的电车车厢，有着流畅的线条。当她凝视着围绕在自己身边的景象时，兴奋感就像闪电般炸裂开来。

突然，人群中有一道身影飞快地奔向他们。

"特里克！你回来了！"

来者是位身材娇小的女孩，留着一头黑色的长发，暖棕色的皮肤，眼睛里闪烁着兴奋的光芒。她和特里克拥抱后转身望向哈珀并一把抓住了她的手，使劲地握起来。

"嗨！你也是一年级的学徒吗？我叫安薇·帕特尔，今年十一岁，噢，因为我的生日是昨天，所以恰好赶上在今年开始接受训练，这是不是很疯狂，你叫什么名字？"

整段话说下来她几乎没换过气。特里克抬起双眼。

"安薇。慢一点。"

"哦——对，好的。"安薇吸了一口气，再看向哈珀时，脸上已经换上了一种极其严肃的表情。"你好。我叫安薇·帕特尔，即将开始我的学徒训练。你好吗？"

哈珀有种不好的感觉，面对眼前这个女孩的突然变脸，自己很有可能会忍不住笑出声来。"很高兴见到你。我叫哈珀，我猜我也即将开始训练——我是在一小时前才知道所有关于星演者的事，所以还在继续补课中。"

"真的吗？"安薇瞪大了双眼，声音再次热情起来。"这太神奇了！不过你不用担心，我会帮你赶上进度的，比你说得还快……"她说得上气不接下气，声音也越来越小，双眼则望向了他们身后。"缪斯啊——那些是肉桂卷吗？它们可是我的最爱，我要吃上五个！我得为入学测试保持体力！"说完她就跑开了。她穿过人群，一路上快速闪躲着一群群对她大笑或发出嘘声的星演者。

"安薇——很热情，"特里克笑道，"我们是一起在旺德里亚长大的。"

哈珀没注意听他说什么。她一动不动地站在那里，突然感觉到一种无法抗拒的恐惧。

入学测试。

"特里克，"她转头面向他，缓缓问道，"她说的那是什么？什么是入学测试？"

特里克举起双手，说道："不用慌。"

哈珀害怕极了。"从来也没有人提过有入学测试！"如果她没通过怎么办？她会不会还没机会开始就被取消资格？这似乎也太残酷了吧——将这种生活展现在她的面前，然后又在最后一刻将它夺走。

"你几乎不用做任何事情，我保证。别再瞎担心了。"特里克说道。

哈珀开口告诉他说，她很肯定自己没法不担心，除非她确切地知道测试以什么为前提。这时，特里克却指向了她身后。

"看，弗莱彻准备好要开始了！"

当弗莱彻顺着梯子爬上位于空地正中的临时讲台时，人群中响起一阵欢呼和口哨声。他清了清嗓子，然后环顾四周。

"大家晚上好！希望到目前为止，你们都还过得挺开心的……"

一群正在用木制酒杯酣饮的星演者们喧闹地作出

回应。

"也欢迎大家来到今年新学徒的茶壶特性测试！"

这次，不仅是拿着酒杯的人，所有人都欢呼起来。哈珀拼命地四下张望。她难道要和一把茶壶展开决斗？

"所有将在今年开始接受训练的、年轻的星演者们，祝你们所有人好运。你们作为学徒的这几年将成为你们人生中收获最多的几年。所以，为了将来避免必要或不必要的麻烦，让我们开始测试吧！"

弗莱彻指向空地一侧，那里突然出现了一张圆桌。桌子中间放着一把柳纹图案的大茶壶，茶壶周围摆着一圈茶杯和茶碟。

新学徒——在哈珀看来大概有三四十人——都匆匆向桌子跑去。特里克一把抓住哈珀的胳膊拉着她往前走。学徒们在茶壶前乱转，寻找最大的茶杯或是最亮眼的图案。一旦他们手上握好一个茶杯，便排到壶嘴跟前的单排队伍里。

哈珀学着其他人那样给自己挑了一个深红色的茶杯，握着茶杯排到了队伍里。她脑海中有个画面在疯狂地转动着：从茶壶嘴里弹出一个拳击手套，就像玩偶匣那样，然后一拳一拳地打在每个人的鼻子上。她摇了摇头并试图让自己放松呼吸。

茶壶在桌上安静地待了好一会儿，然后啸叫起来。排在前面的学徒——一个皮肤白皙、剪了梅红色波波头的女孩走上前去，并将自己的茶杯举向壶嘴。茶壶向前倾斜，朝她的杯子里倒出一杯紫红色的液体。

茶的颜色虽不常见，但要不是下一位递上茶杯的学徒安薇·帕特尔——从同一个壶里得到一杯醇厚桃汁的话，这件事也不会如此不同寻常。

这种情况一直持续到最后。每位学徒的茶杯里都倒满了不同的液体：万寿菊酿的糖浆、乌黑发亮的水流、黏稠的紫色物质。当哈珀走近时，她注意到茶杯一旦装满，在把手位置就会出现一个小标签，上面写着她看不懂的弯弯曲曲的文字。

轮到特里克时，他跑上前去，站在了桌子跟前，专心致志地看着。过了一会儿，茶壶开始啸叫，当特里克递上他的茶杯时，茶壶往里面倒入了淡绿色的液体。一个标签出现在特里克的茶杯上，他拿出来和哈珀一起读起来：

蜂蜜菠萝和绿薄荷：天资聪慧、头脑冷静。

"这是什么意思？"哈珀小声问道。

"这是茶壶对每位新来的学徒作出的评估：他们想要什么和害怕什么，他们的智慧和热情，才能和缺点。然后茶壶会选出两种核心的个人特质，是它觉得学徒在日后训练中会用上的。我们称之为，你的茶壶特质。"特里克解释道，"我想知道自己到底是什么特质都想了好几年了。"

"为什么要用茶壶？"

"这是一项传统——在每次演出开始前，演员们都会聚在休息室喝上一杯茶。这把茶壶在这么多双手间传递过，因为这一点，大家认为茶壶是最有资格去评估一个人的。"他低头去看自己的标签并皱起眉来。"天资……这个，他们是想暗示我有戏剧性性格还是什么？"他佯装愤怒，而哈珀心里则忍不住对茶壶的评估表示赞同。

哈珀排在队伍的下一个。她紧张地向前走去，在她的人生中，还从来没有如此关心过一把茶壶对自己的看法。

过了一会儿，壶开始唱起歌来。哈珀飞快地递上自己的茶杯，屏住呼吸，一股冒着热气的橙色水流从壶嘴倒入到她的杯子里。一个标签冒了出来，哈珀立刻弯腰读了起来：

辣椒和海盐：大胆、注重实际。

"这些都是好话！"特里越过她肩膀探着头说道。

哈珀思索着话里的含义。"大胆"她猜是好话，谁不希望成为大胆的人呢？不过"注重实际"……哈珀咧嘴一笑。好吧，毕竟她是她妈妈的女儿。

"所以……这就结束了？"哈珀问道，转过身时手里还拿着她的茶杯，"我们获得我们自己的茶壶特质，这样就算完成了入学测试？"

"不完全是，"特里克说道，"我们还有一个星演者誓言的表演。"

"表演？"这一次，哈珀感觉自己的心跳可能真的停止了，"可是……我都不知道星演者誓言是什么！"

"没人知道是什么！"特里克兴奋地回答道，"它每年都在变，等着看就是了。"

所有的新学徒突然齐齐举杯，就好像在为黑夜干杯似的，然后他们便一饮而尽。哈珀照做时微微呛了一下，辣椒风味的茶可不是用来一口气喝完的。

就在她用手给嘴扇风时，突然冒出一种奇怪透顶的感觉：她的脑海里有句子在漂浮，就好像她正在想起已经长久遗忘的歌词一样。它们像一群蜜蜂聚集在她的口中，然后又自己冲向了世界。

愿我们总是赢得满堂喝彩

并时不时出尽风头

我们将琢磨舞台，希望并祈祷

能在公演夜全情投入，哪怕粉身碎骨

我们知道没有不起眼的表演

我们相信一定会抵达"快乐之路"

直到去往我们人生的尽头

我们的故事才会结束

宣誓结束后，全场鸦雀无声。哈珀眨了眨眼，在她看来，她只是说了一堆废话。但随后，人群中爆发出了热烈的掌声。

"仪式一年比一年更好。"一个挥舞着啤酒杯的星演者边说边擦着眼泪。

"入学夜测试仪式到此结束！"弗莱彻冲人群喊道，"新学徒们——欢迎你们！"

突然，在场的所有人都欢呼起了"欢迎你们！"和"入学夜快乐！"哈珀之前见都没见过的人冲她露齿而笑并拍着她的后背，仿佛她真的成了他们中的一员。一种温暖的感觉传遍哈珀全身，就像泡进了热水浴，她发现自己也在朝身边的人回以笑容。

"你们所有人现在可以自由地去搭建自己过夜用的露营设备了，"弗莱彻宣布道，"如果你要使用帐篷的话，我们要求它不能超过两层。还有就是，如果有发现任何人没有和别人分享自己的棉花糖，将会受到最重的处罚。"

"说的就是你，麦卡宾斯！"人群中有人叫道，接着传出一阵大笑声。

在一阵忙碌后，有人快速收走了长凳和桌子，大家铺开了柔软的睡袋和已经组装好的露营床。

"入学夜每个人都要露营这是传统，"特里克说着，指向一排看上去很舒适的蒙古包。"你不介意吧？明天起，我们就会住进旺德里亚的学徒宿舍了。"

"完全不介意！"哈珀微笑道。她想象不出能有什么可介意的，她只觉得实在是太如释重负了。入学仪式结束了，她顺利地留了下来，没人会把她赶回冒烟城了。就这点来说，她甚至愿意睡到刺猬床上。

她和特里克朝蒙古包走去。一些星演者聚集在篝火旁，正在静静地聊着天，烤着棉花糖。哈珀好奇地打量着他们——他们和冒烟城的人如此不同，很难想象他们曾经也在那里生活过。

"所以——这里是你们所有人？"她问特里克，"所有的星演者？"

令她惊讶的是，特里克大笑起来，说道："缪斯啊，当然不是。还有很多其他星演者演出的剧场，以及一些从事自由职业的星演者。有的甚至会直接去树林里给松鼠们表演。"

"嗯哼。"哈珀哼了一声，"那你的父母也都是星演者吗？"

"他们曾经是，"特里克答道，"不过现在……我的亲人就剩弗莱彻了。他是我妈妈的表亲，隔了两代还是几代——不过我仍然称他为叔叔。"

特里克没有细说自己是如何失去双亲的，哈珀也不想打探别人的隐私。她把话题转回到茶壶特质和它们的含义上。"弗莱彻总说他的特质相当帅气，而且他还是地球上绝顶聪明的那类人，"特里克告诉哈珀，"但我觉得他就是在开玩笑。"

哈珀感觉睡意来袭，打了个大大的哈欠。特里克将她领向一个蒙古包，当她拉开那个蒙古包的盖帘时，发现里面有一张小小的、舒适的露营床。

"晚安。"特里克咧嘴一笑，朝着下一个蒙古包走去。"明天见！"

"晚安！"哈珀微笑道。

她脱下靴子，爬到了床上，闭上眼睛，聆听着帐外星演者们充满欢声笑语的闲聊。哈珀对自己露出笑来，因为这次她意识到，自己听到的不是从砖砌的墙壁传来的声音——这些声音就在她身边，而且属于那些可能在不久以后就会成为她亲密朋友的人。这个想法让她由内而外地感到温暖，她翻了个身，进入了若干年来最深沉的睡梦中。

第六章
学习星物质的第一课

第二天早上，哈珀被香肠的诱人气味引出了蒙古包。帐篷外，睡袋和露营床很快被条纹躺椅和在火炉上欢快啸叫的铜壶所取代。星演者和学徒都在煎着香肠，往茶杯里倒着热气腾腾的茶。

"早上好！"从附近的一张躺椅上传来特里克的问候。

"早上好！"哈珀回答时，脸上带着兴奋的笑容。她抓过一把椅子拖到火炉前，挨着特里克的椅子放好。

"弗莱彻刚来过。所有的新学徒需要在一小时内前往主音乐厅，并在舞台上进行开学日的介绍。"特里克边说边递给她一个盘子。

哈珀内心涌现出一种混合着忧虑的期待。期待的部分是由于她迫不及待地想要开始，与此同时，更多焦虑的部分则源于她记起了自己曾经尝试学习直笛的经历——邻居们组成了抵制吹奏乐器联盟，还正式投票决定将她的直笛移到房外，这个短暂的爱好也因此告终。

挥去心中的顾虑，哈珀快速地往自己的盘子装着食物，而特里克则给她倒了一杯——

"对不起，这是什么东西？"哈珀朝着森林绿的液体皱起了鼻子。

"松茶，"特里克回答道，"尝尝看，很好喝的，真的。"

哈珀试了试，她原以为口感会很泥泞，像长满苔藓似的，结果却发现，松茶的口感新鲜而甜美，就像糖霜薄荷一样。特里克往自己的杯子里加了六勺糖。哈珀拒绝学他那样。

哈珀一边吃着东西一边偷看其他聚集在火堆边的学徒。安薇·帕特尔在那里热切地聊着即将到来的一天会发生什么。那个在入学仪式上排在第一个、留着梅红色波波头的女孩子正坐在镜子跟前，以一种哈珀知道自己永远不可能成功的方式，轻松地在眼角画着黑色的星星。哈珀简直不敢相信眼前发生的一切，在平时这个时间，她正出发穿过烟雾弥漫的街道，准备去上死板的课以及面对冷嘲热讽的老师们一整天。她将手伸向一块炸薯饼的同时，猜测着妈妈是否会为她的缺席找一些借口，还是直接说出真相，然后看着他们全都因为惊恐而晕倒。

"不好意思。那块是我的，我想你应该明白。"

哈珀转过身，看到一个脸庞苍白清瘦的女孩，留着一个大背头。那女孩正非常生气地朝哈珀皱着眉头。

"你说什么？"哈珀问道。

"我想要那块炸薯饼。所以，把它给我。"

哈珀不喜欢这个女孩说话的语气，她皱起眉头问道："你是谁？早餐管理员吗？"

旁边几个学徒纷纷倒吸一口气。那个女孩弯下腰，将自己的脸和哈珀保持齐平。

"也许我应该说明一下，"她甜甜地说道，"我叫阿尔西娅·里德。我妈妈是星演者管弦乐协会的得墨忒耳·里德，我爸爸叫华莱士·里德，是星演者戏剧委员会的理事。"

"噢，"哈珀应道，"嗯……真为你的爸爸感到骄傲？"

阿尔西娅眯起双眼，说道："我父母都是有头有脸的人物。这意味着——"她的声音变得强硬起来，"我想要什么就会得到什么。就像现在，我想要那块炸薯饼。"

当哈珀和阿尔西娅互相瞪眼时，周围一片死寂。然后，哈珀故意将那块炸薯饼送到了嘴边并张开嘴咬了一大口。

"唔。好吃。"

特里克紧张地站在哈珀身边，像是做好了随时跳出来的准备。安薇小声呜咽着，而阿尔西娅则笑了起来。

"你就是那个刚被他们从冒烟城拖出来的女孩吧？我想我应该对你说欢迎的——但我希望你快点离开这里。因为你永远也不可能成为我们中的一员。"

哈珀望向特里克，问道："那家伙是谁？"

"阿尔西娅·里德，"特里克答道，"她们一家子都不讨人喜欢，别理她。对了，我们走吧，快要开始了！"

哈珀清理完自己的盘子，跟着特里克穿过人群，站在了昨晚她看到过的那辆电车跟前。弗莱彻和一群星演者正在车内上上下下，边检查车厢边互相大声给出指示。哈珀眨了眨眼睛，她记得弗莱彻说过，旺德里亚是由他们逃离冒烟城时所乘坐的那辆有轨电车改造而来的。但电车是怎么变成剧场的呢？

做完最后一次检查后，弗莱彻点了点头。他径直向前走去，然后拉下了位于电车最后一节车厢的杠杆。

所有车厢作为一个整体开始移动和扩展。它们向内滑动，如同一幅巨型三维拼图的碎片，垂直转动并互相对接。接口处完美地融合在一起，车轮在一片火花中收回。片刻后，哈珀发现自己眼前已经出现一座巨大的宏伟建筑。它有一个双层的圆屋顶，两座拱形的塔楼分列两侧。大门上方用花体字写着：旺德里亚音乐厅和大剧院。当哈珀读出这行字时，她感到一阵激动。在今后的五年里，她将要在这里生活和学习，这个地方将以某种方式把她从普通的哈珀·伍尔夫变成一位星演者。至少，她是这样希望的。她很清楚自己这辈子还没显示出一丁点拥有魔法的迹象，除非把她制作苹果酥的高超本领算在内。

新入学的学徒们开始涌向入口，哈珀和特里克跟着他们一起穿过大门，进入到旺德里亚内部。大堂里铺着大理石的地板，彩绘的天花板上绘有云朵和小天使。在一块写着音乐厅的牌子下面坐落着一对金色的大门，大堂两边各有一组铺着红色地毯的楼梯，分别通往教学区和生活区。特里克带头向右手边的那组楼梯走去，直到在一扇蓝色的门前停下了脚步。门上有块牌子，上面写着：学徒宿舍。

"大人们是住在别的宿舍里吗？"哈珀问道。

"是的，在那边。"特里克点了点头并指向另一组楼梯，"那边是职工宿舍和家庭宿舍——我和弗莱彻就住在那里。那里还不错，尽管弗莱彻打起呼噜来像是有轨电车的引擎一样。再后面就是天穹了。"

"天穹？"

"很显然，天穹没在天上。之所以这样称呼是因为它在穹顶里，那是旺德里亚的最高点。他们把不打算扔掉的旧道具和旧服装存放在那里。从来没有人去过那儿。"

那扇蓝色的门通向一连串的房间。第一间房间很宽敞也很让人愉快，里面有豆袋椅、吊床和舒适的沙发。一道拱门通向食堂，食堂里放着一张长长的木桌，两边摆放着一排不配套的椅子，在它们后面是一对玻璃门，通向一个挂着小彩灯和玻璃灯的大阳台。

"在必须到达音乐厅前，我们有半个小时的时间。"特里克说道，"你想看看你的房间吗？"

"当然。"哈珀点了点头，她心知在弗莱彻给她的外套里面，还穿着自己的睡衣呢。

他们矮身穿过另一道拱门，这道门通往叠在墙壁上的一排又一排的门。还有许多楼梯——有些是笔直向前的，有些是通往对面的，有些挨着车轮的楼梯则顺着轮子的方向拐来拐去。哈珀的视线扫过所有的门，然后落在那扇写有她名字的门上。她爬上离得最近的那个楼梯。这可真是一项艰巨的任务，因为楼梯似乎很有幽默感，总是和她的门把手擦肩而过。终于，她走进了一间小巧而舒适的卧室。室内有一张铺了毯子的小床、一张写字台和一个雕花的橡木衣柜。查看衣柜时，她发现有一件整洁的蓝衬衫和一条黑裤子，还附带一张纸条，上面写着：学徒制服。哈珀穿上它们，然后把手伸进背包取出妈妈给她的小领结，将它系在了脖子上。哈珀看着镜子中的自己，自豪感油然而生，她希望自己的父母可以在这里亲眼看到这一切。

她来到食堂和特里克碰面后，两人一起去到大堂，然后穿过金色的大门进入到音乐厅。这是一个巨大的空间，有四层，每层都设有豪华的座椅，巨大的舞台四周围着庄重的红色幕布，还有一个闪闪发光的枝形吊灯，坠着水晶。当他们走上舞台时，哈珀满怀敬畏地张大了嘴巴，弗莱彻正笑容满面地站在那里。陪在他旁边的是一位十八九岁的少年，白皙的皮肤上长着雀斑，一头棕色的头发。哈珀打量着周围集合在一起的学徒，这就是弗莱彻曾经承诺过的大家庭。他们都会像弗莱彻所暗示的那样欢迎自己吗？又或者，他们都会像阿尔西娅那样对自己冷嘲热讽？

"你们好，新来的学徒们！"当所有学徒都集合后，弗莱彻开口道。"欢迎第一天来到旺德里亚的大家！你们已经知道了，我的名字叫弗莱彻。我是旺德里亚的演出制作人，负责组织演出、安排巡演日程、监督教学，偶尔会对着纸袋大吼大叫，当然，是为了解压。而这位——"他指向身后的年轻人，接着说道，"他是我的助手，名叫洛里·蒙哥马利。我们将把你们分成三个不同的小组，在你们作为初级学徒学习的几年里，分组都将保持不变。下面，我叫到名字的，请上前一步。"

"第一组：特里克·托雷斯、罗西·雷赖特、哈珀·伍尔夫……"

哈珀和特里克相视一笑，向前迈了一步，一起的还有那个留着梅红色波波头、脸上画着黑色星星的女孩。

"安薇·帕特尔、伯尼·麦登、阿尔西娅·里德……"

哈珀不确定是谁叫得最大声——是她、特里克还是阿尔西娅本人。阿尔西娅向哈珀投来厌恶的一瞥，然后向前挪着步子加入他们的小组里。

弗莱彻还读了几个名字，直至组员达到十人。然后，他指向前面一扇通往舞台的木门说到："第一组，你们的导师是拉希莉总理。她会在一号排练厅和你们碰头。"

第一组的十位学徒走到舞台旁的门跟前，罗西·雷赖特打开门后，看到的是一条快要散架的、盘旋向上的楼梯。他们爬上楼梯，涌入一条狭窄的走廊，走廊里有一排排练厅。一号排练厅是一间明亮、通风的房间，房内摆放着一排椅子。拉希莉总理已经到了，正站在一张矮木桌后面。她的形象令人印象非常深刻：盘在头顶的厚实的黑发，深棕色的皮肤，还有目光锐利的琥珀色眼眸。拉希莉示意他们坐在椅子上，哈珀坐在第一排，位于特里克和罗西·雷赖特之间，罗西朝她露出友好的微笑。

"欢迎，"拉希莉宣布道，"你们作为星演者的训练将从今天开始。这是一项难懂的业务——复杂、危险，而且偶尔还容易发生意外爆炸。"

"爆炸？"阿尔西娅尖声道。

"如果相反类型的星物质发生反应，它们就会引起爆炸。哪些类型不能混合在一起，这正是我们一开始将要学到的知识。"

"我们难道就不能从简单的学起吗？"阿尔西娅要求道，"如果我回家时眉毛或哪里被烧焦的话，我的爸爸——华莱士·里德——将会很不高兴。他可能会因此而解雇你。"

拉希莉冲她劈头盖脸地喊道："你想要简单是吗？好！在冒烟城以班里第一名的成绩毕业不是简单的事；成为有史以来最年轻的艺术总监不是简单的事；在完成教师培训的同时，还要和我爱人筹备婚礼并在一年里自学烹饪也不是简单的事！但你知道吗？我做到了，我结婚了而且还成了做肉馅土豆泥饼的好手。如果你要的是简单，你知道大门在哪里。"

阿尔西娅转开头，她的耳尖变得通红。哈珀朝着迅速变成自己英雄的拉希莉开心地咧嘴笑起来。

"好了。如果你们所有人已经做好了准备，你们的围裙要来挑人了。"拉希莉边说边将手挥向一排挂在钉子上的带图案的围裙。当哈珀和其他人一样好奇地来回查看它们时，她突然发现自己头上多了一块红色方格图案的围裙，像热情的小狗一样蹭着她。

"它喜欢你！"特里克露齿一笑。

注意到似乎没有围裙愿意和阿尔西娅配对时，哈珀内心暗喜。阿尔西娅在围裙前大步走着，对着它们紧锁眉头。直到最后，有一条围裙似乎推了推旁边的，一条相当枯燥的灰色条纹围裙这才不太情愿地垂落在阿尔西娅头上。

"现在，我想我们还是应该从基础入手，从而确保你们每个人都能跟得上进度。"拉希莉开口道。哈珀相信这全是为了她好，并且很感激拉希莉没有指明是为了她。

"作为星演者，我们要用到的星物质有星光和星尘，尤其是星尘，"拉希莉解释道，"星演者的魔法存在两个不同的分支：机械学和舞台表演。你们今天将会学习关于这两项的基础知识。"

拉希莉弯腰去取脚边的包。"第一种使用星物质的方法是通过一种材料来使用它。星物质适用于任何东西——金属、纺织品、木材——它会将星演者的属性赋予材料。例如……"她说着把手伸进包里，一只手摸出一块黑色的丝绸，另一只手则拿着闪闪发光的银线。如果哈珀眯起双眼去看的话，能看到银线在微微地弹动着，就像是在等待指令似的。拉希莉双手动了起来。在快速、灵巧的触碰下，她把线穿过布料，将四个边聚集缝合，直到缝成一对轮廓粗糙的翅膀形状。她握了握它们，然后把它们扔向空中。在翅膀的拍动下，黑色的丝绸变成了一只乌鸦，向上飞起，停在拉希莉的肩头上。

"看到了吗？"拉希莉说话时，学徒们纷纷小声赞叹。"首先，你必须设定你的目标：你必须知道你想要星物质为自己做些什么，不然它会因此而困惑。然后，你要把星物质应用到一种材料上，给星物质一个渠道，就这个案例来说，是丝绸——从而你便创造出了一件星演者的物品。我们就是这样来制作服装、舞台灯和道具的，我们称这个分支为机械学。在旺德里亚，将会有好几位老师来给你们上机械学的训练课——有服装部的罗珀船长，负责照明的朱玛夫人，场景工场的图尔西亚大师等。"

哈珀大大地松了一口气。机械学至少听着熟悉，学这个或许不至于完全超出她的能力范围。

"既然谈到机械学，那最重要的事情就是在处理星物质时要自信。所以……"

拉希莉说着弯腰从桌子下面找出一个破旧的皮箱，咔嗒一声打开皮箱并将它转至面朝学徒。

出于敬畏，哈珀轻轻"哦"了一声。箱子盖的内里绑着一排玻璃瓶。其中一些玻璃瓶里装着明亮的、闪烁的光，光轻轻地旋转着就像一个微型的银河系。其他玻璃瓶里则放着细小的银尘，就像粉末状的雪花一样细微。

大家在旧皮箱前挤作一堆，将瓶子传来传去。特里克抛给哈珀一瓶星尘，她连忙拧开瓶盖，看向瓶子里闪闪发光的物质。

"这些都是怎么收集起来的？"哈珀问时，手轻柔地穿过星尘。

"我们在隐峰的最高点建有收集站，"拉希莉解释道，"用各种各样的方法回收星物质，比如用网、吸力装置以及淘气鬼。淘气鬼们会把自己变成巨型扫帚，将周围空气中的星物质彻底扫光。"

"我妈妈说自从坠落事件以来，星物质就一直短缺，"安薇大声问道，"真是这样吗？"

"并不是，"拉希莉答道，"我们仍然有足够的星物质。"

"对不起，打断一下，"哈珀插话道，"坠落事件？"

"就是星星呀！"安薇喊道，"这件事发生在五年前，就在我们抵达这里的那天夜里，十三颗真正的星星一下子全都从天上掉了下来！"

"十三颗？"阿尔西娅·里德轻蔑道，"是更接近五十颗吧！"

"我奶奶说她只数到三颗。"哈珀身边的罗西说道。

"是十三颗。"拉希莉快速阻止了这场争论，"理事会已经核实过了。在隐峰一共有十三个坠落地，星星就落在那里。"

哈珀皱起了眉头，问道："为什么会发生这种事？"

"或许是受到了某种魔法的扰乱吧。"拉希莉说道，"谁知道呢？说不定是因为我们一下子攻破所有的门关，产生的巨大冲击波穿透了天空所造成的影响吧。"

"那么，那些星星怎么样了？"哈珀问道，"在它们掉到地球上之后？"

"谁也不知道，"拉希莉回答道，"这正是最奇怪的地方——我们所有人都看到它们掉下来了，所有人也都看到它们掉到地球上了，但从那以后就没人见过哪怕一颗星星。它们就好像消失了一样。"

哈珀听到她的话后感觉一阵激动。十三颗真正的星星由于某种未知的原因正在世界的某处？她想知道它们看上去是什么模样，如果能靠近其中一颗的话又会是什么感觉。

在上午剩余的时间里，拉希莉通过一堂课教了学徒们如何处理星物质，并以一种不会引起爆炸的方式融合它们。哈珀对此稍稍有些失望——她还真的挺希望能亲眼看见阿尔西娅·里德的眉毛被烧焦的。当提示午餐时间的铃声响起时，他们回到了学徒宿舍。赫尔贾负责午餐——尽管这个淘气鬼的脾气可能臭了点，但却是一名出色的厨师。哈珀很快就塞了满肚子的热培根卷和黄油饼干。

她很高兴自己填饱了肚皮，因为下午可比上午还要难熬得多。

"星演者魔法的第二个分支叫作舞台表演，"拉希莉解释道，"舞台表演需要掌握的是对我们周围空气中星物质的操纵。"

"在我们周围的空气中？"安薇滑稽地眯起双眼望向中间。

"你是看不见它的，"拉希莉苦笑道，"当星物质到达地平面时，已经分散到肉眼看不见的程度了。但是，你应该可以感受到它，因此，也可以控制它。在这样的情况下，让星物质起作用的渠道便是你自己——你的声音、你的音乐、你的动作。这就是星演者歌唱家、音乐家和舞蹈家的工作方式。"

这一次，当拉希莉去她脚下的袋子里翻找时，她找出了一根蜡烛和一把小曼陀林。她把蜡烛放在桌上，把曼陀林放在腿上并拨起了琴弦。

曼陀林发出的声音清澈柔和，哈珀感觉她脖子后面的汗毛直竖。但这声音还不是最令人难以置信的——在拉希莉演奏时，蜡烛上有一簇细微的火花闪烁起来。它逐渐长大，直到变成一团熊熊燃烧的火焰在灯芯上欢乐地舞动着。

"你点燃了它！"哈珀小声道。

"严格来说，是星物质点燃的，"拉希莉纠正她道，"我只是简单地设置了目标——点燃蜡烛并给它一个发挥作用的渠道——音乐。"

"好，舞台表演可能比机械学更复杂，因为你需要有一个条理清晰、沉着冷静的头脑，用它来影响星物质。正因如此，将由一名专业的老师——也就是我来给你们上舞台表演训练课。今天，我们将专注于知晓我们周围星物质存在的学习。"

哈珀很快发现，在这件事上她将会遇到麻烦。她的脑袋没法趋于冷静：叽叽喳喳又喋喋不休，几乎就没停过嘴。然而当她看到其他的学徒都闭上双眼后，她还是照做了。

好吧，她想着。排除杂念。

这太棘手了。每次当哈珀以为自己成功排除杂念时，令人不愉快的画面便会突然冒出来：她的妈妈独自坐在一间空空的公寓里，阿尔西娅傻笑的脸，弗莱彻挥手把她推到一条独木舟上并把她赶回了冒烟城……

哈珀深吸了一口气，抬手碰了碰爸爸的领结。手指抚摸到丝绸的感觉让她稍稍冷静下来。她的手保持不动，闭上双眼后又试了一次。

"这很有趣，不是吗？"拉希莉冲她点了点头说道，"我一直觉得这感觉就像是洗冷水澡——让人精力充沛，但是并不完全令人愉快。"

它并不完全令人愉快，哈珀对此表示同意。她感受到的能量有些疯狂：哈珀想象不出怎么试着去控制它。

下午结束时，哈珀已经筋疲力尽。当放学的铃声响起，他们拖着沉重的脚步回到了学徒宿舍，哈珀所能想到的只有一大桶热巧克力和泡沫量大到荒谬的泡泡浴。

然而，特里克对他们晚上的安排还有其他的想法。

"哎，朋友们。"特里克朝聚集在火边的哈珀、安薇和罗西拍了拍手说道，"在大堂挤满观众前，我们有一个小时的时间用来换衣服、吃饭。快去，快去，快去！"

"等等，"就在另外两个人冲向她们自己的房间时，哈珀问道，"我想问的是——我们没有家庭作业要做吗？"

"哈珀，"特里克回答道，"这是全新演出季的开幕夜演出。相信我——你不会想错过它的。"

哈珀想起了特里克对她描述过的星演者的力量，她想他是对的：自己绝对不想错过它。

"好吧，"她对特里克咧着嘴笑道，"一小时后见。"

第七章
首演夜

哈珀穿着睡袍站在那里,双臂交叠,瞪着衣橱里的衣服。

"说实在的,"她喃喃道,"这太可笑了。"

回房间后("五十九分钟!"特里克在屋外对着她离开的背影叫道),她发现了一扇那天早上没有注意到的门和一间干净、明亮的浴室,内设她专用的爪脚浴缸,一个海玻璃淋浴隔间和一个橱柜,柜子里摆满了看着就很有趣的瓶子。

变色龙美发配方:使用 1 次即可打造 107 款发型!

沐浴时歌唱凝胶：使用 3 滴即可唱出像你最喜爱的歌手那样的高音长达 60 分钟！

洗完澡并穿上睡袍后，哈珀蹑着脚走到衣柜前，打开柜子，像雪崩一样大量涌出的衣服立刻将她埋了半截。

显然，自那天早上以后有人给她的衣柜补了货，无论那个人是谁（她怀疑是弗莱彻），他对一个十一岁的女孩需要穿什么的看法太过夸张。哈珀设法挣脱那堆衣服，站起身来一脸严肃地打量起了衣柜。

"一个潜水员的头盔？"她边摇头边朝衣柜问道，"一件羽毛斗篷？一件舞会礼服？我到底为什么需要这些东西？连一半都要不了。"

不出所料，衣柜没有给出回答。

哈珀叹了口气，做好了战斗的准备。她强迫自己在这些可笑的衣服里寻找起来，当她发现了一排珠光宝气的牛仔靴时，一度几乎彻底放弃了寻找的念头。不过，谢天谢地，她成功找到了一批色调明亮、令人愉快的正常服装。她换了一件红色的针织套衫，搭配一条蓝绿色的裙子，来到楼下的食堂和特里克、安薇以及罗西碰头。她发现他们在一面墙跟前挤成一团，墙上贴着大小不一的海报。

"这都是什么？"她边走近特里克边问道。

"俱乐部和社团，"特里克兴高采烈地答道，"我甚至都不知道有这么多个！"

哈珀注视着墙上的海报。她饶有兴趣地注意到，对应不同的茶壶特质分了不同的组别。哈珀看向"无畏、勇敢、大胆"下面的小组，发现其中有一家走钢丝俱乐部、一个飞刀者协会和一家在周末进行真人角色扮演的俱乐部（你可以在虚构的末世奋力一搏，与此同时，高度逼真的僵尸正打算吃掉你的脸！）。罗西正在看排在"艺术性、创造性"下面的一张极致钩针编织的海报，而特里克已经找到了一个排在"才华"下面的俱乐部，这里似乎致力于讨论著名星演者演员关于死亡的最佳表演。

"我最喜欢的是杰克逊·陈，"特里克告诉哈珀道，"他本来应该在他爱人的尸体旁服毒自尽，但他花了很长时间去做这件事，直到她站起来离开了舞台——他的表演还在继续！这可真是个传奇。"

淘气鬼赫尔贾将晚餐装在一辆大手推车上推了过来。当他们坐下来吃着热气腾腾的面条汤配松软的大饺子时，哈珀望向了罗西·雷赖特，今晚她往光滑的梅红色头发上装了几条霓虹色的彩条。

"你的父母是在这里表演吗？"哈珀问道。

"不在这里，我父母为了工作会在不同的剧场间出差，"罗西回答道，"是这样的，我妈妈得出差——她是个化妆师。爸爸大多数时候都待在家里做难吃的馅饼，我们还全都要装作很喜欢的样子。"

"我的妈妈在这里工作!"安薇急不可耐地插起话来,"她是一位音乐大师——她的专长是让事物随着她的声音生长。在我七岁生日时,她让卧室的地板上长出了整片的向日葵。这可真是太棒了!我真希望我已经继承了这项……"

罗西小心翼翼地望向哈珀,问道:"你的父母……他们不是星演者吗?"

"我爸爸是,"哈珀回答道,"但我妈妈不是。她是个糟糕的歌手——她更有可能用她的声音去杀死一朵花而不是长出一朵花。"众人哈哈大笑,哈珀热切地希望自己没有遗传母亲的唱歌能力。

用完晚餐,他们离开学徒宿舍并来到了大堂,那里已经忙得热火朝天。弗莱彻在一个大货架上放入亮光纸印刷的节目册,与此同时,在华丽的镀金酒吧里,工作人员身上穿着黑白相间的制服,他们正在用香槟酒杯搭着一个看上去摇摇欲坠的金字塔。表演者们穿着各式各样的舞台服装,化着不同的妆,在周围转来转去,趁着上场前的最后一刻喝上几杯水,并试图偷看一下外面聚集了多少观众。

两个男人正在为演出流程激烈地争论着，哈珀好奇地探上前去想听听他们在说些什么。

"我们希望在第二幕开场时上。我们刚刚完成了新节目中的沉浸式场景，它将把整个观众席变成海滩——海沙、海鸥等，应有尽有！"

"说什么呢，所以我们后面上场的人，就必须在表演的同时还要努力躲开调皮捣蛋的海鸥拉的屎？没门！我们的乐器会从字面意义上让人们从座位上漂浮起来，这才是完美的第二幕开场！"

哈珀望向刚才说话的那个人时，心脏微微颤抖了一下。他穿着一套十分得体的蓝宝石色西装，手里紧握着一把擦得锃亮的长号。

"呃——不好意思打扰了，"她开口道，两个男人因此都停了下来盯着她看，"你刚刚说你的乐器能让人漂浮起来是吗？"

那个吹长号的人怒气冲冲道："是啊。"

"是这样——我爸爸以前在乐队里也做过那样的表演，"哈珀感到非常紧张，"你知道迈克尔·伍尔夫吗？"

男人的眼睛亮了起来，惊讶地说道："真没想到，你不会是他家那个小姑娘吧？"

哈珀点了点头，对方脸上露出笑来。"哈珀！小哈珀！我的天哪，我上次见到你的时候，你还没有我膝盖高！你那时还是个小东西，和你那个蓝头发的小伙伴一起，总是划花我们的乐器。"

特里克装出一副对货架很感兴趣的样子。哈珀则笑了起来，抱歉道："对不起。"

"没关系。我叫约瑟夫·琼斯。你爸爸是我最好的伙伴。"他露出大大的微笑并握了握哈珀的手，接着说道，"一旦你需要帮助，我就会来，还有乐队其他的男孩，知道了吗？"

"谢谢。"哈珀低下头，双颊泛起了红晕。

"嗯——我得走了。演出开始前还要给这把老长号调一下音。"约瑟夫眨了眨眼，然后走向观众席的大门。

"祝你好运！"在他匆忙离开时，哈珀在他身后喊道。

就哈珀而言，这只是无关痛痒的一句话——冒烟城每个人在开商务会议或是开始玩纸牌游戏前都会这么说。所以，当她说出这句话后，随之而来的人们夹杂着嘲笑和恐惧的表情让她觉得有些茫然。特里克和罗西咧嘴笑了起来，就好像她开了一个巨大的玩笑，但安薇和附近的其他几个星演者盯着她看的表情，就好像她刚刚在大堂里引爆了一枚臭弹。

"缪斯啊，"阿尔西娅的声音回荡在大堂里，"她刚刚真的那么说了吗？在首演夜？"她一脸同情地走近他们，向哈珀问道："你对星演者还真是一无所知，是吗？"

"说祝你好运有什么不对？"哈珀皱起眉头，"这是一句好话。"

"在首演夜它可不是，"阿尔西娅接口道，"除非你觉得，毁掉整个剧场和剧场里的每个人是件好事。"

哈珀眨了眨眼，问道："你在说什么呢？"

"这不过是个迷信的说法，"特里克翻了个白眼，插话道，"有些人觉得在首演夜说这句话会给剧场招来巨大的厄运。"

"哦，这可太棒了。"哈珀哀叹道。

"别担心，大多数人并不真的相信那一套。"罗西道。

"所有的迷信都基于事实，"阿尔西娅反驳着，"你就等着瞧吧。"

没等哈珀开口回应，阿尔西娅已经从他们面前一掠而过。她从弗莱彻摆放的节目册中，抽出了最下面的那本，因此导致其他的节目册都掉了下来。

"别理她，"特里克说，"她就是想吓唬吓唬你。"

"那么，在演出开始前我应该说什么才对呢？"哈珀问道。

"你应该说'诅咒你被一千只蜜蜂叮咬而且还要被狼咬脚趾头'。"特里克告诉她。

哈珀目瞪口呆地看着他，问道："这么说反而比我说的要好？"

"是的。"

哈珀摇了摇头。这真是一个奇怪透顶的地方。

当他们穿过金色大门进入音乐厅时，哈珀忍不住再次看向豪华的红色座椅、舞台大小的深红色幕帘。她想到了冒烟城的那些老剧院，座位空荡荡的，因为没人使用而遭到遗弃，心里感到一阵遗憾。

特里克没有在任何一个座位坐下来，而是带着他们穿过一扇边门，然后走过一组狭窄的台阶。一路上又黑又暗，不过最后他们出现在了位于观众上方的窗台上，一组照明师正在那里操作着聚光灯。

"这里的视角更好——你既可以暗中观察观众，又能看到表演者！"特里克低声说。哈珀很快就明白了为什么要去偷看观众。当进入音乐厅的大门被推开后，观众们蜂拥而入，明显可以看出他们都为首演夜而进行了盛装打扮。男人和女人都穿着相同的运动型无尾礼服，戴着羽毛头饰和大量闪闪发光的珠宝。有个男人穿了一件流苏西装，配了一个天鹅绒灯罩作为帽子，与此同时，挽着他胳膊的女人穿了一件舞会礼服搭配着一顶骑行头盔。

"他们都是星演者吗？"哈珀打量着下面的人群问道。

"不是——巫师、精灵、淘气鬼，还有所有其他的人都会来看我们的演出。"特里克回答道。他指向一对观众，两个人都戴着闪闪发光的狂欢节面具。"他们是精灵。你可以看得出来，因为他们在公共场合有戴面具的习惯。而她是个巫师。"他说着朝着一位女士点了一下头，那位女士留着一头如瀑布般的彩虹条纹长发，一直垂到了膝盖。"巫师走到哪里都光着脚。你要是问我的话，我会觉得很痛苦，但他们就是这样。"

当观众都入座后，弗莱彻大步走上了舞台。

"欢迎各位朋友和观众！"他大声宣布，"我非常高兴地欢迎大家来到旺德里亚音乐厅和大剧院的秋季首演夜！今晚的演出有着一流的演出阵容，所以话不多说——让我们开始表演吧！"

灯光熄灭后，哈珀感到一阵强烈的兴奋。她想知道，如果回到事故发生以前，她是不是也会像这样坐在这里，等待着爸爸的乐队上台表演。

首先站在台上的是一位女士，穿着一身精致的金色连衣裙，她在舞台上放了一面华丽的镜子，然后和自己的影子一起高歌了一首二重唱。接着上场的是一群演员，表演了一出谋杀悬疑剧，每当变换角色时，他们的外表也都会跟着发生变化（其中一个男演员成功地扮演了一位富有的老寡妇、一位国际间谍、一位时髦的年轻水手，而且一度还扮演了一条三头龙）。

一位音乐家演奏了从琴管里射出绿色火焰的风琴；一

对身上穿着银色彩绘的夫妇在一轮巨大的新月上跳起了华尔兹舞；还有一个喜剧表演，摆了一串气球来回应观众的笑声，伴随着一次次的大笑，气球逐渐膨胀，直到爆裂开来，将闪闪发光的五彩纸屑洒了大家一身。随着一场场演出，哈珀的眼睛瞪得越来越大，笑容几乎把她的脸给分成了两瓣。

在几场演出后，特里克俯身小声问道："我们要不要一起去看看剩下的？"

哈珀抬起了眉毛说："剩下的？"

他们四个人小心翼翼地沿着窗台往回爬到楼梯，穿过一扇门退回到后台。这里的空气中弥漫着发胶和橙子的味道。哈珀惊讶地看到一些观众不是在四处晃悠，就是在往门里偷看，还相互兴奋地窃窃私语着。弗莱彻的助手洛里·蒙哥马利出现在楼梯下面。

"罗伯塔女士和她迷人的倒影已经准备好在一号更衣室接待各位粉丝，"他宣布道，"她们将送出亲笔签名。但请留下你们的花束或珍贵的礼物，每个人送一件就行了。"

就在哈珀快要笑出声时，她注意到确实有观众排起了相当长的队，带着准备好的精美花束和包裹着彩带的礼物。

不同于传统的剧场表演，观众们一旦坐到自己的座位上，就要从演出开始一直待到演出结束。在旺德里亚，观众们是可以随自己高兴任意进出音乐厅的，大家可以去看自己喜欢的演出，然后把剩余的时间用来探索后台区域。在楼下的服装部，哈珀看到有的观众试着戴上粉状假发，这能使他们唱出歌剧；有的穿上了毛茸茸的斗篷，这能把他们变成高大的雪怪。在舞美工场，美工们正在制作沉浸式场景，他们允许观众在精心制作的城市模型或是风景模型中漫步，周围的景色将伴随他们产生移动和变化。在探索完所有这些后，他们回到了剧场公众区，在那里有镀金酒吧售卖装饰着玫瑰花瓣和宝石的鸡尾酒，人们围着货架兴奋地交谈着，购买关于星演者历史的书籍或是旺德里亚的小模型。

最后，他们双脚酸痛地回到了学徒宿舍。一进门，大家全都围坐在炉火旁，开始就晚上看到的一切深入交谈起来。在他们讨论时，哈珀记录着所有的细节，这样，当她给妈妈写信时，就能记住所有的事情了。

把看到的一切都写下来，需要的时间比哈珀想象得要长。特里克是头一个上床休息的，他打着哈欠，揉乱了自己的头发。安薇和罗西也很快就上床休息了。哈珀留到了最后，一直到她完成最后一段的描述。当她伸展着自己写字的那只手时，外面传来的奇怪声响吸引了她的注意力。她皱着眉头，望向通往阳台的玻璃门。安静了一会儿，她再次听到了声响：极大的叮当声，是碰撞发出的，紧接着有什么东西从旺德里亚跑了出去。

哈珀冲到外面的阳台上。只见地上有几个被撞倒的灯笼，玻璃灯片碎了一地，金属框架也全都扭曲变形。在灯笼旁边的地上有一个奇怪的痕迹，它的形状就像是……哈珀靠近去看，不由得皱起了眉头。这像是某种爪印，刚才好像有一只很大动物站在过这里。哈珀再次环顾四周，但是留下痕迹的家伙已经离开了。

"外面发生什么事了？"

哈珀猛地转过身，发现阿尔西娅正站在阳台门口望着自己。她穿着一套镶边的睡衣，头发用几个粉色发卷夹卷了起来。

"没事，"哈珀迅速回答，"我只是……"

不幸的是，阿尔西娅已经发现了端倪。

"发生了什么事？"她发问时，眉毛几乎抬高到了发际线，"你做了什么？"

"我什么也没做！"哈珀抗议道，"它就是……发生了。"

阿尔西娅将锐利的目光转到哈珀身上，脸上露出指责的表情。哈珀脑海中浮现出先前谈话时的情景，清晰而尖锐，令人不快。

巨大的厄运。

阿尔西娅叹了口气，好像能读懂哈珀的心思似的。"我猜这只是个开始。"她悲怆道。

"它不是任何事的开始,"哈珀厉声道,"就是一个意外而已。可能是风还是什么把它们给吹落了……"

突然,从她们左边传来一声可怕的咆哮。哈珀猛地转过头,看到两根用来拉线挂仙女灯的金属柱子中,有一根正在轻微地摇晃。令她恐惧的是,她又听到了一声咆哮——接着那根柱子开始向前倒了下来,正冲着她们的方向。

"小心!"哈珀一把推开阿尔西娅,然后自己跳到了一边,几秒钟后,整个柱子砸向了地面,将仙女灯全都拉了下来。这些灯和地上的破灯笼混在一起,不规律地闪烁着。

"哦!"阿尔西娅抱怨道,"你害我撞到脚趾头了!"

哈珀难以置信地看着她,说道:"可我刚刚阻止了一根金属柱子砸碎你的脑袋!我想这比撞到你的脚趾头要糟糕得多。"

"如果你没把厄运带来我们剧院的话,我的脑袋根本就不会有被砸碎的危险!"阿尔西娅回击道。

哈珀发现自己无可反驳。她环顾着一片狼藉的阳台——乱成一堆的仙女灯,破损的灯笼,还有满地的碎玻璃,这些让她脑袋里有小小的背叛自己的一部分怀疑阿尔西娅是对的。这一切真的是她造成的吗?

"我要——我要去找赫尔贾了。"哈珀说话的声音轻微地颤抖着。她转身离开了阿尔西娅，爬楼梯回到学徒宿舍，然后径直走向出口。半夜出现说需要帮忙清理一些砸碎的灯,这样做几乎不可能让她和淘气鬼的关系得到改善，但至少能让她远离阿尔西娅那副沾沾自喜的嘴脸。

这只是迷信，她边走边坚定地告诉自己。这只是一场意外，只是一个巧合。

哈珀认为，如果她对自己说得次数足够多的话，她大概就会相信这是真的。

第八章
四个诅咒

尽管旺德里亚其实是一个巡游剧场，但哈珀很快就在隐峰找到了一种类似于日常生活的节奏。学徒们的工作日都用于在剧场不同的地方完成自己的课程，这些课程超越了哈珀最狂野的想象。他们早上在一个又黑又深的地层进行"热嗓活动"，这里有不少于五个低洼的石头泳池，里面注满了热气腾腾的、冒着柠檬和蜂蜜香气的水（"字面意义上的热嗓，"拉希莉告诉他们）。在音乐大客厅，他们尝试吹奏各式各样的乐器，这些乐器可以做任何事情，从召唤一群翠绿色的蜻蜓，到唤起在寒冷的清晨咬下第一口热烤饼的精准感受。在服装大师罗珀，也就是在冒烟城认出哈珀的那个女人给他们上课期间，他们会学习如何制作出穿上能够漂浮、长出额外的四肢或者能够隐身的服装来。

最令人感到困惑的事情是巡游：旺德里亚通常会连夜去到下一个地方，流畅地从剧场变成有轨电车再变回来。哈珀不止一次在学徒宿舍的房间里睡下，结果半夜醒来时却身处一节移动的车厢中。

在哈珀的新生活中，真正的痛处只有一个，那就是阿尔西娅·里德，她仍然因为被特里克戏称为"炸薯饼大决战"的事而不原谅哈珀，更别提随后发生的事了。她和伯尼·麦登，还有一个名叫凯拉·格里芬的女孩组成了自己的小团体，她们三个人似乎都不喜欢哈珀。

没过多久，她们不断滋长的敌意就达到了顶点。她们恰到好处地挑了一堂舞台格斗课，上课的星演者名叫泰格。（他从来没给自己安什么头衔，也没有明说泰格是他的名字还是他的姓氏，他只是神秘兮兮地说"知道泰格就行了"。）

格斗课上，那一排星演者专用的舞台武器令人着迷。有每一次相碰就会云雾密布的长剑，将舞台变为能勾勒出决斗者轮廓的、雾气腾腾的戏剧性背景；有镶着珠宝的匕首，当各自的战士在台边喝茶时，它们可以自行继续一场决斗；还有专为喜剧制造的武器，每次击打碰撞都会改变形状。泰格给他们进行了示范，并最终用一根葱、一个鸡毛掸子以及一只塑料火烈鸟结束了打斗。

当泰格宣布他们将两两一队进行练习时，哈珀自动朝特里克走了一步，但泰格先一步拿起了登记本，目光快速扫过上面的名字。

"特里克和罗西……安薇和凯拉……哈珀和阿尔西娅……"

哈珀的胃一沉，她听到身边的特里克小声"噢"了一下以示同情。哈珀冷着脸转向阿尔西娅并指向房内的一个空角落。

"我们去那儿好吗？"哈珀问道。

阿尔西娅没有回答，反而大摇大摆地走到放武器的桌子前面，拿起了一把红宝石匕首。哈珀急忙跟上她，在阿尔西娅挥舞一把小剑时，她强烈地感觉到自己不想手无寸铁（即便根据泰格的说法，他们的武器被施了魔法，它们一接触到皮肤就会"像泡泡一样爆炸"）。哈珀拿起了桌上唯一剩下的武器——一根小巧的权杖，然后转向了阿尔西娅。

"听着，阿尔西娅，"她说道，"我知道我们有个不太美好的开始，但是——"

阿尔西娅打断了哈珀，她大叫一声，突然拿着匕首冲了过来。哈珀不加思索地挥动起权杖进行自卫，当武器相击时，迸发出一阵明亮的蓝色火花。

"那是怎么回事？"哈珀嘘了一声，心跳开始加快。

"怎么？跟不上了吗？"阿尔西娅边问边再次旋转起她的匕首来。哈珀低下头，环视了一下房间。泰格站在房间的另一端，正在指点安薇。

"这一切就因为第一天的早餐吗？"哈珀问道，"要是你为了一份炸薯饼而试图谋杀一个人的话，我想你可能有点问题。"

"算了吧，我才不在乎那个呢，"阿尔西娅冷哼道，"但我的确在乎你在某些情况下，字面意义上的给我们所有人带来了厄运。"

直到今天，哈珀和阿尔西娅都没有告诉任何人首演夜发生的事情。哈珀试图告诉自己，这件事不值一提，但在内心深处，她担心阿尔西娅是对的——是她给剧场带来了厄运，如果大家知道了的话，那么人人都会对她避之不及的。哈珀对阿尔西娅绝对不会抱有幻想，不会以为她是为了自己好才保守这个秘密，她只是紧紧抓住它，等待着有朝一日能派上用场罢了。

哈珀紧紧握住她的权杖，说道："那不是我的错！那些灯会掉下来只是一个意外——如果我没记错的话，我在意外发生时还救过你一命。"

"是一个意外，我的左脚出了意外！"阿尔西娅嘲笑道，"那是厄运的力量——是你把它带到了这里。而且从

102

现在开始,情况只会变得越来越糟糕。你就不应该来这里。"

她将手中的匕首向前转动着,打向哈珀的权杖,用力之大令哈珀又叫出了声,手中的武器也跟着掉了下来。

"里德小姐,你下手太重了!"从房间那边传来泰格的喊声。

"哦,对不起,"阿尔西娅假笑道,"我只是太兴奋了!"

泰格显然并不相信这个说法,因为在接下来的时间里,他都离她们很近,这让哈珀松了一口气。当午饭的铃声响起时,她拖着脚步低调地走入学徒宿舍,尽量不让阿尔西娅的嘲弄影响到自己。

"哈珀,我告诉你,"当哈珀把事情告诉特里克后,特里克说道,"在她床上放鼻涕虫,这招绝对管用。我们可以找几条漂亮的、大的、黏糊糊的,偷偷溜进她的房间里去……"

这个损招让哈珀的心情稍微好了一点,但也只是一点点。

那天下午,在一号排练厅有一堂拉希莉的舞台表演课。哈珀打开了一直扔在地上的背包,想取出前一天布置给他

们的作业。当手碰到又湿又黏的东西时，她皱起了眉头。

"这是怎么……！"

拿出作业时，哈珀大吃一惊。她打印整洁的关于星物质安全程序的笔记，被人用浓浓的黑墨水写的"厄运"给盖住了。哈珀环顾四周，果然看到阿尔西娅、凯拉和伯尼全都是一脸幸灾乐祸的表情。

"你们……"

哈珀上前一步，正准备把作业扔出窗外，特里克一把抓住她的外套，将她拉了回来。哈珀还没来得及说什么，拉希莉已经风风火火地走进了教室。

"请交作业。"

哈珀苦恼地看了特里克一眼，问道："我该怎么办？"

作为回应，特里克把自己的那张作业纸推给了她。在作业的最上面，他已经飞快擦去了自己的名字并写上了哈珀·伍尔夫。哈珀摇了摇头想把作业推回去，并说道："别傻了，这会给你惹来麻烦的。"

"如果不按时交作业的话，你在这周剩下的时间里都会叫苦不迭。"特里克答道。

哈珀皱起眉头说道："我才不会叫苦呢。"

当拉希莉走到他们身边时，特里克出人意料地扮出一副令人相信的懊悔表情："对不起，我没带家庭作业。"

拉希莉眯起了双眼，问道："对于没有完成我布置的作业，你有什么合理的解释吗？是你写字的那只手臂掉下来了吗？"

特里克叹了口气，说道："如果我说我的狗把它吃掉了，你会相信吗？"

"你并没有养狗。"

"这就是为什么它如此令人震惊。"

"留校，托雷斯，"拉希莉说完转向了哈珀，"伍尔夫小姐，那是你的作业吗？"

"是她的，"特里克说，"上面有她的名字。"

拉希莉奇怪地看了他们一眼，不过她还是收下作业并走开了。

哈珀内疚地瞥了特里克一眼。"谢谢你，"她说，"我欠你一次。"

"要不今年剩下的家庭作业都由你来帮我做？"

"绝不。"

"好了。今天的课可不会闲坐着！"拉希莉一边说一边将他们交的作业放在了她的课桌上。"昨天晚上我们越过边界进入了光明坞区，这意味着，我们将上一堂游学课！"她对所有学徒露出微笑，"今天下午，我们将去方尖碑进行参观。"

听到拉希莉的话，学徒们纷纷兴奋地窃窃私语起来。哈珀轻轻推了推特里克，小声问道："方尖碑是什么？"

"那是隐峰最大的图书馆。"特里克回答道。

在拉希莉的指挥下，他们所有人排好队，一个接一个走下楼梯去往大堂，然后从大门离开。在他们沿着小镇前行时，拉希莉指向爬满了常春藤的红墙学府，以及有着大理石门道的高耸的会议大厅。哈珀忍不住直勾勾地盯着它们——它们和冒烟城那些丑陋的工厂和冒着烟的烟囱完全不同。

"光明坞是隐峰学术最发达的地区！"拉希莉边走边对他们说道，"来自世界各地的学者都会来这里拜访享有盛名的大学、博物馆和天文台。"

他们先去市中心转了一圈，然后又来到了一座高大的石头建筑跟前。拉希莉带着他们沿一组台阶而上，随后推开了一扇沉重的橡木门。

"欢迎来到方尖碑！"说罢，她领着学徒们走了进去。

哈珀期待看到的是一座宏伟的建筑，里面摆放着精巧的书架和一排又一排的书本。因此，当她面前只有一个高高的石头大厅时，她感到相当惊讶，虽然范围和大小都让人印象深刻，但它毫无疑问是空的。

她的表情引得特里克大笑起来。"看上面。"

哈珀抬起头后，立刻因为敬畏而张大了嘴巴。在他们头顶上方的高空中，有一个塞满了书架的迷宫，呈扭曲状，漂浮在半空中。

"我们怎么上去呢？"她悄悄问特里克。特里克指向一串上下运行的玻璃管道，高度与建筑物相仿。每个玻璃管道里都装了一部老式电梯，由穿着深红色运动夹克、头戴帽子的服务员进行操控。

"二楼：古典音乐和舞蹈！"其中一个服务员大声道。电梯的门突然打开，有几个人走出电梯踩在了半空中。

哈珀发出惊恐的尖叫，她以为会目睹他们从高空坠亡。但事实上，那些人走出电梯后便开始在空中漫步起来。

哈珀眯起双眼，看到管道间延伸出一组玻璃通道，它们在漂浮的图书馆周围循环移动，方便大家在不同的书架间探索。在这些通道中间是一个巨大的玻璃圆盘，上面摆着一张咨询台和几张供大家坐下阅读的桌子。

"好了，"拉希莉说着拍了拍双手，"我们会在这里待上两个小时。你们可以自由地前往任意楼层并对任意学科进行探索。"

哈珀和特里克互相看了对方一眼，然后朝着一部运行到一楼的电梯跑去。

"你想去哪里？"特里克问道。

哈珀扫视着电梯里的学科列表，扫过几个选项后，停在了一个特别的上面。

星演者的民间传说和迷信。

哈珀想起了首演夜，想起了阿尔西娅的奚落和她家庭作业上写着的：厄运。

"请去星演者的民间传说和迷信。"她说道。服务员拉下一根操作杆，他们被平稳地送向了浮动的书架。电梯门打开后，哈珀在透明的通道上微微后缩了一下，不过她很快就克服了眩晕，然后利落地踩在了玻璃上。

哈珀从通道来到两排书架间，架子上挤满了书本。哈珀的目光尽可能多地扫过架子上的书。

《巨魔岩的诅咒：一个让剧院为之下跪的舞蹈》。

《混乱、谋杀和小步舞曲：舞厅舞蹈场景的未解之谜》。

《赫尔墨斯·哈夫洛克的传说：那个用歌声将你送走的男人》。

哈珀继续浏览着书名，敏锐地注意着任何提到剧场仪式或礼仪的内容。她听到一阵咯咯的笑声，于是转过身，发现是一大群穿着光明坞大学运动衫的学生。他们聚集在一本特别收藏本前，边看书边发出顽皮的笑声。

"托尔尼奥·夜曲，"哈珀小声读着那些学生拿着的那本书的封面，问道，"他是谁？"

其中一个学生听到她的话后转过身，目瞪口呆地看向哈珀，说道："你不知道托尔尼奥·夜曲是谁？"

"他是一位著名的作曲家，"特里克告诉哈珀道，"他写过一部关于四个诅咒的歌剧，是从一首古老的童谣改编来的，据说四个诅咒出没在剧场和其他星演者的住所……这首童谣怎么唱来着……"特里克皱着脸，然后唱道：

当死亡到来时，它会扇动着翅膀。

它歌唱着痛苦、悲伤和灾殃。

纷争的马蹄声，

摧毁青春，消灭希望。

疾病疾行的小爪子，

直至冬雪消融，都在黑暗中不停地响。

厄运在夜间追踪它的猎物，

小心厄运！小心别被它咬伤。

"哦，我确定没有哪个小孩会因为这个而做噩梦。"哈珀讽刺地说着反话。

"是的，有点悲惨，不是吗？"特里克表示赞同，"所以，托尔尼奥·夜曲和你一样，用所有悲惨的故事进行了一次反讽——他把它变成了一部歌剧。有谋杀、背叛、血腥等所有精彩的内容。我和弗莱彻都已经看了五遍了。"

哈珀试着重新捋一遍童谣。"所以，这四个诅咒是死亡、纷争、疾病和……"

"厄运，"一个金发学生替她做了补充，"一个无论走到哪里都会导致可怕意外的生物。"

哈珀内心突然生出一种可怕的感觉。厄运，一个会引起意外的生物……哈珀想起了被砸坏的灯笼、爪印，还有几乎把她和阿尔西娅斩首的金属杆。都是这东西造成的吗？是哈珀把厄运招到旺德里亚的吗？

"但是——这只是一个故事，对吗？"她小心翼翼地问道，"四个诅咒不是真的吧？"

那个金发学生偷偷看向她的朋友们，说道："这取决于你问的是谁……"

其中一个男孩翻了个白眼，说道："不会又要提这事了吧……"

"有人看到过它们，"金发女孩说话时，几乎欢快地转向哈珀，"你还记得发生在冬季剧场的灾难吗？"

在哈珀回答说"不记得"的同时，特里克点了点头答道："记得。"

"冬日剧场是我们穿越隐峰后，第一个成立并运营的剧场。"特里克告诉哈珀。

"为了庆祝穿越一周年，他们组织了一场特别的冬日盛典，"金发学生继续热情洋溢地说道，"这场盛典打算演出所有酷炫的表演，有骑赛，还有诸如此类的内容……但是后来，四个诅咒苏醒了。没人知道它们是怎么醒的，又为什么会醒，但它们就是醒了过来——然后，厄运袭击了冬日剧场。"

"我妈妈当时就在那儿，她看见它了！"另一个学生大声道，"她说它看上去像是一只巨型大猫，有巨大的爪子和闪闪发光的眼睛。"

"那显然就是一场大混乱，"金发女孩说道，"人群惊慌四散，舞台被毁了，有一半的表演者只好穿着内衣逃命……"她咯咯直笑，随后正了正容。"不过这似乎是一个坏兆头。我们来到这里的周年纪念日上出现了一些神秘的生物，还造成了严重的破坏。"

"那么……自那以后还有人看到过它吗？"哈珀问道。

"据说有。而且不仅仅是厄运，还有其他的诅咒。疾病，在一家剧院以一只大老鼠的形象现身，引发了一连串的疾病。还有人看见过一只巨大的黑鸟，紧接着便有演员死掉了。冬日盛典后，就一直零星有奇怪的事情发生，但就在过去几周左右，这些事开始像滚雪球一样越来越多，而且没有人知道原因。"

哈珀感到紧张不安。她知道原因。毕竟，距离她在首演夜犯错也才过去了几个星期。是她造成这一切的吗？如果真是这样的话，阿尔西娅·里德一定会很得意。

"这里有什么关于四个诅咒的书吗？"哈珀问道。

金发学生点了点头，答道："左边第三排。"

哈珀谢过她后和特里克一起来到最后一排然后左转。特里克瞥了哈珀一眼，问道："你还好吗？"

"是的，"哈珀飞快地回答道。她想告诉特里克关于爪印和脑袋差点被压扁的经历，但特里克显然不觉得那四个诅咒是真的，哈珀不想让他觉得自己是在犯傻。她试图摆脱积聚在胃里的焦虑感，转而回头看向那些学生，他们已经咯咯笑开了。

"可是，到底是什么事让他们笑个不停？"哈珀问道。

"啊，这个嘛……"特里克冲着学生们咧嘴一笑。"托尔尼奥·夜曲碰巧——罗西是怎么说的来着？'长得非常帅'。她房里贴了大约 17 张他的海报。我想她睡觉的时候枕头下面还藏了一张。"

"哦，"哈珀惊讶地大笑起来，"这还真是——出乎意料。"

"是的。尽管如此，夜曲他是个隐士。他住在鸦瀑区的某栋豪宅里，很少公开露面——所以看书就和亲眼见到他差不多。"

当他们走到第三排时，哈珀迅速扫过几个标题，然后选中了一本名为《四个诅咒：故事、目击、迷信》的书。他们不得不返回到玻璃圆盘办理借阅手续，在那里有一位戴着紫色猫眼眼镜的图书管理员坐在服务台前。图书管理员在书上盖了个章，面带灿烂微笑地把书递还给他们。

"当你想归还时，直接对书说就行了，"她说，"它会知道该怎么做的。"

"它会吗？"哈珀有些紧张地瞥了一眼手里的那本书。她向图书管理员表示感谢的同时，把书放进了背包并拉上拉链，然后她和特里克走到了对面的一条空步道上。他们穿梭在书架间，不过才走了没几步，哈珀就伸手拦住了特里克。"你听到什么没？"

除了方尖碑里的嘈杂声，她还听到一个沉重而吃力的呼吸声，就好像在图书馆跑了几圈的样子。她望向特里克，特里克耸了耸肩，将身子倾向声音传来的地方。

哈珀巡视着角落四周，看到有个身影蹲在书架后面，穿着超大号的外套。他正喘着气，疯狂地转头查看后面。

"对不起？有什么可以帮到你的吗？"

听到问话，那人转身面朝他们。他是一个年龄稍大的男孩，一头浓密的姜黄色鬈发向前垂至脸庞，半盖住了他那双大大的蓝眼睛和面色红润的脸庞。他光着双脚，哈珀由此推测，这意味着他是一个巫师。

"哦，你好！"

哈珀看了特里克一眼，特里克耸了耸肩。"唔……你还好吗？"

"嗯，既然你这么问了，实话说有一个魔法猎人正在这个图书馆里追着我不放，他想要抓住我，并且还有可能

113

会砍下我的脑袋，所以，你知道……"

哈珀眨了眨眼道："你……现在是什么情况？"

"我——快，蹲下！"那个人突然跳到另一个书架后面，示意哈珀和特里克照做。当一个高大的身影出现在步道尽头时，哈珀和特里克都低下了头。

"你在这里吗，小贼？"

这个身影是哈珀迄今为止见过的长相最奇怪的人之一。他穿着一件方格子西装，胳膊和腿都胀鼓鼓的，给人一种充满了气的感觉。他整个脑袋光秃秃的，上面画满了奇怪的字符。他的脸上带着微笑，但那是一种令人不悦的表情——是那种可能会邀请你出去喝茶，然后趁着你在享用烤饼的时候偷走你钱包的微笑。

"出来吧，小贼……如果你安静地出来，我会让你死个痛快的……"这个身影停了一会儿，扫过书架，然后转身朝相反的方向走去。他的脚步一消失，哈珀立刻从书架后面爬了出来。

"嘿——我对他可没什么好感。"特里克皱起了眉头说道，"不过，我们以前是不是在哪里见过他？"

"如果见过的话，我想我应该会记得。"哈珀耸了耸肩，然后看向那个姜黄色头发的男孩，"我猜你就是他说的那个小贼吧？"

"嗯，令人着迷的不当用词，是不是？"

"所以那不是你的真名？"

男孩的眼睛直直地望向她，说道："这和你有什么关系？"

"好吧，""哈珀叹了口气，"那么，他为什么要追你呢？你偷了他什么东西吗？"

"严格说起来没有。这是一个……误会。"小贼深吸了一口气，"我卖了一个巫咒给他，但咒语显然没起到他所期待的作用。他想要回他的钱，被我拒绝了，然后他对此好像有点烦躁。显然，他有一套严格的准则——没有告密者，没有小偷，任何遇到他的人都要掉脑袋。他对这事可太挑剔啦。"他突然满怀希望地看着哈珀。"我猜你身上不会有什么咒语吧？我的全用完了。你有没有——突然在烟雾中消失咒？跑得比以前最快的时候还要快咒？"

"我们不是巫师，"特里克回答道，"我们是星演者。"

"哦。"小贼低头去看他们的脚，发现两个人脚上都穿着靴子，"该死。唔……你们能不能为我唱出一声爆炸什么的，用来分散他的注意力？"

"我们只是一年级的学徒，"哈珀坦白道，"没法弄出爆炸来。"

"哦。那你们可有些没用，不是吗？"

哈珀交抱双臂。"这样说很失礼。"她对面前的男孩道。

"是吗？"突然，小贼面露好奇，"这可真有意思。

那准确来说,到底是失礼在什么地方呢？是我所说的内容,还是我说话的方式？"

"唔——哎呀,我想两者都有吧？"哈珀回答道。

"好吧。"小贼点了点头。他伸手从口袋里掏出一个小笔记本和一支铅笔。翻开笔记本后,他找到其中一页,标题写着:基本礼仪／礼节／如何不被人打脸。他郑重其事地写下了"注意语气和不当面侮辱人"。

这个奇怪的男孩让哈珀不知所措。"那好。如果没有爆炸或是消失的咒语,我们怎么做才能让你离开这里而不被你的朋友注意到呢?

"我想你们做不到。"小贼叹了口气,"唉,算了。我和我的脑袋一向运气不错。"

哈珀环顾四周,在心里记着图书馆的布局,可用的出口,以及被抓住的可能性。

"哦——我管她这副表情叫一脸鬼鬼祟祟。"特里克对小贼说,"计划倒计时,三……二……一……"

哈珀望向小贼,说道:"我能借用一下你的外套吗?"

第九章
星星狩猎者

哈珀沿着玻璃步道匆匆前行，小贼灰色的外套在她脚踝周围摆动着。这外套对她来说太大了，她盼着追击者不要看得太仔细。当她到达玻璃圆盘时，她确保自己尽可能大声地踏响了自己的靴子，不然的话，在嘈杂的图书馆里很难听到她的声音。

哈珀刚一踩上圆盘，突然就感觉自己的双脚不由自主地腾空起来。有两只胳膊从背后紧紧抱住了她，一个令人不快的声音在她耳边带着怒气地发出低语。

"逮着你了，小贼！"

哈珀深吸了一口气，将自己在观看星演者表演时学到的一切，全部灌输到自己的精神中去。然后，她张开嘴巴并发出尖叫。

"救命！我被绑架了——救命！！！"

效果立竿见影：坐在周围桌子边的学者们和学生们全都跳了起来，他们跑过来将追击者扭倒在地上。

"噢！"

"你以为你在玩什么把戏？"

"竟然企图绑架一个小女孩！"

"小女孩？"追击者望向哈珀，瞪大了双眼，"不是——我没有——我正在找的是别人！"

"这是怎么回事？"

图书管理员谨慎地离开了服务台，向下瞪视着他们。

"有人企图在这里绑架人，巴普蒂斯特太太！"

"现在吗？"巴普蒂斯特太太眯起了双眼。

追击者看上去怒气冲冲，吼道："放开我！你们还不知道我是谁吧？"

巴普蒂斯特太太挥了挥手，说道："我才不在乎你是谁呢，你可以去向当局解释这个。斯努奇？"她向楼层对面叫道。

一位操作电梯的服务员立刻立正。他拉动电梯墙上的操作杆，整部电梯从玻璃管道里喷射出来，滑过玻璃圆盘，停在了人群旁边。接着他又按下一个黑色按钮，一个黑色的大洞出现在了电梯的地面上。

服务员礼貌地对着洞口行了个礼，说道："请这位穿着格子西装的绅士去一下光明坞政府吧。"

　　黑洞似乎理解了指令，空气中突然弥漫起一个巨大的吸声。追击者双脚离地，四肢在半空中拍打着，接着便被直接吸到了洞里。

　　"没错，进去吧你！"巴普蒂斯特夫人得意扬扬道。

　　"好的，这位年轻的女士可能也得跟着一起去一趟，关于所发生的情况，当局无疑会想要一份声明……"

　　但当她回头看时，那个女孩早已没了踪影。

　　"这可真是太棒了！"当哈珀从拐角处滑回来时，小贼低声道。"太令人吃惊了！"他打量着哈珀和特里克。"在这种情况下击掌合适吗？现在还是可以用这'招'的吧？"

　　"唔……当然。"哈珀举手准备击掌。

　　"我觉得你应该给你的角色再多加点背景故事，"特里克说道，"我的意思是，'救命！绑架！'当然也完成了任务。但如果是我的话，我会说，'救命啊，这个人是我曾曾祖父的死对头，现在他想要对我们家族展开血腥的报复！'"

哈珀顶嘴道："噢，这些角色就留在以后让你来演吧。"她看向小贼，接着道："我说，这个追击者——他到底想从你这里买什么咒语？"

小贼做了个鬼脸，说道："一个追踪咒语——他在狩猎。"

"啊哈。"哈珀皱起了鼻子。她记起了曾经看到过部长和他的伙伴们，穿着滑稽可笑的外套在冒烟城打猎。"他在狩猎什么？"

"星星。"

哈珀瞪大了双眼，问："你说什么？"

"准确来说，应该是坠落的星星。我想你应该知道这件事，在五年前——当时有十三颗星星从天上掉下来了。"

"是的。"哈珀皱起了眉头。拉希莉曾说过，星星们几乎刚掉到地上就没了踪影，但哈珀从来没有想过会有人试图狩猎它们。"但是——是什么人会想去狩猎一颗坠落的星星呢？"

"我不知道。不过显然有阿利斯泰尔·夏普。"

特里克倒抽了一口气。"阿利斯泰尔·夏普——我就知道我认出了他！"他转向哈珀道，"他是星演者魔术师协会的领袖。"

"那个混人是个星演者？"哈珀简直不敢相信。她到目前为止见过的星演者和这个人一点也不像。

"是的。他们协会的人总是在用危险的技巧做实验：试图用星物质把人锯成两半，或者让他们消失。他们的实验并不总是能够顺利地进行。"特里克打了个冷战，接着补充道，"当我们到达隐峰时，理事会就全面禁止了星演者魔术师。阿利斯泰尔·夏普和其他人对此表示不满。"

"但是——如果他都不能再工作了，为什么还要去狩猎一颗坠落的星星呢？"

特里克面露难色地说到"魔术师协会认为，在星物质上我们应该走得更远。他们并不满足于只有星尘和星光；他们认为我们应该着眼于是否还有其他可以吸收的星物质，从而帮助星演者变得更加强大。"

"所以，他想要找到这颗星星，并用它来增强自己的力量？"哈珀猜测道。

"我想是的，"特里克点了点头，"我大概应该把这事告诉弗莱彻，他会想知道的。"

小贼回头看了看。"我得走了。"他说着把手伸进外套口袋里，掏出了一个薰衣草色的小鸡蛋。

"给。"

哈珀低头看了看，说道："唔……我吃过早饭了，谢谢。"

小贼嗤之以鼻。"不是给你吃的——这是巫师的习俗，这意味着我欠你一个人情。如果有什么我能为你效劳的，你就把鸡蛋砸在地上，我就知道我有消息是来自——"他突然眨了眨眼，问道："哦，你叫什么名字？"

"哈珀·伍尔夫，"哈珀回答道，"他叫特里克·托雷斯。"

"很高兴认识你们俩。"小贼边递出鸡蛋边说道。

哈珀高兴地接过鸡蛋——她以前从来没有见过巫师，更不用说还让巫师欠自己一个人情了。"如果我不小心把它砸了怎么办？"

"那将对我的时间造成可怕的浪费，所以尽量不要那么做。"

最后，小贼点头致意了一下，便转身跃过书架，消失在了书籍的迷宫中。

当天晚上，哈珀站在弗莱彻的房门外，手里紧握着一封信。在最初这几个星期里她忙于训练，忘记了去完成那封在首演夜就开始写给妈妈的信。她感到有一些内疚，妈妈无疑正急不可耐地想知道她过得怎么样。所以从方尖碑回来后，她飞快地草草添了几行内容，接着便来到了弗莱彻的书房。

"请进。"在哈珀敲响翠绿色的大门后，一个声音从屋里传了出来。哈珀轻轻推开门，走进了房间。

弗莱彻的书房是一个有着大窗户的圆形房间。墙上挂满了地图，沿着后墙摆放的书架上，一大堆奇形怪状的植物重得把书架都压弯了，地上全是随意堆放的书籍。

"啊，伍尔夫小姐。有什么能为您效劳的吗？"弗莱彻坐在一把软垫的椅子上，身前是一张闪闪发光但非常凌乱的办公桌。

哈珀举起信来，说道："我想给妈妈寄一封信。你是不是在忙？"

"一点也不。我只是在查一些账……重排一下时间表……尝试在我的员工中扮演一下丘比特……不管怎么说。你提到有一封信！噢，天气预报说今天晚上多云，所以应该会有一些瓶子随时经过。请随便找个座，边坐边等。当然，我说的"找"的意思是请你坐下来——但不要把椅子移到书房外面，它们会非常想家的。"

哈珀不知道这都是什么意思，不过她还是在一把柔软的扶手椅上坐了下来。从他们右边的一个架子上传来一串爆裂声，哈珀环顾四周，看到一整排铁制的烤面包机，所有的烤面包机里一下子弹出了各种各样的信和便条。烤面包机的机身都贴有标签，写着像是"理事会通信——旺德里亚业务"和"不惜一切代价——了不起的哈蒂阿姨"，等等。

弗莱彻站起身，走到架子前，拿起略微烧焦的纸，说道："对不起，伍尔夫小姐。请给我一点时间来整理一下这些……"

哈珀边等边审视着弗莱彻书桌上摆着的一排奇怪的东西。一只布谷鸟古董钟、一张他和特里克在热气球上咧着嘴笑的照片，还有看起来很可疑像是头骨的什么东西……哈珀的目光飞快地跳过它。

"该死的谣言，"弗莱彻在角落里喃喃自语，"真是荒唐……"

"什么谣言？"哈珀好奇地问道。

"哦——这不重要，没什么好担心的。"弗莱彻挥了挥手道。

哈珀想到——弗莱彻并不是今天第一个提到谣言的人，于是追问道："是……有关四个诅咒的吗？"

弗莱彻吃惊地抬头望向她，说："你怎么知道的？"

"我们刚从方尖碑回来……"哈珀转述了他们遇到的那些学生所说的话。

当她说完，弗莱彻翻了个白眼，说道："是的，好吧。人们确实喜欢相信这些古老的故事，他们认为这会让生活更有意思。无论有多少老妇人给广播写信，说她们亲眼看见了一只长相凶恶的巨型蝴蝶，我对这些都完全不在意。"

听到他这么说，哈珀感觉好了一点——弗莱彻显然也不相信迷信，再说他又非常聪明。但她还是忍不住问道："为什么眼下会生出这么多的谣言？会不会是什么事，或是什么人导致了四个诅咒的活动加剧？"

"我原本不该这么想，"弗莱彻摇了摇头，"就像我说的，这些都是迷信，伍尔夫小姐。我不知道理事会为什么这么把它当回事。他们现在还试图挖走我的助理。"

哈珀努力回忆那个在第一天就一脸严肃地站在弗莱彻身后的男孩。"洛里吗？"

"是的。他们认为洛里可以帮到他们，因为他是个皮肤歌手，可以执行搜寻任务，做一些侦察工作……我一直在告诉他们他在为我工作，但他们拒绝接受事实。"

"什么是皮肤歌手？"哈珀问道。

弗莱彻对她眨了眨眼，说道："不好意思，我有时会忘了你……反正吧，皮肤歌手是星演者中一种具有特殊才能的人——属于罕见的那一类，指的是那些用歌声把自己变成动物形态的人。"

哈珀脸色一白，问道："他们能做什么？"

"这的确相当令人惊叹，是吧。他们唱着或哼着某个曲调，就能让自己整个进入动物的皮肤，并和它们在一起旅行一段时间，就像乘客似的。一旦他们完成任务，就会再用歌声让自己退出来，这不会对任何一方造成伤害。"

哈珀边听边慢慢吐了口气。"洛里能做到这个？用歌声进入任何动物？"

"只能进入一种——皮肤歌手的歌只对一种动物有用，"弗莱彻回答道，"洛里的是老鹰。这是一种很好用的技能，但理事会似乎认为，洛里因此就该成为某种24小时供其差遣的看门狗——我已经用最强烈的措辞驳斥了这种可能。"

哈珀突然感到一阵兴奋。"能通过学习掌握皮肤歌唱的技能吗？"不仅是成为一个星演者，而且能通过歌唱让自己进入一只动物，这可真是件了不起的事。

"很不幸的是，不能，"弗莱彻回答说，"皮肤歌唱是与生俱来的天赋。我们不知道它是怎么出现的，也不知道它为什么会出现。据我们所知，它并非家族遗传。它就是一种奇怪的基因巧合，通常在很小的时候就会有所显露——开始是眩晕发作和昏厥，然后是耳朵里出现奇怪的歌声，这会将他们引向一种动物。人们如果过早尝试的话，据我所知，这将会造成灾难性的后果。我有一个朋友，他曾经试图用歌声在一头疣猪身上进出，结果就永远有个猪鼻子了。恐怕自那之后，合影时他就总是在后排了。"

哈珀还没来得及询问更多关于皮肤歌手或四个诅咒的事，弗莱彻就看向了窗外。"啊！来了。"

哈珀眯起眼睛，只见窗外有一大群长着银色翅膀的瓶子正上下移动而来，它们闪闪发光，就好像天空中一片由肥皂泡组成的云朵。当它们漂浮到弗莱彻的书房时，在外面停了下来，好像一群训练有素的鸟儿。

"地址是？"弗莱彻问道。

"冒烟城剧场镇卡洛路 19 号。"哈珀回答道。弗莱彻从抽屉里挑选了一条紫色的丝带，用它把哈珀的信绕成圈，然后转向其中一个瓶子。他把信沿瓶颈塞了进去，瓶子往下沉了一会儿，等回到正常的位置后，它便重新加入瓶子的队伍。哈珀目送着瓶子们飘飞到视线外，希望它能安全地飞到妈妈那里。

"哦——特里克告诉你方尖碑上的狩猎者了吗？"她边问边转向弗莱彻。

"嗯，"弗莱彻看起来很担心，"多年来理事会一直在盯着阿里斯泰尔·夏普和他的密友们，但我必须承认，我们没有听到关于他们狩猎星星的风声。我希望他没有做什么太邪恶的事情。我承认，我希望尽可能少和魔术师协会扯上关系。"

哈珀还有更多的问题——关于魔术师协会的阿利斯泰尔·夏普，关于坠落的星星——但就在那一刻，空中响起了晚餐的铃声。

"太棒了！"弗莱彻精神振作道，"我希望赫尔贾已经做了好吃的。一旦天气变冷，就会想吃一些热腾腾的炖菜和砂锅菜，就我个人而言，我更喜欢加点香料。不过，别告诉她我说过这话。"他叹了口气。"上一次我对调味提了一些温和的建议，结果整整一个星期我都能从我的汤里挑出拖把头发。"

在向弗莱彻道过晚安后，哈珀回到了学徒宿舍，不过她并没有和其他人一起去吃晚饭。她直接回到了自己的房间，取出了从方尖碑借来的《四个诅咒：故事、目击、迷信》复本，仔细地翻看起内容来。第一章的标题是"四个诅咒：概述"，从这里开始阅读似乎不错。特里克唱过的那首童谣占了第一页的大部分内容，接着是对每一个诅咒的描述：

死亡：一种体形不确定的有翅生物，带来宿命和结局。

纷争：一种长有角和蹄的生物，是造成冲突和失和的原因。

疾病：一种长有利爪的小型生物，带来不健康和虚弱。

厄运：一种银色皮毛的猫科动物，哪里有厄运，意外就一定会相随。

哈珀的胃不安地颤动着。意外就一定会相随……一种猫科动物……她看到的爪印是猫科动物留下的吗？所有的一切都发生得太快了，她无法确定。在看到爪印后不久，她和阿尔西娅就差点遭遇一场可怕的意外，这似乎不像是巧合。

哈珀合上书本，试图平息越来越惊恐的自己。如果她给大家招来了厄运，那到底会发生什么？会不会有什么可怕的东西袭击旺德里亚，就像冬日盛典时发生的那样？

无法为疑问立即找出答案的哈珀爬上床并躺在了枕头上。她心存一线希望,希望四个诅咒的谣言只是谣言——但当她闭上双眼试图睡觉时，却无法摆脱脑海中出现的爪印。

第十章
南瓜大吊灯

过去的几个星期，哈珀特别留意起广播来。如果有更多声称目击了四个诅咒的消息，通常都会作为头条报道。如果《星演者演出日报》打头的新闻，是关于剧场的水管爆裂或是某位著名歌手的最新丑闻，那么哈珀知道这一天都可以松一口气了。但是，如果它以一则不祥的报道开始，讲的是某个剧场附近发现了一只长着翅膀的生物，然后那里的某位工作人员死了（哈珀心里小声道"当死亡到来时，它会扇动着翅膀"），或者是预示着疾病即将接踵而至的急匆匆脚步声发生在某位演员身上（"疾病疾行的小爪子"，有声音提醒着哈珀），那么哈珀知道，这一天她都将陷入焦虑和内疚。特里克总是翻着白眼，声称这些不过就是巧合（"如果你的剧场在闹鼠患，那演员就有可能会因为鼠患而染病"），但哈珀不是那么肯定。她唯一可以肯定的只有一件事，那就是——她再没看到任何爪印，也再没亲眼看见任何比她和阿尔西娅所遭遇的意外还要可怕的事发生。她只能希望，无论四个诅咒会带来什么，旺德里亚都不会成为厄运的目标。

对哈珀来说，幸运的是，随着全幽灵夜的临近，所有人都兴奋地转移了注意力。作为规则，星演者是不能抗拒主题的，而且要提前几周就开始为专场演出做准备。在全幽灵夜前夕，所有一年级的学徒都收到了一个神秘的召唤，让他们在训练结束后前往服装部。

"你觉得会是什么活动？"安薇满怀期待地蹦跶着问道，"一场秘密的演唱会？一个游戏？还是以幽灵为主题的第二次仪式？"

当他们进入服装部时，弗莱彻正一脸欢喜地站在房间中央。站在他身边的是服装大师罗珀，与此同时，助手洛里一脸平静地站在另一边。哈珀情不自禁地打量了洛里一眼，不过就他的举止来看，根本看不出他有能力用歌声进入老鹰的皮肤并展翅翱翔。哈珀觉得，如果自己有这种能力的话，每当走进房间时她都有可能会放声大叫。

"欢迎大家！"弗莱彻大声道，"今晚，我们将举办一场活动，这是一年级学徒的传统活动。我给你们介绍一下……全幽灵服装大冲刺！"

零星有几位学徒兴奋地窃窃私语起来。

"在服装部周围藏了许多银色的麻袋。"罗珀说明道，"每个袋子里都装着几件服装，从简单的配饰到整套的服装。有些就只是藏了起来，还有一些就可能要多做点……脚力活。"

"在洛里的第二声哨声响起前，尽你们所能去收集麻袋，越多越好。"弗莱彻咧嘴一笑，宣布道，"现在，计时开始！"

洛里·蒙哥马利吹响了脖子上的哨子，学徒们应声出发。

不出所料，麻袋并没放在随随便便就能拿到的地方。它们中有一些被藏在了装演出服的道具箱深处，而另一些则被塞进了假发里或是埋进了臭袜子堆里。在前十分钟左右的时间里，哈珀一直在寻找，但却不怎么走运。她取下背包，在拐角处抱怨起来。

"不会真的找不到吧？"

天花板上垂着一个人体模型，张开的手臂就像在飞似的。在其中一只手上，有一个银色的袋子正在晃来晃去。

"脚力活，原来如此。"哈珀叛逆似的咕哝道。

想拿到这个袋子绝非易事。首先，哈珀必须爬到一堆道具箱上面，再把自己拖到衣柜顶上，然后借一个灯具半悬着身子，从模特的胳膊上把袋子打下来。当她完成最后一次摆荡后，得意地注视着袋子从模特身上掉落……笔直地掉进了阿尔西娅·里德候在那里的臂弯内。

"哦！"哈珀愤怒地喊了起来，"那是我的！是我堂堂正正靠本事得到的。"

"那又怎样，"阿尔西娅说，"我就站在这里由着你去忙，然后把它给占为己有。"

"你这是作弊！"

"不，这不是。这叫策略。"阿尔西娅对着双手空空的哈珀嘲讽道。"哦，亲爱的。我想你是不可能赢得比赛的。"说完，她就跑开了。

哈珀爬回到地板时怒火中烧。她浪费了宝贵的几分钟想得到那个袋子，结果却被人抢走了。她沮丧地转过身，开始返回房间中央。与此同时，她注意到了洛里·蒙哥马利正皱着眉头望向阿尔西娅。

"只剩下一个袋子了！"弗莱彻喊道，"这是你们赢得比赛的最后一个机会！"

哈珀没精打采地在一堆锦缎大衣里搜寻着，但是她的心思并不在这里。她正盘算着，如果用糖果去贿赂特里克的话，他是不是会把袋子分点给她。就在这时，她眼角瞥到一抹银光。她的心顿时扑扑直跳——在那里，最后一个袋子正半掩在一堆镶着亮片的衣服中间。

还没有人注意到它。哈珀装出一副漫不经心的样子，开始沿着边缘向那堆衣服靠近。她离那里仍有一段距离，但如果她能在别人发现她的意图前就到那里的话……

可她没有那么走运。在房间的另一边，阿尔西娅·里德正眯眼看着她。她的目光在哈珀和那堆裙子之间画出了一条直线，然后面露喜色。

哈珀放弃了最初的计划，直接以最快的速度奔跑起来。她从眼角余光看到阿尔西娅也是这么做的。快！快！她催促着自己的肢体，但匆匆一瞥后，她知道自己又是徒劳。阿尔西娅比她更接近那堆衣服，自己不可能赶在她前面抵达……

"什么——啊啊啊！"

阿尔西娅猝不及防地向前栽去。她摔倒在了地上，双臂像野火鸡一样扑腾着，脑袋率先栽进一堆还没洗过的服装里。过了好一会儿，她探出了头，脸上还粘着一只脏袜子，一脸不服气的表情。

哈珀眨了眨眼睛，阿尔西娅看起来不像是会摔倒的样子……她看了眼阿尔西娅摔倒的地方，只见洛里的脚正迅速退回到正常站立的姿势。他一脸的无辜模样，但当哈珀经过他面前时，她想她或许捕捉到了一丝细微的笑容。

"太好了！"哈珀捡起了最后一个袋子并将它举了起来。洛里吹响了第二声口哨，学徒们回到房间中央集合。

"好的。现在进入到有趣的部分了！"弗莱彻笑容满面，"请每个人都根据你在袋子里找到的东西去塑造出一个令人毛骨悚然的角色来。"

"什么？"阿尔西娅看上去相当愤怒，"可是——我是找到最多袋子的人！是我赢了！"

"并不是收集到最多袋子的人就是胜利者。"弗莱彻摇了摇头，"星演者会发现，他们经常处于一个需要七拼八凑到最后一刻才完成的状态。要么是一批服装还没有到位，要么是一个布景坏了，也可能是某位演员开溜了——我的意思是，不幸生病了。"他开玩笑地眨了眨眼睛，"所以，你们应该要能够习惯于随机应变。那个创造出最好角色的人将是获胜者！"

"哦，那这并不是一场服装比赛，是吗？"阿尔西娅说，"这是一场角色竞赛。"

"哦，我亲爱的里德小姐，没有人喜欢吹毛求疵的人。"弗莱彻口吻轻松又活泼。

哈珀忍住大笑的冲动，打开了自己的袋子，匆忙掏出里面的东西。她有一条垂到地板的黑色面纱、一小瓶假血和一套很棒的假痣贴。

"哦！"另一边传来特里克的叹气声，哈珀看向他时忍不住噗的一声笑出来。不知道他用了什么法子，竟然已经穿上了他拿到的每一件服装，其中还包括一件紫色的长披风和一对塑料尖牙。

"我是噩梦之主！"他边叫边挥动着双臂，"我是影子王！主宰夜里出没在你梦中的一切……"

"你脸上沾了巧克力。"哈珀告诉他说。

当他们全都穿搭完毕，便在弗莱彻和罗珀前面排好了队，按前后顺序依次介绍起自己创造的角色来。罗西扮演凶残的恶灵，穿着白色长袍、戴着黑色假发，看上去有种漫不经心的酷。特里克做了一套他所扮演的噩梦之主的动作，发出不满声并吐了口痰，然后要求大家全都跪在他面前并宣誓永远效忠影子王国。

"哈珀？"罗珀看向她时面露期待。

哈珀吸了一口气，说道："我叫艾达·海洛克。我因为黑魔法而被烧死在了火刑柱上，但现在我从坟墓里爬了出来，要去找那些冤枉我的人复仇。我将挖出他们的脾，蘸上辣根酱吃！"她张大嘴巴让假血顺着嘴角流到下巴，一直含在嘴里还挺难受的。伴着一声尖叫，阿尔西娅退缩着自己的身子，不过弗莱彻倒是一脸的喜出望外。

"太棒了！"他热情高涨道，"背景故事和人物目标，用一段话全都说清楚了！干得好，伍尔夫小姐。"

哈珀感到胸口洋溢出一种温暖的自豪感。特里克对她竖起了一对大拇指，如果他不是还戴着一套爪子在做这个动作的话就更好了。

弗莱彻、罗珀和洛里交换了一下意见，然后转身面向学徒们。

"我很高兴地宣布，今年全幽灵服装大冲刺的获胜者是——哈珀·伍尔夫！"

特里克、罗西和安薇都大声欢呼起来。阿尔西娅看起来则像是被人强迫喝下了变质的牛奶。

哈珀走上前去接受她的奖品：一朵有着巨大褶边的橙黑色玫瑰花，用来宣告她是"全幽灵大赛冠军"。这看上去很滑稽，但当弗莱彻把它别在她的套衫上时，哈珀脸上忍不住洋溢出了自豪的笑容。即便这只是一场趣味竞赛，但她觉得，今晚自己在某些小地方上证明了自己。

走回学徒宿舍的路上，哈珀感觉自己比几周前更乐观了。无论她唤醒的是什么样的厄运，那厄运可能已经在首演夜开始并结束了。毕竟，如果她被厄运盯上的话，肯定不会在服装大冲刺上获胜吧？哈珀带着笑意，低头去看她的玫瑰花，又想起了当她的名字被公布时，阿尔西娅的表情。这对她的刺激可抵得上任何数量的坏灯笼了。

第二天晚上便是全幽灵夜的演出，哈珀和特里克从音乐厅下课后往回走时，已经开始有观众进场了。旺德里亚

为全幽灵夜做了大量的应景装饰：酒吧里挂着巨大的蜘蛛网，客人们将在这里享用到黑猫系列和绿色黏液鸡尾酒。舞台上的幕布从红色换成了黑色，最棒的是，枝形吊灯上用数百个小南瓜代替了闪闪发光的水晶，每个南瓜上都刻了脸。

就在节目开始前，哈珀、特里克、罗西和安薇爬上了狭窄的楼梯，坐在聚光灯旁他们平常坐的座位上。大幕升起，密集的演出一场接着一场。有一场是一个名叫眩目蓝调兄弟的乐队，他们用骨头做的低音提琴进行表演，位于提琴顶部的一个头骨，以低沉、洪亮的声音进行伴唱。旺德里亚的首席舞者敏京表演了一曲伦巴舞，在她旋转时，机械蝙蝠从她黑裙荡漾的褶皱间俯冲而出。哈珀最喜欢的是一位演员，他背诵了一段一位医生被邪恶的另一个自我所接管时的独白。在他表演时，他的皮肤开始慢慢变灰并发霉，头上长出了弯曲的角，双眼变得火红，直到他用邪恶刺耳的声音念完最后一句台词，然后消失在了舞台上的一个洞里。哈珀惊叹不已，一定是因为他能轻松自如地控制星物质，才能对外表进行如此彻头彻尾的改变。

幕间休息时，他们冒险来到了服装部，罗珀正在那里展示一盒全幽灵产品。里面有鲜血药丸，会让你身体某个部位产生血如泉涌的假象；还有巨大的临时文身，蜘蛛或蛇的图案会在你的胳膊上爬上滑下。特里克和罗西立即排起了队，并就选用哪个图案争论起来。哈珀绝对不想让一只巨大的昆虫在自己身上爬行，所以她和安薇走向了镀金酒吧，在那里能买到马克杯装的绿色热巧克力，上面盖着血红色的奶油。在哈珀和安薇之间放着她们喝完的五个饮料杯，安薇正在讲述演出中所有她喜欢的节目。

"我想我最喜欢的节目是头骨低音提琴。哦，还有那些跳着吸血鬼探戈的舞者……哦哦，还有把自己变成鬼魂的女歌手！她是怎么做到的……"

哈珀正想点第六杯热巧克力时，听到天花板上传来了一个奇怪的声音，不由皱起了眉头。这声音是冲着她们来的——一个轻微的嘎吱声，就好像有人正在旧地板上走路似的。

"安薇——你听到没有？"哈珀眉头紧皱。

她们的头顶上再次传来嘎吱声——听起来好像它正在移动。哈珀冲安薇示意后，她们匆匆离开了酒吧。大堂几乎空无一人，过了一会儿，哈珀又听到了嘎吱声，这一次是从她身后传来的。她转过身，然后全身的血液都变冷了。

在那里，大堂的地板上，留有一排爪印。那些爪印有点脏并且直接通往音乐厅。

第十一章
厄运

哈珀心烦意乱。在内心深处，她知道这是自己在首演夜那晚见到的那只生物——只是今晚，它出于某种原因进入了旺德里亚。她脑海中回荡着那首四个诅咒的童谣，与此同时，她示意安薇打开通往观众席的门，然后悄无声息地溜了进去。

观众们正全神贯注地看着罗伯塔女士和她的影子在决斗，背景是一群长着南瓜灯脑袋的稻草人。哈珀听着嘎吱声越来越响——眼见着好几个观众也闻声转过头，在观众席里寻找着声音的来源。

"唔……哈珀……"安薇轻轻叫了一声并向上指了指。哈珀跟随她的目光看向位于她们头顶上方的南瓜吊灯。

伴着胃部一阵令人作呕的搅动，她看到大吊灯正一点点从天花板上松落下来。

哈珀不确定是哪位观众最先注意到的，但场面一下子变得混乱起来。观众们从自己的座位上跳了起来，边指着吊灯边越过扶手朝出口冲去。

"芬尼乌斯！芬尼乌斯，别跑那么快，我穿着这条裙子没法跑！"

"我告诉过你不要穿那条该死的裙子！"

"亲爱的，我们俩当中总要有一个看上去体面点，那个人可不会是你……"

当人们朝着大门方向奔逃时，哈珀闪到了一边。"安薇，回大堂去！"她喊道。罗伯塔女士抬起她的镜子匆忙跑进了后台，与弗莱彻擦肩而过。弗莱彻跑上舞台，张开双臂。

"各位朋友和观众，如果可以的话，请你们尽量以井然有序的方式去往出口……"

吊灯选择在这个时候发出了更响的嘎吱声，小南瓜像下雨般淋在了观众身上。一些观众一边尖叫一边向外面冲去，同时，另一些观众则抓起他们的雨伞用以保护头部免遭南瓜浆的突袭。

过道上聚满了人，哈珀心知没必要和他们挤成一堆，于是躲进了一排空座并爬着越过座位。她查看着地面想寻找更多的爪印，这一次她铁了心要看看它到底是什么东西。

"哈珀，你在做什么？"安薇喊道。此时，人潮已将她推向音乐厅大门。

"我只是……"当哈珀在眼睛水平位置迎面看到墙上有一个爪印时，逐渐没了声音，心怦怦直跳。她伸长脖子，又看到几个垂直向上的爪印。

哈珀缓缓地原地转了一圈，一直抬着头向上看。当她的目光落在它身上时，吊灯咔嚓一声整个断向了一边。它侧摆着，更多的南瓜向下猛冲。与此同时，哈珀总算看清楚了那个她一直在寻找的东西。

那是一只像豹子一样的巨大生物，正栖息在吊灯顶上。它有银色的皮毛和闪闪发光的眼睛，它的爪子和哈珀的头一样大。

"真是难以置信！"观众席后面传出一声尖叫，"芬尼乌斯，看！"

"我知道，我能看见它！"

"这是四个诅咒中的一个！"女人转过身朝着人群放声尖叫，"是厄运！厄运在这里，在旺德里亚！"

弗莱彻跳下舞台，试图帮助人群从大门离开。哈珀矗立在原地，惊恐到全身僵直。

"哈珀，小心！"

最后一个螺栓滑落时，她听到弗莱彻在喊叫。金属发出可怕的嘎吱声，吊灯疾落而下。就在吊灯即将撞到地面前的几秒钟内，哈珀跳开了。构造复杂的金属因为冲击而发生了扭曲变形，灯上剩余的南瓜落在地上变成了南瓜浆。还没离开的那群人一边上气不接下气地尖叫，一边竭力穿过大门去往大堂。

哈珀抬头去看，只见那个生物已经从吊灯上跃进了位于舞台旁的剧场包厢。眼下，它正爬过墙角然后沿墙而下，冲她而来。

哈珀感觉到自己定在原地，一动不动。她所能做的只剩下在那个生物前进时保持着呼吸。它的爪子像匕首一样闪闪发光。当它靠近时，哈珀从它的眼睛里看到有什么东西一闪而逝。那东西看上去像是——认识哈珀？

"当心后面！后退！"

突然，弗莱彻站到了她前面，手中挥舞着一把来自道具部门的红木手杖。他将手杖的一端戳向那个生物，迫使它向后退去。

"这是我的剧场，"他叫道，"而你，先生，禁止入内！"

弗莱彻又戳了一下，击中了它两眼间的位置。这个生物怒叫了一声，向后跳去，它挥动巨大的爪子打向了距离弗莱彻的脸只有几厘米远的地方。然后它蹲伏了一下，从一楼观众席一路跃向三楼的观众席，然后冲向了通往屋顶的那扇门。

"哦，不，你不能……"弗莱彻跑向出口，与一旁的拉希莉擦肩而过。

"啊，拉希莉，太好了——你能帮忙确保一下伍尔夫小姐从这里安全地返回学徒宿舍吗？我不得不去追一只猫。"

拉希莉点了点头，看上去有些困惑。弗莱彻跑出观众席，手杖则像长矛一样举在空中。

"好的。来吧，哈珀。"拉希莉说道。

"但是——"哈珀环顾四周。观众席里只剩下她们了。"安薇、特里克还有罗西……"

"我们正在确保每个人的安全。"拉希莉将手坚定地放在哈珀的肩膀上，引导她穿过大堂，走向通往生活区的楼梯。

他们到达学徒宿舍时，里面安静得让人害怕。拉希莉朝哈珀指了指墙上的门。

"乖乖待在你的房间里，直到我们解决好这件事。"她的语气不容争辩。

哈珀爬上梯子回到房间，然后倒在了床上。她脑袋里的思绪不停地转啊转，就好像这个世界上最无聊的旋转木马。

现在这件事已经无法否认了。她曾希望首演夜的事故是一次偶然，或者说与厄运没有任何关系，但现在希望破灭了。她亲眼看到了它，看到了银色的皮毛，巨大的猫科动物外形，这些都和她在书中看到的描述一模一样。更重要的是，它看着她，朝她爬过来时，就好像知道是哈珀把它带到了这里一样。

哈珀钻入她的羽绒被窝里，既痛苦又害怕。这将是一个漫长的夜晚。

第二天，哈珀一大早就醒了过来，早到食堂都还空着，桌子光秃秃地立在那里，而桌面上通常会放满赫尔贾精心准备的食物。哈珀仍在为前一天晚上发生的事情而震惊。她穿过玻璃门来到阳台上，在做了一个深呼吸后，她环顾周围，试图摆脱一直萦绕在她梦里的画面——闪闪发光的眼睛，还有巨大的爪子。旺德里亚赶了一夜的路：他们进入了自由风区更深的地方，在这里可以俯瞰由数条弯曲的运河形成的一座蜿蜒的大城市。运河上排列着船只，形成了一个个漂浮的小街区。有些船有几层楼那么高，用圆木做的招牌表明它们是餐厅、酒店，或是隐峰唯一一家玻璃地板的保龄球馆！清晨上班的人搭乘划艇或者骑着在水面掠行的自行车去工作。在他们所坐的地方靠左边的位置有一个大招牌，上面写着：

欢迎来到水上里奇顿

水下卡巴莱俱乐部引以为骄傲的家园，

以精彩的美人鱼尤克里里乐队为特色！

被隐峰理事会列为五级市区。

请不要投喂天鹅。

在招牌下面被随意地固定了一块较小的木牌。上面写着：

城市东头的旧城废墟现经认证为坠落地。

前往需谨慎。

哈珀微微皱起了眉头。有某个地方是……坠落地，压下所有的恐惧和担忧后，她确认了这个词。做了个深呼吸，她忽略了那淡淡的鱼腥味，并试着尽量不要去想外面到底还有多少更危险的事存在。

"哈珀？"

朋友们的到来使哈珀的思绪立刻跳了出来。当她看到特里克、安薇和罗西都来到阳台上时，感到如释重负，她克制住了自己想冲过去并拥抱他们所有人的冲动。

"嗨！"她忍不住迫切地打量着他们所有人，"你们都还好吗？"

"不怎么好，"特里克做了个鬼脸道，"这可是一大清早。"

"我们很好。"罗西用肘击了他一下，"你还好吧？安薇说你差点被掉下来的南瓜给压扁。"

"差不多是那么回事。"哈珀边说边颤声大笑起来，"不过我没事。"

罗西把手伸进背包并从里面掏出一台收音机来，她把收音机放在了窗台上。"《星演者演出日报》应该会有关于昨晚的特别报道……"她转动旋扭后，跳过几个电台，最后在无线电作用的噼啪声中听到了一个声音。

"我是爱丝·马龙，欢迎来到《星演者演出日报》。我们今天的头条新闻是：昨晚在旺德里亚音乐厅和大剧院发生了恐怖的一幕，当所有观众正在欣赏全幽灵夜的演出时，突然出现的未知生物吓跑了所有的观众……我们请到了两名现场目击者，请他们来描述一下当时的遭遇。"

"轮到我了吗？我现在是不是应该说话了？好的——哦，我来告诉你，当时真是太可怕了，真的非常非常可怕——"

"他们想听的是有关那个生物的事，芬尼乌斯。和他们说说那个生物！"

"对，是的——说起来它有点像猫，只是个头可能有小个子的马那么大……"

"小个子的马？胡说八道，它的个头和大象一样！把那个麦克风给我，我来告诉你些别的，它可不是什么未知生物，它是厄运——是四个诅咒中的一个。"

"这可真是个相当大胆的声明……"

"废话。你知道这首童谣吧——'厄运在夜间追踪它的猎物。'在歌剧里，它就是一种长得像猫似的东西，不是吗？"

"我一直以为它是一只浣熊……"

罗西向前倾了一下身，关掉了收音机，说道："真是胡说八道。"

"这不是胡说八道！"安薇说时，看上去很激动，"它是厄运——我亲眼看到它了！"

"你是看到了一个生物——它个头可能没有大象那么大，你再好好想想。可这并不意味着你看到了四个诅咒中的一个。你不可能看到四个诅咒的——因为它们根本就不存在。"

哈珀瞥了罗西一眼。她看上去很坚定……但是，她当时并不在那里。

"他们确实存在！"安薇争辩道，"除了四个诅咒，那东西还会是什么呢？"

"我不知道——是从森林里冒出来的生物？还是从南边的山里爬过来的什么东西？"

"嗯，没错，因为我们在南边的山里总是会看到巨大的豹子……"

"好啦！"特里克出声打断她们，就像挥白旗似的在她们中间挥舞着双手，"争论这个一点意义也没有。不管它是什么，你说弗莱彻把它送走了，对吗？所以但愿它不会再回来了。"

安薇生起气来，罗西翻了翻白眼，不过她们放弃了这个话题。当赫尔贾推着早餐车出现时，她们俩都开始往回走，特里克也准备跟上。哈珀示意他等一下，然后压低了声音对他说道："这都是我的错。"

特里克皱起了眉头，问："什么？"

哈珀吸了一口气，告诉了他关于首演夜发生的一切——爪印、灯笼和差点造成意外的柱子。她告诉了特里克关于阿尔西娅说过的那些话，还有前一天晚上当厄运望向她的时候，它好像认出了她。

"没有别的解释了，"她最后说道，"它会出现就是因为我在首演夜说了'祝你好运'……这才把它给召唤过来的。现在我已经两次目击到它了，而且两次都造成了意外，就像我借的书里说的那样！"她低下了头。"没准阿尔西娅是对的——如果知道我会带来这么多的麻烦，也许我根本就不应该来这里……"

"哈珀，"特里克口吻严肃道，"这四个诅咒只是迷信想象出来的，它们不是真的！就像在剧院里嚼口香糖并不会真的让你所有的牙齿都掉光，还有对着化妆室的镜子说'该死的国王'，也不会真的召唤来一位嗜血的君王。"他叹了口气，补充道："我知道不会，是因为我都试过。"

"那它到底是怎么回事呢？"哈珀问道。

"在隐峰上有各种各样的奇怪生物，"特里克耸了耸肩，"有的地精脚上长着轮子，还有的幽灵专门出没在轮滑迪斯科舞厅。弗莱彻发誓，他曾经看到过一条用薄荷硬糖做成的龙。那个生物可能是任何东西。"

看到他说话时自信满满的样子，哈珀感觉自己胃里打着的结好像微微松开了一点。

"喂——你们两个进来吃早饭吗？"罗西把头探回到阳台上，打断了他们的谈话。

"当然，"特里克快速地回答道，"这里太臭了。"

"是鱼市的味道，"罗西边说边得意地笑着，"这是隐峰最大的鱼市。我七岁时曾经在那里住过一段时间。"看到哈珀一脸困惑的表情，她补充解释道："我妈妈是巴卡莱水下餐厅的化妆师。"

哈珀决定不深入研究一个人是如何在水下进行化妆的了。她问的是："你曾经是住在其中的一艘船上吗？"

"是的，"罗西回答道，"为了防范洪水，我们必须穿着长筒雨靴睡觉。有一次我们就遭到了海星的袭击呢。

不过这里仍然是一个相当不错的居住地。"

哈珀回头去看这座城市，目光落在了她先前就注意到的牌子上。

"嘿——什么是坠落地？"

"就是星星从天空掉落下来的地方，"罗西解释道，"共有十三个坠落地，它们散布在隐峰周围——十三颗星星一颗一个。"

哈珀点了点头，想起拉希莉在第一堂课上告诉过他们的有关坠落地的事。她瞥了一眼牌子上的字，问道："但是，星星已经不在那里了，对吗？我想那些星星可能已经消失了。"

"有些人是这么认为的，"罗西答道，"他们说如果你离得足够近的话，可以听到星星在哭泣，呼喊着让它重返天空。"

"哦，"哈珀皱起了眉头，"这可真——吓人。"

"是很吓人，不是吗？"罗西说，"我的意思是，我从来没有听到过什么声音。但话又说回来了，我们就住在俱乐部上面的那条街道——超级美人鱼尤克里里乐队总是闹腾得不得了，我们很难听到什么声音。尤克里里到了美人鱼手中就变成了一种攻击性惊人的乐器。"

哈珀还有十来个关于星星和坠落地的问题，更不用说玩尤克里里琴的美人鱼了。但就在这个时候，赫尔贾的声音从食堂传了过来。

"不用担心我，我靠我自己就能把这些食物全都拖到桌子上，"她叫道，"我就喜欢自己一个人去提沉重的篮子——这肯定是我的幸运日……"

罗西深深吸了口气，他们全都回到了食堂，赫尔贾正在努力让一打食物篮同时保持平衡。哈珀忍不住又回头看了一眼水城。在这座城市深处的某个地方，有一个漂浮的、发光的存在，正不安地在地球上搜寻着，试图找到回家的路。这个念头在她的脑海中挥之不去。

第十二章
坠落

不出所料，阿尔西娅·里德品味着厄运出现的消息，就像在吃一块特别美味的硬糖。在接下来的几个星期里，只要哈珀一走进房间，她就开始对四个诅咒高谈阔论。

"最近几周，情况似乎变得更加糟糕了……这只会让你想知道是什么——或者说是谁——造成了这样的情况……"她回头严厉地看向哈珀。一旦发现哈珀露出丝毫的内疚，她便会笑得洋洋得意。

哈珀确实感到内疚。尽管特里克保证说这不是她的错，但她还是无法摆脱阿尔西娅并没有说错这个事实。她成了一名狂热的广播听众，而且目击者正在迅速增加的事似乎一目了然。绝望中，她从头到尾读了一遍《四个诅咒：

故事、目击、迷信》，但却找不到任何让它们离开的线索。

"你知道我在担心什么吗？"十一月中旬的一个早晨，阿尔西娅夸张地叹着气说道，"这将会毁了我们的星星缪斯仪式。可我真的非常喜欢它……"

特里克皱起了眉头，说："你觉得我如果一不小心把一盘炒鸡蛋扔到她头上的话，她会闭嘴吗？"

"这件事会毁了那个仪式吗？"哈珀焦急地问道。

"当然不会，"罗西向她保证道，"她在胡说八道。"

哈珀对于能参加她的第一次缪斯仪式感到很兴奋。据她所知，缪斯就像是星演者的守护神一样，他们是那些拥有一系列特殊力量的人，超越了其他所有普通星演者的能力。为每一位缪斯所举行的仪式会贯穿一整年，头一位便是星星缪斯。

"谁都能成为缪斯吗？"当天早上去参加训练课时，她向特里克问道。

"任何人都可以成为缪斯的代表，但你必须先要经历一系列的考验。"特里克回答说，"托尔尼奥·夜曲曾经尝试过，不过他没能成功——他可是来自星演者历史上最有才华的家庭之一啊。"

当他们来到服装部上早课时，哈珀惊讶地看到拉希莉也在那里，她正站在房间的最前面，旁边站着罗珀。

"学徒展示！"罗珀边说边仔细地打量着他们所有

人，"我很高兴地告诉你们，在星星缪斯夜的纪念仪式上，你们将有机会向旺德里亚的其他人进行一场小组展示，用以展现你们至今为止所学到的本领。"

哈珀感到面颊一热，可能是因为兴奋也可能是因为紧张。

"我们将在学者月的晚上举行星星缪斯仪式，"拉希莉通知他们道，"这意味着你们只有三周的时间准备你们的展示。"

哈珀微微一笑。满月发生在每个月的第一个星期，每次满月都有一个独特的名字，比如学者月、母狮月、银月，等等。重要的活动和场合往往都会有计划地放在满月时。

"你们将在服装部和罗珀一起完成这项特殊的任务。现在，你们将会是今年第一个演出的小组，所以不要辜负这次机会。"拉希莉扬起一边的眉毛，扫视了一遍所有人。"不要有压力，但如果你们让我丢面子的话，我将会在今年剩下的时间里让你们全都留校。"

扔下这个不加掩饰的威胁后，拉希莉大步走出了房间。罗珀揉着自己的鬈发，鼓励地对他们笑了笑。

"别担心——在第一次进行学徒表演时，我一头栽进了厕所。再也不会有比这更糟糕的事了。"

准备自己的第一次展示对学徒们来说是一件很紧张的事。哈珀很喜欢服装部，这里有精致的礼服和斗篷，还有偶尔会爆发出热情的踢踏舞鞋。然而，和阿尔西娅以及她的闺蜜一起，被困在一个房间连续好几个小时，这对所有人的容忍力绝对是种考验。

每天早上，阿尔西娅都以一种戏剧性的方式朗读《星演者时报》上刊登的最新诅咒目击事件，然后又是叹息又是大声质问，到底怎么做才能停止这一切。（哈珀感觉阿尔西娅的解决方案将会涉及到让她迅速离开旺德里亚。）哈珀试图低着头专注于准备展示，但每天都要保证不大发脾气，真的是一件很难做到的事。不过，至少工作本身是充满乐趣的——而且，这让哈珀除了整天担心厄运，注意力也可以放到其他事情上。哈珀花几天时间完成了锯工、成型和胶合，她感觉自己对这些事得心应手。她注意到，同学们好几次向她投来惊讶的目光，他们显然没料到她也会有擅长的事。

接下来的三个星期匆匆逝去，很快就到了星星缪斯纪念仪式当天的夜晚。训练一结束，哈珀、特里克和其他学徒就加入了星演者大队，和他们一起走出大门，朝着格兰特湖进发。穿越过来的那天早上，旺德里亚人就是在格兰特湖畔定居的。星演者们当然都已经装扮好了——就这样的场合来说，有些人甚至装扮得有些过头了。炫目蓝调兄弟乐队的约瑟夫穿了件西装，上面满是闪烁的星座图案。而罗伯塔女士则在头上戴了一颗巨大的八角星，因为星星实在太大了，以至于需要她的三个朋友一起帮忙扶着。她和她的朋友们大声谈论着星星缪斯，以及关于他的各种报道。

"我想我见到过他一次，是在快乐夜——他坐在一只巨大的鸟上飞行……"

"哦，那可不算什么，亲爱的。我有告诉过你，我和他曾经真的约会过一次吗？"

"他才不会呢！"

"他会的。他带我去了天上的一家餐厅。我们吃着月亮牡蛎，听着天空爵士乐。不过，他有很严重的口臭。"

哈珀哼了一声，转向了特里克，问道："缪斯们……也像普通人一样到处走动吗？"

"通常不会，"特里克回答道，"他们有自己的秘密城市，往来自如。但是每个人都有一个关于缪斯的故事，不知道是真是假——阴影缪斯是个赌博大师，乔装后会混在普通人里打扑克；心灵缪斯骑着一匹白马，并在单恋的爱人们门口留下玫瑰；如果你下棋赢了死亡缪斯，她会给你额外的一年生命。"

"我不确定是不是喜欢展示里那个死亡缪斯。"哈珀打着冷战道。

"她很好，这显然易见，"特里克道，"无论走到哪里，一路上她都会留下白色的玫瑰，而且她会用歌声让人们进入到另一个世界。"

"哦，"哈珀考虑了一下，"这听起来还不算糟糕。"

就在他们谈论的同时，弗莱彻正拿着一篮子小玻璃球四处走动，当有人聚集到湖边时，他就发一个玻璃球给对方。特里克拿了两个并扔了一个给哈珀。"拿着，我们都需要这个。"

玻璃球一碰到他们的手就亮了起来，发出柔和的银色光亮，像心跳一样稳定地闪动着。

哈珀看了一眼特里克，问："现在要做什么？"

特里克露齿一笑，答道："现在要做这个！"

他收回手，然后将他的那颗玻璃球抛向空中。哈珀看到周围的每个人都在这么做，她也把她的向上扔了出去，尽管她心里在抗议，这样做将导致不可收拾的结果。比如"本地的星星缪斯仪式惨遭破坏，因玻璃球坠落导致多人受伤严重"！然而，这些玻璃球并没有掉下来，相反，它们漂浮到了湖对岸，快速移动的影子就像是一朵萤火虫做成的云。当它们到达湖中央时，开始盘旋上升，它们旋转着越升越高，直到变得还没有细小的光点大，飞快地朝着学者满月移去。

"这是我们感谢星星缪斯的方式，"特里克说时，凝视着那片光，"谢谢他守护着星星们并保护它们的安全。"

他们右边突然传来一阵窸窣声，人群开始欢呼起来。哈珀看向周围，只见两位星演者把庄重的弗莱彻给抬到了肩膀上，弗莱彻一脸听天由命的表情，由着他们将自己抬往河的方向。

"前进，弗莱彻！"

"进去吧，我的孩子！"

"这是我最喜欢的部分。"特里克兴高采烈地说道。两位星演者来到湖边，人群开始倒计时。

"三、二、一！"

当弗莱彻被扔进水里时，哈珀发出一阵哄笑。扛着他的那两位星演者相互击掌后，也跟着跳进了湖里。突然，岸上所有的人都高喊着跃入湖中。

"特里克……"哈珀边说边转向他。

"对不起，我没提到过吗？"特里克说话时脸上带着淘气的笑容，"我们总是在湖边举行这个仪式是有原因的。直到所有人都跳进湖里，仪式才算结束。"

哈珀还没来得及抗议，特里克一把抓起她的手就向下跳，哈珀就这样被他带了下去。在另一边，罗西和安薇也尖叫着跟大家一起跳了下去。

"你们这些人都疯了吗？"当哈珀把头伸出水面时，她激动地说道。"这可是大冬天！冻死人了！"她吐出嘴里的水，补充道："这么做就能感谢缪斯吗？"

"哦，并不能，"特里克开心地回答道，"这么做纯粹是因为好玩。"

"你们的好玩真是太烦人了。"哈珀一边咕哝，一边拍着水来到湖边。她用力从水里挪出身子，夜里的冷空气吹到她湿透了的皮肤上，让她打起冷战来。特里克嘲笑她冷着脸的样子，随后像海豚一样潜到了水面下。

"我陪你一起，"罗珀走到哈珀身边，递给她一条蓬松的白毛巾，"在所有仪式中，这是我最不喜欢的。不过赫尔贾通常会准备一些热可可，这能让我们的脚趾头恢复知觉。"

哈珀扭了扭自己的脚趾头，查看它们是否都还在那里。她转身望着最后几团光消失在天空，目光落下时停在了一个站立的身影上，那人在湖的另一边，整个人半笼罩在阴影中。

当哈珀看到那个身影时，她听到自己回荡的喘气声。那个身影看上去熟悉得可怕——高大结实，剃着光头。哈珀眯起了双眼，当视线穿过昏暗的光线时，她的心一悬。这个身影会不会是方尖碑的那位星星狩猎者，阿利斯泰尔·夏普？

"哈珀？你还好吗？"罗珀问道。

哈珀眨了眨眼，下一刻，那个身影猛地转身，偷偷溜回了湖周围的树丛中。哈珀凝望着那片昏暗，但再也没有看到那个男人。她的心怦怦乱跳。那是夏普吗？还是她弄错了？

"我刚才——以为我看到了什么人。"最后她开口回答道。为什么狩猎者会来这里？他在找小贼吗？还是找星星？还是？她的胃绞痛起来——那个人是不是发现她是谁，并决定要对她在方尖碑的表演展开报复？

哈珀抬头瞥向那些亮光，它们在黑暗的映衬下闪闪发光，就像小夜灯。

"罗珀……"她问得犹犹豫豫，"你知道坠落的星星吗？"

罗珀眨了眨眼，脸上露出惊讶的表情，回答道："是的，我知道。"

"如果有人找到了一颗星星的话，你觉得将会发生什么事呢？"哈珀迎向她的目光，"他们会拿它做坏事吗？"

"哦……"罗珀若有所思，"我想这取决于找到它的人吧。外面是有这样的人，把这个当成是一次机会，试图获取更多的力量。"

"就像星演者魔术师协会的人？"

"我想是的，"罗珀皱起了眉头，"但是魔术师协会

161

已经解散好几年了。再说了，他们必须得先真的找到一颗坠落的星星才行，到目前为止还没人能做到这一点。我的意思是，在我们来到隐峰的头一天晚上，就有一颗星星掉在了离我们不到两千米的地方，但谁也没有看到过它。"

哈珀扬起眉毛追问道："等一下，你说的是真的吗？"

"是的，"罗珀点了点头，"当我们成功穿越门关——嗯，我们几乎成功穿过它后——"她愧疚地瞥了哈珀一眼，"就在丛林旁边搭起了帐篷。然后，突然间出现了一道耀眼的光芒。我们跑到帐篷外，只见有一颗星星径直朝我们飞了过来，掉进了树林的某个地方。我们派了几个人出去找，最大的原因还是好奇，可没人能找到。"

哈珀考虑过这一点。如果星星那么难找的话，夏普说不定永远也不会成功找到它。她热切地希望他找不到——像他那种人肯定不需要更多的力量了。

"你觉得它们看起来会像什么？"她问道，"像星星吗？"

"我也是这样猜测的，"罗珀回答道，"当然，关于这个流传着很多说法——我奶奶曾经说过，如果你看得足够仔细的话，会发现每颗星星的正中间都有一个真正的形状。没有人能够证实这一点，不过她也可能是对的。话又说回来，我奶奶曾经还说过，吃卷心菜会让双眼射出激光光束，所以我不确定在这些事情上是不是可以相信她。"

"是谁的眼睛里能射出激光光束？"特里克边从湖里爬出来边问道。他走过来并站在离哈珀不到三厘米的地方，然后朝她甩起了脑袋。冰冷的水滴打在哈珀脸上，引得她大喊大叫。

"你给我等着瞧，"哈珀威胁道，"我要在你的早茶里加超级辣的辣椒粉。"

特里克倒吸了一口气，说道："你不会的。你不会加在茶里的。"

"你看我会不会。"哈珀一脸不高兴地回答道。

第十三章
首届缪斯

仪式一结束，哈珀和特里克就来到了服装部，在一个巨大的烘干舱里，从四面八方吹来的热气烘干了他们的衣服。随后，他们拿着自己项目的材料，沿楼梯去到了上面的大堂。在去音乐厅的路上，哈珀注意到一件让她紧张的事情，参加仪式的大部分星演者都已经到了，正在等着观看他们的展示。

"我还记得我的第一次学徒展示，"一位女士用梦幻的口吻讲述道，"我们必须编一个能让音乐厅里下雪的舞蹈。这真是优雅极了。"

"我们必须造一头机械大象，它要在一楼观众席间巡游。"她旁边的男人叹息道，"但它乱窜一通，把皇家包厢搅得不得安宁。"

哈珀的神经紧张起来。下雪的舞蹈？机械大象？她只希望他们的作品能有那些一半出彩就好了。

他们匆匆穿过音乐厅，顺着台阶爬上舞台，偷偷溜进了后台。大家几乎一致投票同意由特里克担任展演的主持，这意味着他将第一个上台，并且最后一个下台。但特里克径直去往音响部并开始翻起他们的饼干罐头来，看上去非常漫不经心。另一边，安薇开始围着后台跑起圈来，她试着去"燃烧多余的能量"。

罗西在沉到过湖里后，不知不觉地重新画好了脸上的妆，并把花瓣沿着睫毛粘好——她呼了一口气，然后看向哈珀问道："紧张吗？"

"是的。"哈珀深呼吸道。倒不是因为要当着星演者的面表演，而是因为组里其他成员对她的监视真的令她不胜其扰。对于在冒烟城长大的她，不熟悉这里的一切，已经够她受的了。可自从她在开幕夜犯了错，接着厄运又出现后，她感觉自己好像都不能再出任何差错了。

"会好起来的。"罗西向她保证。

"你不知道，"哈珀低声道，"我可能会摔倒，或者是忘了怎么说话，又或者在关键的地方打喷嚏。"

罗西笑了起来。"好吧，如果发生了以上任何一种意外，我就放火烧自己的头发并跳一支高峰吉格舞，"她提议道，"然后就没人会谈论你了。"

哈珀哼了一声，说道："你才不会烧自己的头发呢。"

罗西用手摸了摸她的波波头并且叹了口气。"你是对的。它是我至高无上的荣耀。"

哈珀向外看去，并偷偷瞥向观众席。拉希莉坐在一边，手里拿着一块写字夹板和一支笔，看起来一脸严肃。弗莱彻跷着二郎腿坐在另一边的椅子上，他把爆米花扔到空中再用嘴巴接住。会场的灯光暗了下来，观众们一片静寂。

"诅咒你被一千只蜜蜂叮。"特里克边走边说。

"祝你被狼咬脚趾头。"哈珀边回答边翻了个白眼。

当特里克走上舞台时，一束聚光灯一直照着他。他在巨大的音乐厅里看起来非常小，不过当他抬起头时，面容沉静而自信。

"光明与黑暗，"特里克用清晰的声音说道，"大地与天空，空气与水，生与死。过去，所有这些东西都是完全平衡的存在。就这样，直到人类出现，把一切都搞乱了。"

罗西窃笑道："不怎么细腻，是不是？"

"随着日不照省变成一个被工业和商业占据的地方，世界开始渐渐失去了平衡：天空中的星星被遮挡了，空气中的烟雾越来越浓。这种不平衡唤醒了一系列特殊力量，包含了这个世界所有歌唱的力量，以及随之而来的塑造和控制事物的能力，"特里克继续说道，"随后，有一天，一群星演者发现了这些力量——他们成为了首届缪斯。"

这是他们的舞台提示。哈珀举起了手中的东西：一个精致的金属制成的面具，上面是旋转的太阳图案和火焰图案，还有一件由橙色薄纱制成的长大衣。哈珀把面具系在头上并把外套披在了肩膀上。

她周围刮起一阵风来，吹得大衣翻飞——当她转过身望向倚在墙上的镜子时，镜中回头望着她的并不是哈珀。她的镜像是一个比哈珀高几米的女人，身着日出颜色的裙子，一头橙色的波浪头发闪烁着光芒。她的脸上画了和面具上一样的太阳图案和火焰图案，头上戴了一顶宽边的帽子。哈珀动了一下胳膊，那个女人也跟着动了一下胳膊。

她是光之缪斯。

第一组一致决定想要做一个以缪斯为主题的项目。他们为这次展示创作了剧本，罗珀还帮他们准备了服装。当罗珀向他们阐述想法时，哈珀被迷住了。

"所以，这些服装会把我们变成缪斯？"她问道。

"不完全是，"罗珀解释道，"与其说改变了你，不如说是服装和面具会根据你来自我塑造，创造出一个缪斯的模特——就像那些嘉年华上的巨型木偶那样，是从内部进行操纵的。"

哈珀微微做了个鬼脸，她想起了巡游活动中阴森森逼近过来的机械木偶。不过那些木偶和眼下完全是两回事。

根据哈珀进行成长的面具和大衣就像围绕着毛毛虫的蚕茧一样，让她去做里面那个控制木偶的人。这是一项复杂的工作，但哈珀相信自己能做好。她做了个深呼吸，然后走上舞台。

台上一共有九位缪斯：九个巨大的缪斯模特，每个模特中间都有一个学徒。哈珀看到了空气缪斯，一位大衣上装饰着珍珠，留着一头云彩般鬐发的女士，她的中间站着安薇，看上去一脸的尽兴。影子缪斯穿着柔软的天鹅绒披风，戴着烟雾做的太阳镜——这与伯尼·麦登的金发碧眼大相径庭。他们齐聚在一起，耸立在观众面前。

"远古的力量赋予了缪斯才能，让他们能听到世界的音乐，并让世界的音乐服从于他们的意志。"特里克说，"他们可以影响风、星星和黑暗。"

这是哈珀最期待的部分。罗珀用星光帮他们在服装上添加了额外的纹理，当星光被激活时，他们就可以模拟缪斯的力量了。

安薇是小组里最棒的歌手，她第一个走上前去。她伸出双手，开始轻轻歌唱起来。在她周围的空气中出现了一股盘旋着的银色微风，如涟漪般向观众吹去，吹乱了他们的头发，吹得他们鼻间充盈着秋日的清新气味。巨型缪斯模特一个接一个走向前面，学徒们一起唱起歌来。凯拉，扮作心之缪斯，一阵粉色的玫瑰花瓣从音乐厅盘旋而过，引得人群发出叹息并梦幻地摇摆起来。而罗西的水之缪斯则让银色的溪流顺着过道在座位四周流淌，直到前排座位变成一个漂浮在湖中央的小岛。对应各自正在创造的力量，他们所唱的歌词略有不同，但声音相叠后浑然天成。轮到哈珀展示时，她颤抖着吸了一口气，然后加入到了歌声中。歌唱时，哈珀感觉星物质在她周围活跃着。她抬起帽子，一条条光带从帽子下面射了出来，形成拱形在半空中绕成了圈。

"首届缪斯生活了很久很久。他们去世时，其力量代代相传，每一位新缪斯都肩负着继续保持世界平衡的重要责任。"

在特里克说完后响起了节拍，应和的仅有学徒们柔和的哼鸣、座位四周的流水淙淙和玫瑰花瓣柔和的沙沙声。这真是美极了。

突然，意外发生了。

事后，哈珀并不确定到底是哪里出了错。一开始是一个噼啪声：奇怪的咝咝作响，就像火焰渐渐熄灭的声音，几秒钟后变成了混乱的声响。哈珀记得自己环顾了四周，试着找出噪音的来源。

接着，舞台就爆炸了。

哈珀整个人离开地面被抛向了前方。她飞过舞台的边缘，冲向了第一排，掉在了一位毫无戒备的女士的双腿上。

说是看到，倒不如说她听到自己的几位同学也遭遇了相同的事。

"我的天哪——这是应该发生的事吗？"

"这太不正规了！"

"哦，可能是沉浸式表演。"

当哈珀挣扎着站起身时，她听到周围七嘴八舌的窃窃私语，她向被自己砸到的那位女士不停地道着歉。当她转身返回舞台时，吓得张大了嘴巴。舞台上被炸出了一个巨大的洞，洞口参差不齐，正往外冒着烟。几个躲开了爆炸的学徒正蜷缩在洞边，一边咳嗽一边噗噗吐着气。一片黑色的浓烟向观众爬去，似乎要吞了他们……

"大家都还好吗？"弗莱彻匆匆走上舞台，打量着四散的学徒们，他们正在扯下脸上的面具和身上的服装。当他确信除了舞台没有其他学徒被炸到后，转向了观众。"请大家先都离开音乐厅，让我们来解决这起——嗯——意外……"

观众们开始鱼贯而出，互相窃窃私语，并向舞台上的洞口投去关切的目光。音乐厅清场后，弗莱彻和拉希莉转向了学徒们，面容严肃。

"我在你们开学第一天——最最开始的第一天——有没有警告过你们关于星物质会爆炸的事？"拉希莉愤怒地问道，"有没有提醒过要当心哪些类型的星光和星尘不

170

能混合使用？"

"罗珀检查过我们所有人的戏服，它们都是安全的！"罗西表示抗议。

"那么究竟是怎么回事？这到底是怎么发生的？"

"都是因为她。"

哈珀一听到阿尔西娅的声音，就因为害怕而感到一阵令人作呕的恶心。她心知这一刻迟早会来到的。

"这都是哈珀的错！"阿尔西娅说，"她在首演夜说了禁语，唤醒了厄运的力量！快告诉大家。"她突然对哈珀发难。"告诉大家那晚厄运是怎么出现的，它又是怎么差点杀了我们俩！"

听到这番话，好几个学徒都倒抽了一口气。罗西和安薇也都吃惊地看向哈珀。"这是真的吗？"安薇问道。

"是的……是出现了一个爪印……"哈珀结结巴巴，"还有……"

"我们差点被一根杆子给砸烂脑袋！"阿尔西娅咆哮道，"在全幽灵夜它又出现了——还是冲着她来的——你们看！意外越来越多，倒霉的事越来越多！"

"里德小姐，我不确定你说的这些有助于……"弗莱彻试图打断她。

"根据传说，哪里出现了厄运，意外就会随之而来，"阿尔西娅固执地说道，"它来到了这里——在她唤醒它之

171

后——现在就开始发生意外了！"

"胡说八道，"特里克反驳道，"意外时有发生，那就是碰巧了。难道你在最后一堂格斗课上仰面摔倒也是故意的？"

"好了！"弗莱彻严肃道，"里德小姐，不管谣言是怎么传的，我们都没有理由相信，今晚发生的一切除了是不幸的意外还能是什么。现在，你们所有人，请把戏服交还给罗珀，然后回学徒宿舍去，这一团乱就交给我们来清理吧。"

阿尔西娅怒瞪了哈珀一眼，跺着脚离开了后台。哈珀和第一小组的其他成员一起留在了舞台上。她看了他们一眼，不知道该说些什么。

"来吧，"特里克走到她旁边，开口道，"我们走。"

哈珀把戏服抱在怀里，跟着特里克走下了舞台。然而，对于一路上抛向她的怀疑的目光，或是来自后台的窃窃私语，她做不到视而不见，无动于衷。

当哈珀拖着双脚回到学徒宿舍后，她感觉自己的内心在颤抖。从逻辑上来讲，她知道特里克是对的——意外总在发生，这可能只是一次不幸的错误。但是，另一方面……罗珀已经检查过所有的服装，他们中的任何一个人都没有理由会被炸飞。没有理由……除非单纯是倒霉。

哪里有厄运，意外就一定会相随。从现在开始，儿歌所说的就要应验了吗？像这样的灾难注定要不断地重演下去吗？如果下一次，有谁受了伤——或者发生了更糟糕的事呢？

哈珀真的不愿再想下去了。

第十四章
星演者戏剧委员会

在那场灾难性的展示结束后两天，迎接一年级学徒的是贴在食堂墙上的一块大牌子：

> 所有的初级学徒请注意！
>
> 今天，旺德里亚将接受来自星演者戏剧委员会的检查。
>
> 请确保准时上课，举止得体，着装统一。
>
> 不允许在制服以外进行任何添加，
>
> 包括任何款式的漂亮袜子或是发饰。

哈珀叹了口气，把爸爸的领结摘下来塞进了口袋。身边一直有爸爸的一部分东西相伴，能令她感觉宽慰，这还是她第一次把领结摘下来。

"星演者戏剧委员会都是些什么人？"她问瘫坐在她左边的特里克道，他正将碗里的糖直接往自己的茶里倒。

"他们密切留意着星演者剧场的日常运营情况，"特里克打了个哈欠，"弗莱彻说那就是一堆官僚主义的废话，但旺德里亚每年必须接受一次检查才能继续营业。"

"这可不仅是例行检查，"和罗西一起进来的安薇在哈珀的另一边坐下并说道，"我们今年早些时候已经接受过检查了。这次是因为厄运。"

哈珀的心一沉，问道："真的吗？"

"显而易见，他们已经听到了关于这件事的风声——你和阿尔西娅在首演夜发生的事，全幽灵夜的袭击，还有我们的学徒展示……"安薇瞥了一眼哈珀，"所以，他们决定再过来一次并确认我们是否适合开业。"

哈珀放下吐司，突然没了胃口。学徒展示时发生的事情仍然是她心里的痛处。在过去的两天里，哈珀发现自己受到了小组其他成员的排挤——除了特里克、罗西和安薇之外，所有人似乎都相信了阿尔西娅的话，认为全是哈珀的错才会发生意外。这并不是一种让人愉快的感觉——她已经从向往着弗莱彻所说的包容的大家庭，变成了只希望没有那么多的怒目而视和几乎未加掩饰的无礼冒犯，让她能熬过这一天。戏剧委员会的出现会令情况有所改善，哈珀对此表示高度怀疑。

"他们真的会把剧场关掉吗？"她轻声问道。

"不会的，"特里克用振作人心的口吻答道，"弗莱彻永远不会让那种事发生的。他们会来这里，四处闲逛一会儿，吃光我们的饼干然后收工回家。"

当他们离开学徒宿舍走下楼梯时，哈珀注意到每个人似乎都很紧张。弗莱彻手中拿着粉色的鸡毛掸子在大厅里大步地走来走去。他一边掸干净吧台上的菜单，一边试图重新排列墙上所有的肖像。

面对检查，只有一个人一如既往地沉着镇静。洛里·蒙哥马利平静地跟在弗莱彻旁边，帮他做着日常给旺德里亚装点门面的工作，平衡着弗莱彻的活力十足。

"他跟人说过话吗？"哈珀好奇地问道。

"洛里？不怎么说。"特里克说。哈珀饶有兴趣地注意到特里克说这句话时，几乎瞥都没瞥洛里一眼。

"你为什么不看着他？"哈珀转过身来。现在她想起每个人似乎都在躲着洛里，"为什么没人愿意看向他？"

"什么？别傻了，我正在看着他呢。"特里克盯着地板道。

哈珀哼了一声，追问道："胡说。说真的——这到底是怎么回事？"

特里克沉默了一会儿，答道："洛里他——好吧，没有人真正了解他。他非常内向。但在我们到达隐峰大约一年后，他消失过一阵子。他回来后，关于他去过哪里便传出了各种版本的谣言。"

"什么样的谣言？"

"这要看你问谁了，"特里克在他的座位上挪了挪身子，"有人说他在一个巫师部落里接受了刺客训练。有人说，他是一艘潜艇的船长，船上有一群鲨鱼。有人说他在秘密版的《与叶蒂斯共舞》中获得了第二名。"

哈珀恍然大悟地瞪着他，打断道："等一下……你是害怕他吗？"

"我才不怕呢！"特里克怒气冲冲道，"我只是对他怀有一种……健康的尊重。一种我更愿意在几米远的地方去践行的尊重。"

哈珀觉得洛里·蒙哥马利的吓人程度就和一只豚鼠一样，但就在她要说出这种观点时，几幅肖像从墙上掉了下来，落在了弗莱彻的脚上，他因此发出一连串令人印象深刻的咒骂。

"我的天呐，弗莱彻，"从门口传来一个温和的声音，"你的词汇量总是令我吃惊。"

一位穿着黑色长大衣的人大步走进大厅。他留着光滑的背头，脸上露出看起来很眼熟的傻笑。

"啊，华莱士·里德。"弗莱彻走过去和那个男人握了握手，"欢迎。"

哈珀转向特里克，因为她发现了一个可怕的现实。"等一下。里德？就是那个名字……？"

"早上好，爸爸！"大厅响起阿尔西娅精神奕奕的声音，本尊也随声音而至，她身边是伯尼和凯拉。

"早上好，我的南瓜香料公主！"男人矫揉造作地笑道。

特里克假装自己猛地吐了一地。

星演者戏剧委员跟着他们转了一整天。当作为第一小组的学徒排队走进制景工场，准备进行期末考试时，哈珀看到委员会的成员跟着进了屋，手拿写字夹板站在房间后面，图尔西亚大师从脚趾到胡须全都竖了起来。哈珀打量了一圈委员会的人，不由自主地感觉紧张。

"好的，"图尔西亚大师宣布道，"今天我还有一些修补工作要做，所以我想，当星演者创造的物品出错时，知道该怎么做可能会对你们有用。"

"这里的东西经常会出错吗？"华莱士·里德大声问道。

"只有在人们特别粗心的时候才会。"图尔西亚实事求是地答道。

"哦，你可别怪我们会密切关注，因为，啊——最近发生的事……"华莱士·里德半瞥了哈珀一眼。

"无论如何，如果你们愿意聚到这里的话……"图尔西亚开口道，就好像他根本没听华莱士·里德在说什么，哈珀对此感激不尽。图尔西亚把学徒们领到工场的一个角落，那里有一个由四只爪子撑起的铜浴缸。

"现在，这里有一个'洗一把澡乐队'。"

哈珀确信自己听得不对："什么？"

图尔西亚扬了一下嘴角。"看到这些水龙头了吗？"他指着安在浴缸顶上的两个青铜水龙头，"从里面出来的不是水，而是泡泡。每个泡泡都按颜色编码为一种乐器，如果泡泡爆裂开来，乐器就会出现并开始演奏。尤兰达·狂热在她的演唱会上经常会用这招来表演。"

学徒们听到这番话后，兴奋地窃窃私语起来。

"不过，这一个似乎已经坏了，"图尔西亚说，"所以，我要打开它并修补一下，希望它在今晚的演出中能正常使用。所以，如果你们中的哪一位愿意帮我拿一下我的星光喷灯……啊，安薇，谢谢你……"图尔西亚猛地戴上一副护目镜。"现在——有没有谁能告诉我，我需要修理哪个地方？"

哈珀指了指两个管子的接头，那里看上去已经旧了。"那里。"

"非常正确，"图尔西亚大师道，"管道越来越薄，这意味着泡泡无法注入足够的星光，因而无法确保顺利完成工作。"他赞许地望向哈珀。"能再提醒我一下你的茶壶特质是什么吗？"

"大胆和实用。"哈珀回答道。

图尔西亚大师咧嘴一笑，说道："你在这里会有出色的表现。"

哈珀感到内心充满了骄傲。她得意扬扬地看了一眼阿尔西娅，她回瞪了她一眼。

"好的——那么谁想尝试这个呢？"安薇带着喷灯回来时，图尔西亚问道。几只手举了起来，不过举得最快的是哈珀。她戴上护目镜，小心翼翼地从图尔西亚那里接过了喷灯。当她打开喷灯时，集中的星光生成一簇焊焰，明亮而炽热。

"大家退后一步，"阿尔西娅低声说道，"这可能会造成另一起爆炸。"

哈珀猛地停了下来，喷灯在她手上闪烁着。她太想去尝试一下了，甚至没有想过这可能是一个鲁莽的决定。如果是她召唤来的厄运，她是否会导致更多像是展示演出那样的意外呢？

"哈珀？"图尔西亚提醒道。

哈珀摇了摇头让自己清醒。在接下来的学徒训练中，她不可能拒绝接触一切涉及星物质的事。她把心一横，重新打开了喷灯并小心翼翼地用它去连接管道。她高兴地看着那些银色的管道在她的帮助下开始融合在一起。在某些方面，这就像回到家里的修理店一样——只不过取代有轨电车引擎的是一个浴缸，而这浴缸将会变出一个现场乐队来。

当管道在喷灯作用下都崭新起来后，图尔西亚向后退去，对着学徒们露出了微笑。"好——让我们来看看它是否能起效！"

他打开水龙头，一股泡沫立刻从里面冒了出来。哈珀瞄准了一个紫红色的大泡泡将它弄破，空中出现了一把萨克斯管并独奏起了一曲爵士乐，乐声回荡在房间里。她又弄破了另一个同样颜色的泡泡，第二把萨克斯管加入进来，与第一把进行着和奏。

第一小组整组成员都围着工场追逐起泡泡来，很快就有全套的鼓和一架大钢琴加入到了萨克斯管的行列，组成了一曲弦乐四重奏。图尔西亚跟着音乐节拍踩着脚，而特里克和罗西开始跳起了柳条编织舞（一种哈珀还没能完全掌握的舞蹈）。在一旁看着的华莱士·里德和他的亲信们，脸上的表情从反对变为极其不屑。

"好了，这就可以了，"图尔西亚说着关掉了水龙头。

泡泡和乐器立即消失不见了，工场看上去又恢复成了正常的模样。然而，音乐和泡泡让哈珀情绪大振。她挥舞过一把星光喷灯，而且什么事都没发生。没发生任何意外，也没发生任何爆炸。就让华莱士·里德和委员会把这些记在他们的报告上吧。

委员会逗留了整整一天，一直待到晚上，他们潜伏在教室的角落里，从后排观察着演出。

"老实说，"当天晚上，罗西一边咕哝一边替哈珀化妆，"如果他们想要像臭味一样赖着不走，他们至少可以看上去开心一点吧。"

服装部相当安静：一群来自旺德里亚的歌手正在表演一场深夜致敬尤兰达·狂热的戏，几乎每个人都去音乐厅抢座位去了。哈珀很想加入他们，但罗西恳求哈珀能和她一起去她的舞台妆俱乐部当她的模特——这也就是为什么，哈珀会发现自己位于服装部的夹楼层并坐在一个凳子上，而罗西正在往她脸上涂着彩色涂料。

"画好了！你觉得怎么样？"罗西说着举起一面镜子。当哈珀看到镜子里自己的倒影时，她忍不住多看了几眼——罗西把她的脸画得看上去像一只老虎，不知怎么的，哈珀还长出了一对有条纹的耳朵和一脸的胡须。

"很好！"哈珀抽搐着耳朵道。

"干得好，罗西，"负责俱乐部的罗珀走到她们跟前，"你很有眼光。"

"我妈妈是个化妆师，现在在月亮湾剧场工作。"罗西自豪道。

"罗威娜·雷赖特！"罗珀欣喜道。"我看过她制作的《令人难以置信的公爵夫人和刽子手》，非常写实的斩首场面——"

"唔——我现在可以把它洗掉了吗？"哈珀打断了她们的对话，眼神凶恶的黄眼睛让她感到不安。

"哦——当然。抱歉，哈珀！"罗珀说着扔了一块毛巾给哈珀并开始收拾起涂料来。

"你研发这些东西是要用在什么地方呢？"罗西好奇地问道。

罗珀看上去好像是在努力不让自己翻白眼。"约瑟夫决定写一部关于猫的原创音乐剧。什么东西不能写，偏偏要写猫！"罗珀沮丧地举起双手。

哈珀皱起了眉头说道："可是猫并不会唱歌。"

"你告诉他去。他要不是我的未婚夫，我会说他根本就是失去了理智。"罗珀喃喃道，然后歪着头想了一会儿。"事实上，忘了它吧，反正我还是会说出来的。但他认为，如果托尔尼奥·夜曲能写出一部关于会歌唱的动物的歌剧，那他也可以。尽管，显而易见的是，就眼下的形势而言，这可能并不是最好的灵感来源。"

一提到《四个诅咒》那部歌剧，哈珀身子变得僵硬起来。

"我妈妈说，剧场对所有这些关于诅咒的事太过疯狂了，"罗西说，"他们认为纷争降临到了剧场——就因为在晚上听到有东西发出奇怪的咔嗒声——现在已经有一半的员工罢工了！"

"约瑟夫对此深信不疑，"罗珀点了点头，"他戴了一块巨大的水晶护身，这看上去可笑极了。"

"真的吗？"哈珀的胃猛地一动。她想知道，在首演夜他有没有听到自己对他说的那些决定命运的话。一想到父亲最好的朋友可能会因为这个而责怪她，她便觉得无法承受。

俱乐部活动结束后，大多数学徒都奔向了音乐厅。罗珀看了看哈珀和罗西，问："你俩打算去听音乐会吗？"

"当然，"罗西兴奋道，"安薇给我们占好了位。哦——只要她没忘记，或者把位置给了别人，又或者被肉桂卷分散了注意力……"

"你为什么不直接过去好确保我们有座位呢？"哈珀建议道，"等我把脸洗干净了，我立刻过来。"

没听哈珀讲完，罗西就匆匆地追上了罗珀，兴奋地聊起了音乐会。

当哈珀把剩余的舞台妆擦卸干净后，既松了口气又有点小伤心，因为最后一点残留的老虎妆完全消失后，她又只是她自己了。她边把脸擦干边在夹楼层闲逛着，好奇地看着墙上所有的照片。它们主要展示的是星演者在一些演出中的服装：在一张照片上哈珀认出了罗伯塔女士，她穿着一件完全由照相机做成的裙子；而在另一张照片里，合唱队的一排女孩们对着镜头嬉皮笑脸，她们头上戴着闪闪发光的菠萝。

哈珀还在试图猜测到底是什么类型的剧目需要一排跳舞的菠萝，随后的一张照片令她停下了脚步。

哈珀没见过几张爸爸的照片，事故发生后只留下了一两张。不过眼前那张照片里，爸爸和约瑟夫还有两个穿西装的男人站在那里。爸爸手里拿着他的小号并对着镜头咧嘴大笑——当哈珀靠近一些去看时，她注意到他系着妈妈给她的那个领结，这让她一阵痛心。

如果哈珀试一下，就会发现自己根本动不了。她双眼贪婪地打量着爸爸的模样，在他脸上寻找着自己的样貌。她的眼睛旁边也有笑纹吗？她微笑的时候也像爸爸一样微微上翘吗？当她瞥到爸爸身边的约瑟夫时，她想知道爸爸对于眼下正在发生的一切会做些什么。他会相信四个诅咒吗？或者他会把它视作一种愚蠢的迷信吗？

哈珀在这张照片前面站了很长一段时间，牢记着爸爸的模样。从不远处的走廊上传来的脚步声将她从幻想中惊醒。

"在我说'这不是我的错，我比你好'之前，我的麦克风坏了，还有我的细高跟鞋坏了一只……缪斯啊，这真是一场灾难……"

"第二场从'如果你伤了我的心，我将偷走你所有的鞋子'开始——观众总喜欢看那段……"

哈珀意识到自己错过了乐队的整个第一场演出。她感觉一阵内疚——她的朋友们肯定在奇怪她是否遇到了什么事。她最后看了眼爸爸的照片，正要离开时，她听到身后响起嘈杂声：先是隆隆作响的声音，接着是巨大的粉碎声，就像一打玻璃同时碎裂了一样。

哈珀急急地转过身。在整个夹楼层，橡木做的玻璃橱柜倒了下来，就像一排多米诺骨牌一样互相撞击着。橱柜里的东西掉得满地都是，大瓶的变色龙发型配方和西尔金顿的皮肤感觉水砸在了地板上。哈珀尖叫着，把套衫拉到头上，用来保护自己的脸不被碎玻璃刮伤。她眼角瞥到有一个阴影在闪烁，她抬起头，心脏怦怦直跳，她发现自己头顶上有一个巨大的身影——

是厄运。

这个大块头的生物栖息在窗前，巨大的爪子在窗台上几乎微妙地保持着平衡。它将头从哈珀这里转开，去看下面的碎玻璃。

哈珀冒险回头看了一眼。通往一楼服装部的螺旋楼梯离得相当远。如果她能在不被那个生物发现的情况下尽可能地接近它，那么她就能逃过去……

她鼓起勇气，向后退了几小步。这个生物似乎并没有察觉。哈珀屏住呼吸，又向后退了一步，然后又一步……

"啊！"

哈珀的脚后跟撞到了地板上的涂料滚刷，刷子在她脚下滚动起来并害她向后跌倒，她失声喊了起来。

从她所在的位置，她看到厄运正直视着自己。它向后退去，双眼注视着哈珀，然后跳了起来。哈珀看到它落在了夹楼层的地板上，巨大的爪子令地板都颤抖起来。

"不，不，不……"哈珀站起身并开始小跑起来，她半滑过地板，向楼梯跑去。她听到身后传来爪子拍打的声音，还听到一声咆哮，恐惧的针直扎她的心脏。在她面前，一个巨大的玻璃柜重重地倒在了地板上，碎裂成一堆玻璃和木头。

哈珀没有回头去看，但她能感觉到厄运正追赶着她。她绝望地跃起身，跳过一块开裂的木头，越过橱柜的残骸。当她落到橱柜另一边时，立刻冲向了楼梯。

"救命！"哈珀喊道，"有人在外面吗？救命啊！"

她望着身后。厄运已经清除掉了摔坏的柜子，正大步朝她逼近。哈珀向后退了一步。

不幸的是，她没有看到身后的螺旋形楼梯。

她的脚遇到了稀薄的空气，身体向后倒去。当她在夹楼层的边缘摇摇欲坠时，她模糊地感觉到另一种声音，掺杂在刺耳的爪子重击声和玻璃碎裂声中。那是一种轻柔的沙沙声，几乎像是轻轻的拍打。在她不断向下向下向下跌落时，她能想到的只剩下，当重力抓住她的身体，当她喘不过气来时，那会是什么感觉……

第十五章
快乐节

哈珀睁开双眼后，第一眼看到的是灯光。她感觉四肢沉重，身体下面垫着什么柔软舒适的东西。

"哦，天呐。我死了吗？"她叹了口气。

"没有，不过你做了一次令人钦佩的尝试。"她身边传来一个嘲讽的声音。哈珀转过头，看到弗莱彻正面无表情地站在她身旁。环顾四周，哈珀看到自己正待在一间简陋的小房间，躺在角落里的蒲团上，灯光从一扇窗户缓缓透进来。她撑起身，疼痛穿过她的膝盖时，她微微缩了一下。哈珀皱起眉头，尝试去回忆到底发生了什么。打碎的玻璃，还有跌落的感觉……她为什么会跌落？

"厄运！"她猛地坐直了身子，"它还在这里吗？你们找到它了吗？"

弗莱彻严肃地摇了摇头，答道："没有。洛里飞进来时匆匆瞥到一眼，但它几乎立刻就消失了。"

他朝角落方向点了点头，哈珀意识到房间里不只有他们两个人：洛里·蒙哥马利跷着二郎腿坐在她另一边的椅子上。他看上去比平时更苍白，当哈珀看向他时，他快速地点了点头。

"当你飞进来……"哈珀睁大了双眼，想起了自己摔倒时听到的拍打声，忍不住问道，"你用了皮肤歌唱！"

洛里点了点头，说道："当听到服装部传来撞击声时，我人在走廊。我飞进门后，看到你摔倒了，但我还没来得及把自己唱回来，那个生物就不见了。"

弗莱彻补充道："洛里提醒我们发生了意外，赫尔贾帮我们把你带来了医务室。她整晚都守在你旁边。"

哈珀又再次环顾了一下房间。这里有盒装的运动绷带和石膏，还有一个装满药瓶的橱柜，以及一张令人略感碍眼的巨幅泰迪熊海报，上面写着：祝你早日康复！

"所以，厄运逃走了？"哈珀跌倒在地上，"又逃走了。"

"哈珀，"弗莱彻皱眉望着她，"你真的相信那个生物是四个诅咒中的一个吗？"

哈珀低下头。"我不知道除此之外，还能怎么解释它……"她吸了一口气，把一切都说了出来——首演夜她说了什么，和阿尔西娅差点发生的意外，全幽灵夜的袭击事件中厄运似乎认出了她……她说完前一天晚上的情况后，闭上了双眼，然后说出了一直不敢说的话：

"你们想让我离开吗？"

"离开？"弗莱彻看上去很吃惊。

"如果是我把厄运带到了这里……那我离开的话，它也许会放过你们。"

她绝对不想离开，但她觉得他们应该没得选了。她读过无数遍从方尖碑借来的那本书，但仍然没有找出任何摆脱厄运的办法。那么，或许唯一的选择就是把她赶走。

"哈珀。"弗莱彻跪下身和她的眼睛保持平齐，"无论这东西是什么，它都不是你带来的。剧场每天都会传出新的迷信，什么能带来好运或什么会招来厄运。我自己曾经在舞台上打碎过一面镜子——这会诅咒你变丑，但我向你保证，我还是一如既往的英俊。这不是你的错，你哪里也不用去。"他叹了口气，接着说道："但我的确希望我能知道，为什么这个东西一直会出现。更别提是怎么进入我的剧场的。我们在每扇门都配了工作人员，他们没有人记得曾有一只银色的大豹子拿着票入场过。像这样的生物如果从别的地方进来的话，它的入场应该很引人注目。"

哈珀也没有答案——厄运是怎么做到不引起任何人

191

注意就进入服装部的，这同样也把她给难住了。

"嗯，请放心，从现在开始我会加强安全措施的，"弗莱彻坚定地说道，"我会弄清楚到底发生了什么。"

他说得如此坚定，以至于哈珀不禁微微感到安心。她伸了伸腿，虽然再次传来刺痛，但她觉得她或许可以忍受。

"现在几点了？"哈珀望着窗外的太阳焦急地问道。

"快到中午了。但别为你的课担心，"见哈珀激动的样子，弗莱彻坚定道，"我已经和拉希莉谈过了，我们一致认为你需要休息。不过，哈珀，如果再发生这样的事，我希望你能马上告诉我，好吗？"

哈珀点了点头。"我会的。"

"很好。现在……"弗莱彻皱着眉头低头看她，"你能用那条腿走路吗？我很想送你回学徒宿舍，但我在等理事会的重要消息……"

"我来照顾她吧。"角落里传来一个声音。洛里站起来并踮起脚，向哈珀伸出了胳膊。

"哦——谢谢！"哈珀惊讶地回答道。当他们离开医务室，转过走廊时，她抓着他的胳膊，微微倚着他。

"你还好吗？"

听到提问，哈珀几乎跳起来。考虑到洛里一贯沉默的性格，她还以为回学徒宿舍的路上都会保持一种尴尬的沉默。但眼下他却向自己提出了问题。

"嗯——挺好的，我想是的，"她说，"谢谢你——谢谢你来找我。"

洛里耸了耸肩，说道："所幸我正好在那里。"

尽管仍然处于震惊中，但哈珀还是没忍住好奇地瞥了洛里一眼。"所以……你一直是个皮肤歌者吗？"

洛里点了点头。"从我五岁开始。起初是非常厉害的晕眩，我母亲带我看遍了各种专科医生，然后有一天，当她下楼时，发现有一只老鹰坐在她的熨衣板上。皮肤歌唱是一项棘手的技能——我一开始因为它遇到过各种各样的麻烦。"

"这就是你消失的原因吗？"哈珀脱口而出，"你离开是去了我不知道，是皮肤歌者学校，还是其他什么地方？"

洛里惊讶地眨了眨眼睛，答道："我——没去过那里。"他望向哈珀。"你为什么会这样问？"

"关于你有很多的传言，"哈珀羞怯地坦白道，"训练有素的刺客、潜艇船长、交际舞冠军……哪一个是真的呢？"

洛里脸上露出一丝微笑，反问道："你觉得哪个是真的呢？"

"我不太确定，"哈珀坦白道，"到目前为止，每个说法都挺离谱的。"

"我同意。"洛丽耸了耸肩,"嗯——当你听到真相后,说不定能告诉我真相到底是什么?"

他们下楼来到平台,穿过平台进入大厅,一路上哈珀发现有好几拨好奇的目光都在盯着自己。空中传来小声的交谈。

"……厄运,显而易见。"

"在服装部……"

"华莱士·里德可乐坏了……"

哈珀咬了咬嘴唇。如果华莱士·里德早先就已经对旺德里亚持怀疑态度,发生在她身上的意外肯定不利于改变他的看法。看到就连高年级的学徒都在大厅里闲逛,互相交头接耳时,哈珀感觉很惊讶,也很不安,因为他们通常是不问窗外事的。("用他们秘密的知识做他们秘密的项目,享受着互相隐匿的快乐。"特里克曾经气冲冲地给出这样的总结。)

"哈珀!"

伴着她名字出现的还有飞奔的脚步声,紧接着,哈珀发现特里克、罗西和安薇出现在自己周围。

"你还好吗?"

"发生什么事了?"

"他们说,厄运撞到了你,你从一段楼梯上摔了下来!"

"嗯——我该回办公室了，"洛里说，"留你在这里的话，你自己能行吗？"

"我想是可以的，"哈珀回答道，"再次向您表示感谢。"

洛里点了点头，他离开得很快，就好像突然消失在了稀薄的空气里似的。

"那么，这是真的吗？"安薇追问道，"又是厄运吗？"

"唔——是的，"哈珀说着费力地干咽了一下，"它出现在了服装部和……"她的声音越来越小，因为她突然发现自己不愿意再多谈论关于前一晚的恐怖事件了。

"我们可以以后再谈，"特里克说道，"你需要我们帮你上楼吗？"

"你们不是应该在上课吗？"哈珀问道。

"我们正在吃午饭呢，"罗西插嘴道，"我们可以帮你。"

特里克接过哈珀的背包，安薇和罗西让哈珀把胳膊放在她们肩膀上，架着她走路。

"谢谢你们。"当四个人动身去往生活区时，哈珀感激道。有朋友们相伴在身边，让她感觉好很多——好到她几乎可以忽略在离开大厅的这一路上，一直追在身后的目光和小声的议论。

随着日子在十二月一天天深入，冬季迎来了它的第一场雪。旺德里亚很快就盖上了一条白色的厚毯子，就像一位优雅的老淑女穿着她的冬衣斗篷。学徒参加训练时裹上了一层又一层的围巾，手上抓着装了热水的瓶子。一天早上，哈珀醒来时发现她的卧室里摆满了装饰品。

天花板挂满了轻快的彩带，四根床柱间都拉着冬青花环，房间角落里有一只巨大的吹气企鹅正盯着她看，让她觉得有点可怕，就像是某家装饰厂把它搬进她的房间，给它充足了气，然后迅速爆炸。

哈珀想知道这是不是特里克的恶作剧，随后她记起了今天是快乐节的第一天——快乐节一共七天，以二十五日的快乐节宴会告终。宴会前的每一天都有一个不同的主题。今天是装饰日。

哈珀穿上晨袍，下楼来到了食堂，她看到整个旺德里亚都用快乐树、苹果花环，还有吹气的巨大企鹅装饰了一番。（哈珀不喜欢这些企鹅，无论她走到哪里，它们的眼睛似乎都在跟着她。特里克则不一样，他很喜欢它们，还给它们取了一个比一个复杂的一长串绰号，从"瓦德尔先生"开始，最后是"弗利平顿帕德尔一世，三文鱼吞噬者和走姿愚蠢的爵士"。）

尽管有吓人的企鹅，但哈珀还是很高兴快乐节的到来，让大家能够从其他正在发生的事中分心来欢迎它。她从楼梯上摔下来后，星演者戏剧委员做出了延长评估期的决定，而且他们仍然逗留在旺德里亚周围。其他的学徒已经不再在意哈珀的存在了。弗莱彻新的安全措施原来是找来了一队山精，他们每天晚上在开场前来到旺德里亚，穿着不合身的燕尾礼服站立在门口，注视着每一位经过的人。哈珀需要一些有趣的事情来阻止自己陷入彻头彻尾的痛苦中。

　　在接下来的一周里，每一天都是一场冒险：在下雪日，每个人都边走边带着一袋白色的粉笔灰，时不时相互间扔上几把；在歌唱日，所有人都不允许说话，必须唱出所有的东西；有点奇怪的是圆奶酪日，所有人都要站在陡峭的山坡上，将各种奶酪滚出去，进行竞争激烈的比赛。那天，拉希莉用布里圆奶酪打败了弗莱彻后，整个一天都兴致高昂。

　　快乐日宴会前的那天晚上，学徒们都在窗外挂着网来吸引高深莫测的冬天小姐——她是一个快乐的女人，坐着软式飞艇呼啸而过，从天上给孩子们扔礼物。为了能看上冬天小姐一眼，他们商量好了要熬个通宵，但不知怎么的，哈珀发现自己越来越瞌睡，几乎在食堂的地板上打起盹来，她认输后回到了自己的床上。

　　第二天早上，哈珀醒来后发现自己的网里有一大堆礼物。她咧开嘴笑了起来，把礼物拖进了自己的房间并打开它们。她收到了一顶像狼一样形状的羊毛帽，一把包着皮套的木工刀，一件有邮箱图案的红色套头衫，一套《珀尔塞福涅的巫师皇后》图书和一盒不同风味的热巧克力（快乐节版！里面有薄荷糖味，白兰地黄油味和烤火鸡味）。

哈珀穿上她的新套头衫并戴上新帽子，然后下楼去到食堂。特里克已经坐在了早餐桌前。

他也戴着一顶很大的羊毛帽，尽管他的帽子形状很像一只——

"企鹅？真的吗？"哈珀疑惑地看着那顶帽子。

"棒极了，不是吗？"特里克笑容满面。

当哈珀在他旁边坐下时，她拿出了一份包装整洁的礼物。

"别有压力，"她说着把礼物递给了特里克，"但如果你不喜欢的话，我就把你的糖果藏到发动机加热炉里。"

哈珀曾为在快乐节送特里克什么礼物而烦恼，她翻遍了能送快递到旺德里亚的每一本杂志和每一本商品目录，试图找到一份完美的礼物。特里克撕开包装纸时，他的表情让哈珀很满意，她觉得自己所有的这些努力都是百分之百值得的。

"哈珀，这可能是我见过的最棒的东西了。"他把套头衫举了起来，因为高兴而看起来激动不已。套头衫是森林绿的，衣服前面写着"冷静下来喝杯茶吧"。在字的下面是一个针织的茶壶图案，三维的茶壶嘴从套头衫前面伸出来（哈珀个人认为，这会让穿这件衣服的人看起来像是不幸被一个巨大的茶壶刺穿了似的）。

特里克兴高采烈地把套头衫套在脖子上，然后把手伸到椅子下面，拿出了他准备的礼物递给哈珀。哈珀打开礼物，发现是一个正方形的小素描本。一开始她觉得有点困惑——她能画的东西差不多也就像一只喝醉的长颈鹿。但当她打开封面后，发现自己已经无法言语了。这本速写本里填满了回忆——特里克的回忆，他细心地画出了所有的细节。当他们俩还是小孩时，骑着自行车穿过剧院区，在音乐厅的台阶上堆着雪人，在一个食品摊位边的长凳上狼吞虎咽地吃着爆米花。

哈珀咽下了喉头突然泛起的哽咽。她发现自己只能做出一个点头的动作，而不是说一声"谢谢"，但特里克似乎全都明白。

一上午的时间在玩游戏、用棉花糖干杯和嬉笑中度过，直到他们的胃疼了起来。然后，下午，他们来到音乐厅等待着快乐节的宴会。当他们走进音乐厅时，哈珀忍不住倒抽了一口气。又大又空的房间里点满了闪烁的蜡烛灯，舞台上摆起了一列长桌，食物发出诱人的声音。那里有嘶嘶作响的烤肉配松软的土豆，几碗咖喱搭配着几堆糯米饭，奶油海鲜炖菜和成堆的煎面包卷。还有更多哈珀叫不出名字的点心，从糖霜青柠蛋糕到跳动着蓝色火焰的快乐节大布丁。

"赫尔贾在快乐节时总想要超越自己，"特里克笑道，"我想即使是脾气暴躁的淘气鬼也不可能不受到佳节的影响。"

佳节……环顾四周，哈珀并不确定自己是否能完全同意他的话。即便是在美味的食物和美丽的装饰间，都有一股可怕的暗流在空气中涌动。哈珀看到不止一组人在相互小声地商谈着什么，而且她注意到，越来越多的人戴着巨大的护身符——它们显然是今年快乐节的热门礼物。

"……爸爸已经说服了理事会，他们同意每个月对旺德里亚进行两次检查，"在附近的一张桌子边的阿尔西娅·里德宣布道，"他说如果旺德里亚再发生一次袭击的话，它就得结束运营。"

咔嗒一声，哈珀手中的叉子掉在了地上。这是真的吗？他们只有最后一次机会了吗？眼下，厄运已经出现过三次了，即将到来的又一次袭击似乎不可避免。这将是她和星演者一起度过的第一个也是最后一个快乐节了吗？

食物被消灭后，宴会变成了一个巨大的聚会，但哈珀发现，她很难再开心地参与进去。音乐和舞蹈一直持续到深夜，甚至连初级学徒也可以想待多久就待多久。罗珀和拉希莉用快乐节布丁当作球组织了一场排球锦标赛，弗莱彻跳了一段激动人心的卡拉OK版本的《北极熊之王的民谣》（共有22节呢），然后他从舞台上跳了下来，大家空中传人，一个接一个地送他穿过了音乐厅。

十一点左右的时候，打着哈欠的特里克推了推哈珀。"我要去睡觉了。"他说。

哈珀很吃惊。"你已经累了吗？"

特里克跳下了舞台，说道："是的，我累了。明天见！"他慢跑着穿过前排座位，一溜烟离开了音乐厅。

哈珀目送他离开，感觉很困惑——错过一个聚会，这可不像特里克的作风。话又说回来，他今天吃了许多的糖果，可能是吃糖太多引起的疲倦。

"哈珀！"

哈珀抬头看到约瑟夫穿过舞台朝她走来。

"差点忘了，我有东西要给你！"

当约瑟夫在他的天鹅绒夹克口袋里翻找时，哈珀憋着笑。在他翻出一顶闪闪发光的聚会用的帽子，一把丝带和一块吃了一半的姜饼后，终于拿出了一本皮装的小影集。

"这个影集，一开始我其实是为你爸爸做的，"他边低头看着它边说道，"在我们知道他出事前。即使听说他死了，我还是想保留它。我想或许你会喜欢。"他微微眨了下眼，把影集递给她。

"哦，"哈珀不知道该怎么反应，"谢谢你，约瑟夫。

它对你来说意义重大。"

"没事的，你收着吧，"约瑟夫略带悲伤地笑了笑，"希望里面会有一些你感兴趣的东西。"

约瑟夫说完便转身离开去参加排球比赛了。哈珀没有立即打开影集，事实上，她一直等到从聚会离开并安全地躺在床上，这才打开了它。

影集里面是一些图片、文章和宣传页的剪贴。有些是直接贴在上面的，而另一些是用黏土或别针固定在一个角落的，形成了几层，方便哈珀翻看。第一批是关于旺德里亚宣布首演的报道,配有一张弗莱彻在大门外微笑的照片。事实上，那一年有很多剧院开幕，并有相应的庆祝活动和首演仪式。哈珀面带微笑，意识到了这是什么：一本过去几年的日记、一本剪贴簿，记录了她在冒烟城生活期间错过的所有星演者的重大活动。

在其中一页上，一张印有银色旋转字体的墨蓝色邀请函几乎占满了页面：

诚挚邀请您参加冬日剧场举办的冬日盛典
节目包括由菲利克斯·里奥斯和他的雪人
组成的合唱团、奥罗拉旋转舞蹈团、魔法雪花管
弦乐团等众多团队带来的表演！
按需提供雪兔车服务

（每辆车仅限两人乘坐）

请在入口处出示本请柬。衣着要求暖和。

邀请函下面贴着一张描绘冬日盛典的剪报。正如邀请函所描述的那样，从唱歌的雪人到兔子拉着的闪闪发光的车应有尽有。图片下方有一段文字说明：

如今臭名昭著的冬日盛典的场景，在被认为是厄运的生物出现后，导致了一人死亡，多人受伤。

闪念间，哈珀不明白为什么她突然全身发冷，为什么她的耳旁会响起躁动的轰鸣。她又读了一遍最后一行：一人死亡，多人受伤。

哈珀的思绪快速转回到在方尖碑的那一天，是光明坞的学生第一次告诉了她关于冬日盛典和厄运长相的事。有谁提起过死了人吗？哈珀印象中并没有……

文章的其余部分被折叠起来放在照片下面。哈珀急忙把它拉开，继续读下去：

在给冬日盛典带来混乱之后，厄运消失在了剧场周围的森林里。几个小时后，一大清早，一群徒步旅行者发现了一条血迹，血迹将他们引向了一个躺在雪地里的人。

"一开始我以为这只是我朋友加里开的玩笑，"他们中的一个对媒体道，"但后来我们看到他在河对岸，正在灌木丛中解手……唉哟。抱歉，加里，你不介意不把最后那一句印出来吧？"

其他徒步旅行者拒绝置评。

哈珀合上了影集，她感到很不舒服并且浑身发抖。她不能相信竟然没有人告诉过她，厄运以前真的杀过人。难怪剧场委员会对旺德里亚如此严加斥责。那天晚上在服装部，它很可能会再次在自己身上重演，它也可能会发生在他们中的任何人身上。

不！哈珀内心彻底拒绝了这样的想法。在她的密切关注下，没有人会死的。她需要想出一个计划来阻止厄运，这样它就再也不能伤害任何人或任何事了。但要怎么做呢？她需要设一个陷阱，或者……

她突然想到一个办法。她从床上爬起来，弄翻了影集，然后走到了她的衣橱跟前。她在挂着的衣服里翻找着，终于找到了他们去方尖碑那天穿的那件外套。她把手伸进口袋里，轻轻握住了小贼给她的鸡蛋，然后把它拿了出来。

哈珀低头看着它。小贼告诉过她，把鸡蛋扔在地上就能捎口信给他了。只短暂的犹豫了一下（因为她真的不想清理蛋糕），哈珀就把鸡蛋举过头顶后扔在了地上。薰衣草色的鸡蛋没有砸成黏糊糊一团，而是整齐地一分为二，释放出一团紫色的粉末。

"嗯……是小贼吗？"哈珀壮着胆问道，"是你在那里吗？"

有那么一阵子，什么事都没发生。然后，粉末云开始移动起来，慢慢地形成了一个脑袋。

"你好？"小贼的声音从云顶传来。

"我是哈珀，哈珀·伍尔夫。"

"哦。你找我来干吗？"小贼的脑袋粗鲁地问道，然后左摇右摆起来，"对不起，这么说很无礼，是不是？我的意思是，我能为你做些什么吗？"

哈珀吸了一口气，告诉了他一切——从首演夜看见的爪印，到就在片刻前，发现厄运曾经杀过人。"我想知道，你有什么办法可以帮到我们吗？是给厄运设个陷阱，还是驱逐它？"

小贼看上去若有所思。"我可以用一个捆绑咒——它会把那个生物召唤到保护圈里，然后将它无限期地困在里面。这样行吗？"

"行！"哈珀激动地点了点头，"你真的能做到吗？"

小贼也点了点头。"不过，我需要一些材料。只是我没法悠闲地走进当地的药房然后下单购买。"

"我们来准备材料。"哈珀飞快地说道。

"那好，就这么成交了。当你备齐所有材料后再砸一下鸡蛋来召唤我。下一次应该就行了。"紫色的云消失了，只留下地上的蛋壳，它们有些随意地合了起来。在它旁边的地板上，有一个张折起来的小纸片。

哈珀捡起了纸片，打开后发现是一张材料清单。她默默地下定了决心。她已经受够了时刻要小心警惕着厄运的日子。她不会让这只生物再伤害任何人——如果华莱士·里德想要关掉旺德里亚的话，那他得找别的借口了。

第十六章
购买微风

第二天一早，哈珀就来到了学生宿舍。她睡得不太好。那篇讲冬日剧场和雪地里那个人的文章在她的心里埋下了一颗恐惧的种子，不过她努力下定决心，要去做好那些和小贼交谈时定好的事。当其他学徒都在热切地谈论在雪山上滑雪橇，或是组织一次姜饼屋制作比赛时（"还记得去年约瑟夫在一棵真正的树上做了一间巨大的姜饼树屋吗？"安薇愉快地回忆道），哈珀不耐烦地等待着特里克的到来。特里克一现身就开始用力嚼起一大块快乐节的布丁来，哈珀跑到他跟前，告诉了他自己和小贼的谈话。

"他给了我一张材料清单，但……我觉得这一定是弄错了。"哈珀边从口袋里掏出单子边向特里克吐槽道，"我是说，这根本是……胡说八道。"

哈珀从前一天晚上打开这张单子后，就感到很困惑。根据她读过的书来看，巫师的咒语应该需要用到草药和植物，可是在小贼给她的这张单子上却不太一样。

一只落单三周的袜子
一罐吃剩下的桃子
一件没穿过的浅绿色套头衫
一个被珍视随后又破灭了的梦想
源头汹涌的水

特里克读这个单子时露出了嘲讽的微笑。"是的。巫师是食腐动物——他们总是用那些别人用剩下的，或是没人想要的被扔掉的东西来施咒。"

"那么——"哈珀眨了眨眼，"如果我们找齐了所有的东西，他真的能生成一个咒语吗？"

"是的，"特里克看上去有些犹豫，"但是，哈珀……你确定要这么做吗？我的意思是……你真想和巫师的法术搅在一起吗？"

"这是什么话？"哈珀翻了个白眼，"你想放弃这个能阻止厄运的机会，就因为巫师和星演者之间有着'我们的法术比你们的更高超'这种奇怪的攀比心？哦，那对不起了，我才不在乎谁的法术更高超。我只关心怎么拯救旺德里亚和这里的每一个人。"她拿回单子，再次扫了一遍上面列出的内容。"源头汹涌的水是什么意思？"

"取自崎岖的或湍急的地方——我猜想是大海或是瀑布之类的。"

"我们即将经过的地方里有没有像这样的？"

"我想没有，"特里克摇了摇头，"我们还穿行在鸦瀑区，这里是片不毛之地。"

哈珀叹了口气，说道："好吧。我们先集中精力去弄其他的材料吧。该从哪里开始呢？"

随着新年的临近，刺骨的寒冷降临了，日子也依旧黑暗。在一月期间，至少有十起声称目击到四个诅咒的事件发生。从光明坞区到财富边缘区，每天的报道都如潮水般涌现：富裕剧院报告了一只邋里邋遢的沙鼠来过后出现水痘爆发的事件，他们声称这只沙鼠就是疾病；而《星演者演出日报》采访了一位情绪异常激动的演员，他确信是厄运导致他患上了讨厌的肠胃胀气。哈珀发现自己一直处于紧张状态，他们上一次受到袭击是在12月，所以她感觉下一次袭击肯定即将到来。

当然，星演者戏剧委员会例行着每月两次的新检查。只要旺德里亚任何时候有一点风吹草动，阿尔西娅·里德就会不断地小声针对哈珀。每当她的父亲和同事搜查旺德里亚，对老师和学徒展开询问并记录大量的笔记时，她便越发沾沾自喜。哈珀无法理解——就好像华莱士·里德希望旺德里亚关门似的，但他为什么要让自己女儿正在接受训练的剧场关门呢？话又说回来，阿尔西娅曾多次提到，她已经在北方一些高级的音乐学院预留了位置，以防最坏的情况发生。"她明摆着第一次没被录取。她在试演时放火点燃了节目制作人的假发，"罗西饶有兴趣地告诉哈珀，"但她爸爸捐了一大笔钱，希望以此来确保如果他关闭了旺德里亚，他们到时会录取她。

哈珀将所有的非训练的时间都用在了努力收集小贼咒语所需的材料上。过程并不总是一帆风顺或者特别让人愉快。某天晚上，在服装部臭烘烘的洗衣房里，她试图从几个袋子里搜出单只的袜子来。还有一次，她劝说罗西从她许多件没穿过的套头衫中给自己一件（"但是浅绿色有一天可能会重新流行起来啊！"罗西哭喊道，最后还是答应了。）哈珀冲向厨房至少三次才争取到了一罐旧桃子，前两次受阻都是因为委员会成员，他们希望问她关于旺德里亚教学大纲、安全措施或结构整体性的事。梦想倒是非常简单，哈珀很多次都做梦梦到剧场回到了冒烟城，想象着它们灯火通明和歌声回荡。每当她醒来时，它们便都破灭不见了，只留下被遗弃在那里无人问津的模样。她把这些尽可能详细地写在一张纸上，然后放进她的背包。

然而，最大的问题仍然是源头汹涌的水。附近没有海洋或瀑布，哈珀开始担心他们永远也不会找到水了。幸运的是，当从一月进入二月时，旺德里亚开始往回穿过自由风区，机会来了！

他们朝着南方行进，按理说会经过水上里奇顿，他们在全幽灵夜后曾到过这个河滨城市。当然，在一个由运河和溪流组成的城市里，他们真的能够找到一个汹涌的源头——一段急流，或是一条略有声势的湍急小溪吗？哈珀迫切地想要尽快集齐清单上的所有材料。他们今年到现在为止还没有遭到过袭击，但这并没有让哈珀放心。相反，这让她有一种可怕的感觉，觉得厄运已经做好了充分的准备，准备释放出比以往还要糟糕的东西……

旺德里亚在水上里奇顿的南边安顿下来，旁边是那些运河船令人愉快的前门，还有满溢出来的窗槛花箱。当天下午，拉希莉给他们上了一堂舞台表演课，内容包括试着去改变外表以适应不同的角色，就像他们在首演夜看到的

演员们那样。特里克表现优秀，几乎就在他开始说话时（在《一个快乐节的鬼魂》中扮演发牢骚的老人），成功长出了灰长的胡子和一对令人印象深刻的浓眉。哈珀仍然在试着正确地引导星物质。她要演的片段要求她看起来像一个魅力四射的小明星，但在课程结束时，她只做到了把她的头发变成一点也不适合她的、深浅不一的白金色。

课后，拉希莉发出公告。"今天晚上我会带队去参观水上里奇顿著名的漂浮市场。谁想参加的话，六点整到大厅集合。"

哈珀与特里克兴奋地交换了一个眼神。这可能是他们找到源头汹涌的水的好机会。

六点钟时，哈珀和特里克加入在前门外推挤的人群中。当他们集合完毕后，拉希莉带队沿着运河，穿过一座摇摇欲坠的木桥，走上一排由跳板和绳索互连的小船。

"是这样，"拉希莉说，"我得去吹玻璃的人那里买更多装星物质的罐子。我希望所有人在两小时后到咖啡船上和我会合。没有例外。"

学徒们迫不及待地点了点头，拉希莉一声令下，他们立刻解散了。罗西拖着安薇一起径直朝一艘船走去，那艘船的立体衣架上挂满了复古连衣裙。哈珀和特里克礼貌地谢绝了她们的邀请，并一直等到她们安全地消失在视线之外。

"行了。我们从哪里开始呢？"哈珀环顾四周。

"嗯……走这边。"特里克带着哈珀走过一块摇摇晃晃的跳板，然后登上了一艘作为户外面包店的船。新鲜面包和糕点散发的香味一下子吸引了他们，馋得哈珀流起口水来。一位小贩正在冰冻一块十二层的维多利亚海绵蛋糕，而另一位小贩则得心应手地拉长一个面团。在他们俩因为肚子而分心前，哈珀做了个手势。他们摇摇晃晃地快速穿过一块木板，登上了一艘覆盖着玻璃穹顶的船。船内的摊位上摆满了各种形状和大小的植物。两个男人在一对扁平的蕉叶上划着桨板，而一个穿着全套防护装备的小贩正在与一株巨大的、长着剑齿的向日葵争论。

"她真的很友好！"小贩拼命朝一对一脸惊慌失措的夫妻喊道，"非常适合小孩和狗狗哟，如果你们今天买的话价格优惠！"

哈珀对特里克摇了摇头，他们越过小船时，屈身避开了植物凶狠锋利的牙齿，这些牙齿在他们经过时危险地倾向他们。

"对不起！"小贩喊道。

在接下来的一个小时里，他们至少又越过了十几艘船，哈珀密切注意着任何略有水势的地方。他们一路上听到了很多关于四个诅咒的谈论，这让她感到沮丧。一位女士正在鞋摊上试穿一双有一对蝙蝠翅膀的靴子，她宣称正在组织一场抵制所有剧院的运动，直到解决四个诅咒的事才罢休。

当他们来到一艘正在举办大型巫师交易的船上时，哈珀突然听到了一个让她血液冻结的声音，一个她非常熟悉的低沉而嘲讽的声音。

"……我告诉过你，我有钱。现在把我想要的给我。"

哈珀抓住特里克，把他拉到一群巫师后面，这些巫师正在试戴一排排奇特的帽子。哈珀透过孔雀羽毛和一串串的蜡果望了过去，当看到星星狩猎者阿里斯泰尔·夏普后，她被吓了一跳。他站在一个摊位前，摊主号称可以现场制作满足各种需要的咒语和符咒！

"我已经告诉过你了，"小贩坚定地说着，"有材料才接单。所以，如果你有单只的袜子、旧牙刷，或者任何类似的东西，我都很乐意把追踪咒语卖给你。如果没有，就只能另请高明了。"

夏普开始争论起来，特里克用手肘推了推哈珀。"我们还是离开这里吧。"

他们慢慢走向船的另一边，然后越过一块跳板。哈珀回头去看。

"追踪咒语，这不就是他想从小贼那里得到的东西吗？"

特里克点了点头，答道："他肯定还在狩猎星星。"

哈珀轻轻颤抖了一下。"我们得离开这里的市场。"哈珀可不想被夏普认出来并将自己加进他的"待斩首人物"清单。她环顾四周，他们所在的船上挤满了售卖玻璃瓶装茶叶的摊位。顾客们倚坐在蒲团上，手里拿着热气氤氲的杯子，看上去非常享受。

"也许我们应该原路返回，"她建议道，"山精文身师的展览在一条小运河下游，那里可能会有什么地方是波涛汹涌的……"

"我们已经去过那条路了，记得吗？"特里克说，"我们去过的那个古怪的珠宝市集，那个小贩向我们兜售友谊手镯，声称它们肯定不是用人的牙齿做的，但它们看上去就是用人的牙齿做的。"

"啊哈，是的。"哈珀打了个寒战，"好吧……要不我们离开这里吧？直接去精灵市场？"

特里克点了点头，他们便匆匆离开了。当他们抵达精灵市场时，发现摊位上悬挂着水晶，一排排的算命帐篷，还有一个小摊位，招牌上写着"瓶装微风"。

"热带的微风，乡间的气流，给你带来瓶装的快乐！"小贩向他们吆喝道，他是一个戴着黑色闪光面具的男精灵。

"为什么会有人要买微风？"哈珀问道。

小贩似乎受到了冒犯："小姑娘，微风的用处可多着呢。微风带着它所在地的气息，品位，感受。如果你无论

215

去到哪里都想要随身携带一片家乡，用微风可以实现这个愿望。"

哈珀认为他说得有道理。她看了一下待售的瓶子。"冬天早上从最热销的面包店外面吹来的微风！"她念道。"从牛背后吹来的微风——完美制敌！"她接着念道。哈珀哼了一声，将目光移向了下一个瓶子。瓶子上贴着一张墨黑的标签，上面写着："来自午夜风暴的风"。瓶子里装着一缕缕黑风，带着零星的风暴云和几块冰雹一起盘旋。

哈珀突然灵光一闪，她一把抓住了特里克。

"特里克，那里面有几缕风暴云。"她急切道。

"所以呢？"特里克问时，朝她皱起了眉头。"就我个人而言，我更愿意买那个牛微风——想象一下，如果我们在阿尔西娅的房间里打开它，她会是什么表情……"

"一片风暴云！"哈珀急切地重复道，"你听它是不是像源头汹涌的水？"

她没有等特里克回答就向小贩挥起了手："你好，请问午夜风暴多少钱一瓶？"

那个男精灵扬起了眉毛，回答道："风暴云是列在第五级的物质，必须年满十八岁才能购买。"他低头轻蔑地看着哈珀。"你是想告诉我你年满十八岁了吗？"

"好吧……不是，但是……"

这套并不管用。她还没想出一个借口来，小贩已经转身离开了。

"我想他不会卖给我们的。"特里克热心道。

"是的,我注意到了。"哈珀望着那个瓶子。已经近在咫尺了,他们才不会现在放弃。"我想……我们只好用偷的了。"

"偷吗?"

"这是唯一的办法了!"哈珀知道偷窃是错误的,但是他们需要那片风暴云给小贼做咒语。厄运随时都有可能会出现——如果它出现了,旺德里亚的每个人都可能会有危险,而且委员会还可能会关掉剧院。

"你引开他,"哈珀低声说,"我去拿那个瓶子。"

特里克犹豫了一会儿,然后点了点头。"好。"他向前走了几步并倚在货摊前,向小贩示意了一下。

"你好,先生!"他口气轻松地说道,"我叫尼古拉斯·奈特比,是一名来自光明坞地区的学者。我只是很好奇,你卖的这些风还有别的什么名字吗?"

小贩望了眼招牌,一脸困惑。"它们全是瓶装微风。"

"那是第一个名字,但是,"特里克歪着头道,"你确认'瓶装'是正确的用词吗?难道你不觉得'被监禁的'可能更好吗?或者是'被限制的'?"

哈珀不知道特里克在说些什么,但他成功吸引了小贩的注意。她蹲身来到货摊后面,径直朝装着风暴的罐子走去。

"你是从理事会还是什么地方来的？"小贩怀疑地问特里克道，"我捕捉这些微风是得到许可的。"

哈珀靠近架子并向上伸出手，努力想用手去勾到瓶子。瓶子不稳地摇晃起来，然后从架子前面翻落。哈珀一把抓住了它，但没忍住轻轻呼出一小口气。小贩看了看周围，哈珀蹲回到架子后面。

"那第二部分呢？"特里克大声问，"有些东西比'微风'更强烈，你怎么没说呢？比如，大海的空气……那不更像是一股阵风吗？"

"也许吧，"小贩转向他，听起来很恼火，"可这个摊位就叫'瓶装微风'。从我祖父当店主开始，就一直是这样叫的。"

哈珀从架子后面爬了出来，蹲着身挪到了摊位的另一边，瓶子安全地夹在她的胳膊下面。

"是的。你知道——'瓶装微风'是完美的。祝你今天过得愉快！"特里克飞快地说完，转身跟上哈珀。

"干得漂亮！"

"你也是，尼古拉斯·奈特比。"哈珀咧嘴一笑，"你为什么问他这么多关于摊位名字的问题？"

"我想试着让他说出他卖的是被捕获的风，"特里克悲伤道，"但他并没有往那个方向去想。"

哈珀不敢置信地看了他一会儿，然后突然爆发出大笑来。

"喂！你们俩！"那个男精灵从摊位后面走了出来，指着哈珀和特里克喊道，"小偷！"

"快跑！"哈珀发出嘘声，他们俩转过身加速横越过船身。他们跃过船檐，跳过这艘船和下一条船之间的河，然后非常不幸地，恰好登陆在了鱼市的中心。哈珀撞上了一位抱着一大堆鲑鱼的男人，特里克脸朝地栽在了摊位陈列的鱿鱼上。

"啊呀！"特里克边说边擦去脸上的黏液。

小贩还跟在他们后面大喊大叫。哈珀一把抓住特里克的胳膊拉着他穿过甲板，紧接着穿过其他的摊位抵达了船的另一边。

他们没有目的地跑着，穿过一个个摊位和陈列的货物。当他们匆匆前进时撞到了不少购物者，惹得他们在身后大喊大叫要求道歉。摊位和展台逐渐稀少，他们显然已经来到了市集外面。天色开始暗下来，哈珀不知道他们还有多少时间赶去见拉希莉。

最后，他们打滑停了下来，双双弯下腰，上气不接下气。

"缪斯啊！"特里克瘫倒在地上，"我想我快死了。"

哈珀紧紧抓住自己的衣服边，喘着粗气说道："我想我的肺都快不行了。"

他们俩过了好一会儿才恢复呼吸。哈珀仔细检查了一下瓶子，它还安全地塞在外套口袋里。

"我们现在在哪里？"当特里克停止抱怨自己就快死掉后，他开口问道。

哈珀也环顾起四周来。周围静得可怕，就好像这部分城市是大家都回避的地方。

"哈珀，你看。"特里克平静地说道。他指向一个插在水里的木牌子，虽然字褪色了而且邋里邋遢，但仍然能辨认：

东区旧城废墟
坠落地
前行需谨慎！

哈珀望向木牌的另一边。透过昏暗的灯光，她仅能看出一座断了一半的索桥，这座桥通向一堆相互连接的木筏，这些带顶的木筏已经被废弃了。

"这里是其中一颗星星坠落的地方。"哈珀喃喃道。

特里克盯着前面的木筏岛，问道："你觉得这会不会是夏普出现在这里的原因？他是来查看星星是不是仍然在那里的吧？"

"或许吧，"哈珀皱了皱眉头，"那他为什么会需要追踪咒语呢？"

"也许是用来找其他的星星，"特里克耸了耸肩，"毕竟一共有十三颗星星呢。"

"我们应该去看看，"哈珀说，"如果那里有一颗星星的话，我们可不希望夏普成为那个得到它的人。"

她知道那颗星星很大可能已经不在那里了，拉希莉说过它们全都消失了，但她还是忍不住因为兴奋而颤抖了一下。

"我不知道，哈珀，"特里克说，"那座索桥看上去很旧，而且——"

一个奇怪的敲击声打断了他，他们下面有什么东西在剧烈地翻滚。他们所在的船斜向了一边，差点把他们再次扔回到地上。

"那个到底是什么？"哈珀问道。

特里克看了看船的另一边。"我觉得，"他慢慢说道，"这就是超级美人鱼尤克里里乐队。"

哈珀冲到他身边，凝视着他们下面的水。果然，她透过水面望向深处，依稀能看到五个模糊的身影——长着长长的鱼尾巴和狂野的青绿色头发。哈珀目瞪口呆：边读着"美人鱼"这个词，边看着实际上完全不一样的东西。

敲击声又响了起来，船倾斜向了另一个方向。这一次，哈珀明白了：敲击声就是音乐，它扰乱了他们周围的水域。

"看来小镇的这片地方即将起伏不定。"特里克说道。

"是的，"哈珀表示赞同，她的胃开始翻腾起来，"我们走吧。"

她和特里克开始掉头往回走。哈珀尽量不回头去看令她渴望的坠落地。虽然，他们在现实生活中没见过坠落的星星，可他们拿到了风暴瓶。清单上的材料总算是齐了。

"等我们回到旺德里亚，就把小贼召唤过来吧，"哈珀一边走一边坚定地对特里克说道，"让我们结束这一切吧！就在今晚！"

第十七章
梦境传输系统

当他们召唤小贼后，他答应过来并实施咒语，但他说他可能要在三天后才能赶来旺德里亚。哈珀在这些天一直处于焦虑状态，她确信厄运会在小贼来之前就现身剧场。要是它来了会发生什么事呢？更多的意外，更多的人受伤？还是死亡？

第三天，哈珀和特里克设法提早从学徒宿舍溜了出来，他们偷偷来到教学区顶楼。那里的排练房是为具备包括演奏风笛、唱歌剧或是表演死亡金属等才能的星演者准备的，通常房间都是空置的。

安全进入房间后，哈珀立刻掏出鸡蛋并扔在了地上。淡紫色的云出现了，这一次形成了一个完整的身影。它变得越来越立体，云层突然消失后，小贼站在了他们面前。他伸了伸懒腰，然后环顾四周。

"我来了。你们给我带零食了吗？"

"零食？"哈珀皱起了眉头，"清单上没写零食。"

小贼叹了口气。"我就是随口一说，在巫师圈的大多数地方，如果有人帮你施咒，给他提供零食被认为是一种礼貌。就我个人而言，我喜欢柠檬小圆面包。"

"我们以后会记住这一条的，"哈珀说，"尽管没给你准备零食，不过材料都在这里了！"她拿出材料后迫不及待地想要开始。

小贼开始制作咒语，他将所有的材料绑进一个麻布袋里。哈珀不确定一只袜子、一罐桃子和其他几件随机物品如何才能变成咒语，她很热切地想看一看。当小贼开始制作时，那姜黄色的鬈发再次挡到了眼睛，他不耐烦地吹开了它们。他用一根绳子把袋子捆了起来，袋子渐渐开始闪起光来。片刻后，小贼再次打开袋子，从里面倒出了一个闪着光的半透明斑点，看起来就好像是……

"对不起，请问它是活的吗？"哈珀怀疑地问道。

"当然！所有的咒语都是活的，"小贼说这话的口吻就好像在宣布所有的草都是绿的一样，"当你把材料全都放在一起时，你就为一条咒语创造了生命。作为回报，咒语会为你效劳。"

哈珀简直不敢相信自己的双眼。那个小斑点在地上四处摆动，就像水母似的。当小贼看向它时，它似乎站直了身子，就像立正一样。

"无论那个生物在哪里，这个咒语都会为你把它召唤过来，并将它困在离咒语所在地一米以内的一个保护圈里。"小贼说道。

"好的。"害怕和期待在哈珀内心燃烧——害怕的是不得不再次面对厄运，期待的是终于能摆脱那个造成这么多破坏和混乱的生物了。

"没错。巫师的魔法就是非常精确的——如果你们不介意我这么说的话，它可比你们星演者那些花哨的魔法精确多了。"

"实际上，我还是有点介意的。"特里克喃喃道。

小贼举起空着的那只手。有那么一会儿，什么事也没发生。然后突然周围就吹起了一阵风，将哈珀的头发吹得挡住了脸，她几乎什么都看不见了。那阵风在他们周围像龙卷风似的盘旋着，一直上升到了天花板。

"起作用了！"哈珀喊道。

风继续呼啸着，将他们的衣角吹得像关在笼中的鸟儿拍打翅膀一样。哈珀把头发从脸上拉开，她突然将视线锁定在圆圈对面的特里克的身上。他看上去很慌张，某种程度上几乎是害怕的状态。哈珀眨了眨眼睛，她想自己还从来没见过有什么事情，能让特里克这样慌张的。他对巫师的法术就那么不信任吗？

随后，就像它匆匆来到一样，风匆匆地停了下来。哈珀眨了眨被风吹到流泪的双眼，仔细打量着房间。

什么也没有。

"它成功了吗？"特里克皱起眉头，用胳膊擦了擦眼睛。

"我——我不知道，"小贼说着，低头去看那个正疲倦摇摆着的咒语，"咒语在动！怎么回事？"小贼环顾四周，就好像一只巨大的银猫可能正躲藏在角落里似的。

当哈珀看到空荡荡的房间，先前的解脱感迅速消失。"所以……它没能把厄运召唤过来吗？"

小贼叹了口气，说道："显然没有。"

哈珀重重地坐了下来，就好像所有的焦虑一下子全都压向了她。她把终结厄运这件事的希望全都寄托在了咒语上，现在咒语失败了，哈珀一时不知道该怎么办才好。她把头埋进双手间。这还是第一次，她感觉有点想念以前在冒烟城的日子了。那种日子可能既无聊又沉闷，但至少，她会遇到最大的麻烦只有留校以及卡弗家的双胞胎。如果麻烦太多的话，妈妈总是会对她施以援手，给她一些不错的建议再加上一碗烤苹果奶酥。想起妈妈，她感觉一阵痛苦，她想知道如果妈妈在这里的话，她会说些什么。

"唔——你还好吗？"小贼迟疑地问道。

哈珀没有自信能回答说好，所以她索性什么也没说。

"对不起。"小贼说道，听上去是真的很难过。

"这不是你的错，"哈珀说着抬起了头，"我只是真的希望它能有用。"眼泪刺痛了她的双眼，她使劲咬住自己的嘴唇。特里克向她靠近了一步，将一只手放在她的肩上以示安慰。

"还有什么其他的事是我能做的吗？任何能帮得上忙的事？"小贼问道。

"我想要我的妈妈。"

还没等哈珀控制情绪，这句话就从嘴里溜了出来，她的脸立刻变得通红，因为自己听上去是那么可怜巴巴。但这是事实，她的妈妈总是知道解决问题的办法，总是知道该说什么。通过信件交流是很好，但这和在现实中交谈不是一回事。

一阵沉默后，特里克抬头看向小贼。

"用你的鸡蛋怎么样？"他问道，"可以借一个给哈珀吗？"

"传送设备只能在隐峰内运行——根据《魔法交通法规（修订第一版）》。"

"哦，好吧。"特里克垂下了肩膀。

小贼望了哈珀好一会儿。

"我还有别的东西……但是可能和你想要的不太一样。"

哈珀猛地看向他，问道："是什么？"

小贼移开了视线。"哦……我可以帮你进入梦境传输系统……"

哈珀眨了眨眼睛。"那是什么？"她瞥了一眼特里克，不过他看上去也是一脸困惑。

"这是巫师的一项发明——一种通过梦境来进行交流的方式。梦这东西，显而易见，是个复杂的东西，很难以任何意志去穿行其中。这就是发明梦境传输系统的原因——它允许你去练习控制你自己的梦，然后通过梦境去访问某个地方并和某些人交谈。"

在恐惧和痛苦背后，哈珀的心中爆发出希望来。"所以——我可以和我的妈妈交谈？在梦境中？"

"没错。"

"我要怎么进入它呢？"

小贼把手伸进口袋，然后掏出了一个东西。屋内一片寂静。

"这是一个鱼钩。"哈珀抬头望向小贼道。

"是的，"他简单地回答道，"人们入睡后，梦境传输系统的传输线就会运行在每个人的上方,但你勾不到它，除非你有一个——嗯，一个钩子。在睡觉前把它悬挂在床的上面，这样你就能进入系统了。"

"好的……"哈珀边点头边消化着他的话，"那我的妈妈要怎么样才能进入呢？"

"只需要有一个人有访问梦境的令牌就行了。你妈妈一睡着就会收到一个加入你梦境的请求。"

"太棒了，"哈珀低声道，她拿着鱼钩突然感到一阵兴奋。"谢谢你，小贼。"

小贼耸了耸肩。"这不费什么事，我希望你能得到你需要的答案。"

哈珀转而望向特里克，问道："你还好吗？在刚才，你看起来有点怪怪的。"

"我只是，一度以为自己看到了什么，"特里克说，"可我肯定是看错了。"

"也许这就是个哑弹。"哈珀耸了耸肩。那道咒语似乎垂下了脑袋，看上去很沮丧的样子，哈珀感到很过意不去，于是拍了拍它。

"当你用过一个咒语后，会拿它怎么办？"哈珀好奇地问道。

"一个咒语只能用一次，用完就应该把它们放生到野外。但有些人会把它们留下来当作宠物——这并不明智，因为他们很难进行室内训练。"小贼弯腰捡起咒语和鸡蛋，一如既往地吹开脸上的头发。"哦，我仍然欠你一个人情。

所以如果你有任何用得着我的地方，给我捎口信。"

"等一下，"哈珀走上前去，把手伸进口袋，"我也有东西要给你，拿着吧。"

小贼低头看向她拿出来的东西，满是怀疑。

"这？这是什么？"

"这是一个弹性发圈，"哈珀回答道，"它可以让你的头发远离你的脸。"

小贼低头从各个角度打量着它。"它是……黄色的。"

"是的。它和你的发色相近。"哈珀欢快地说道。

小贼非常小心地接过发圈。"谢谢你，"他说，"我——这么多年，从来没有人送过我礼物。"

他迟疑地笑了笑，然后把鸡蛋砸在了地上。哈珀站在那里，看着他渐渐溶入彩色的烟雾中，然后消失不见。

哈珀把钩子一直藏在口袋里，直到当天晚上她安全地待在了自己的卧室里。她换上睡衣并爬上床，然后从口袋里拿出鱼钩并检查起来。小贼说过，要把它悬挂在床上面。他的意思是……？

哈珀拿着鱼钩向上举起手来，她感觉这有点傻。举了一会儿什么事也没发生，然后，哈珀突然感觉勾住了什么，钩子好像勾上了一块布料。她轻轻拉了一下，钩子顿了一下，它好像真的钩在了什么东西上面。

哈珀慢慢地把手从钩子上松开。钩子仍然留在原地，悬挂在半空中。

哈珀盯着它看了一会儿，然后躺倒在床上。她闭上双眼，尽量平静心绪去睡觉。这花了她很长的时间，毕竟一天的焦虑都萦绕在她的脑海。不过最后，她感觉到自己慢慢地睡着了。

哈珀睁开双眼时，她立刻知道了自己是在梦中。她站在某类高台上——一个圆形的石头平台，上方有一串在移动着的缆车。在星空的背景下，它们向四面八方纵横交错。高台边缘的一个标牌上写着"梦境传输系统"。

哈珀环顾四周。这里似乎只有一种旅行方式——的确，当她向高台边缘迈了一步后，一辆缆车向下俯冲过来迎接她。车门猛地打开，哈珀便走了进去。车厢很小很舒适，四面都镶了玻璃墙板。车门猛地关上后，缆车开始移动起来。

当所有缆车都在嘎吱嘎吱地行进时，哈珀注意到每个缆车在终点站都有一个不同的高台。这些高台似乎都是用来给大家见面相聚的：在一个高台上，一对夫妇正欢快地坐在条纹躺椅上，喝着酸橙鸡尾酒。在另一个高台上，一家人都在一个下沉式的游泳池里游着泳，他们欢笑着，拍打着水面。

哈珀的缆车慢慢停了下来，然后车门打开了。哈珀下车后走上属于她的高台，这里有一间小小的咖啡店，店内布置着白色的桌子和与桌子不搭配的灯。这个咖啡馆让哈珀觉得似曾相识。

是格列佛咖啡店，当她意识到后，露出了微笑——它看上去就像是修理店旁边的那家咖啡店。

哈珀在环顾周围时注意到了一些其他的事情：店内有一面墙用整张整张的书页做墙纸，一串色彩鲜艳的旗帜从一个拱门延伸到另一个拱门，还有一个看起来好像会流出热巧克力的水龙头。哈珀感觉到了自己的心跳：这个高台肯定是她的美梦，全部是由她最爱的东西组成的。

哈珀在一把椅子上坐了下来。妈妈收到请求了吗？她会被带到这里来，进入哈珀的梦呢？还是会去到她自己的高台呢？

没等多久她就得到了答案。夜幕降临时，另一辆缆车朝她的方向驶来。车停在了高台边，车门打开后露出了……

"妈妈！"哈珀咧开嘴跑上前去，张开双臂抱住了自己的妈妈。

"哈珀？"弗洛拉穿着一身草莓印花睡衣，看上去相当困惑，"我这是在哪里？"

"我们是在梦里。我的梦里！"

"这件事可奇怪极了——我刚睡着，突然就冒出个声音告诉我说,有从隐峰来的人想和我联系并问我是否接受。当然，我接受了，然后我就突然进入了一辆缆车里……"哈珀的妈妈紧紧抱住了她，然后环顾起四周来。"这是什么联络办法？我记得星演者并没有通过梦境进行交流的方法呀。"

"他们是没有，"哈珀坦白道，"我是从一个巫师朋友那里得到的令牌。"

"巫师？"弗洛拉抬起了眉毛，"好吧。我猜，他人挺不错的。"

她们在店内的一张桌子旁坐了下来。才一坐下，桌上就出现了两本菜单。哈珀抓起其中一本并急切地扫向所列的条目。

弗洛拉环顾了一下咖啡馆，问道："你觉得我们一定要点东西吗？"

"这是个梦，"哈珀慢条斯理道，"所以，我想我们不如……"

她把注意力集中在一个标有"绝对什么都有（不要怀疑，是真的）的热巧克力"类目上，过了一会儿，一个巨大的马克杯出现在她面前的桌子上。这个饮料的名字非常适合。

热巧克力上面不仅加了棉花糖和奶油，还有鲜花、贝壳和一对骰子。令人难以理解的是，两根编织针也从顶部冒了出来。和饮料一起端上来的还有一小罐各种风味的方糖（焦糖味、菠萝味、太妃糖味）。她的妈妈点了一款名叫"睡前惊喜"的饮料，原来就是一大杯深蓝色的液体，每喝一口它就会读一行睡前故事。

　　"很久以前，一个巫师漫步在荒无人烟的海滩……"

　　"所以……"哈珀的母亲把杯子放在桌子上，看着这个刚刚发出舒缓声音的东西，微微皱起了眉头。"我们现在站着的这个高台是你的梦，对吗？它是由你内心的东西组成的？"

　　"肯定是这样。"哈珀点了点头。

　　"那么，那是什么？"她母亲朝高台的边缘点了一下头。哈珀看过去时，血液都凉了。

　　在高台的最边缘，厄运正在上下徘徊。哈珀知道它不过是梦里的形态——模糊、半透明，还闪烁个不停——但它仍然能让她为之战栗。

　　"是的……那正是我想和你谈的事情。"哈珀做了个深呼吸，把事情一股脑说了出来：四个诅咒引起的恐慌，厄运的袭击，哈珀坚信这一切都是自己在首演夜造成的。她将在服装部摔倒的事一笔带过，因为不想让妈妈太过担心。妈妈认真地聆听着，每当哈珀说不出话时，她便鼓励地点着头。当哈珀终于说到力竭时，弗洛拉把杯子举到嘴边，喝了一大口饮料。

"巫师路经一座高塔时，有一位公主从高高的窗户处向他挥手……"

"哦，闭嘴，"弗洛拉对马克杯说道，"好吧。首先，在这件事上，我和你的朋友们观点一致——我不认为这是你的错。我知道星演者是一群迷信的人，但你爸爸在剧场里也总是说错话、做错事，可他从来也没有召唤来任何的诅咒。"

哈珀低头看着桌子。她很高兴听到爸爸并不怎么迷信——但她亲眼看到过厄运，看到了它的能力，这一切似乎又回到了她的身上。

"但无论这种生物是什么，你都不能为了拯救所有人而四处乱跑，从而把自己置于危险中。你是个一年级的学徒——你并没有弗莱彻和理事会那样了解情况。操心去抓这个东西的事还是留给他们吧。"

哈珀咬了咬嘴唇，没有正视她母亲的眼睛。

"哈珀，"她母亲严肃地说，"无论它是什么，这都是危险的事，我不会让你置身于危险中的。你想要我就这件事给弗莱彻写封信吗？"

"不用，"哈珀很快摇了摇头，"他已经在为这件事而采取行动了。"

"很好，"弗洛拉看起来很不安，"奇怪的是，竟然没有人注意到它进来了。你说弗莱彻在门口安排了保安，那其他的地方有没有发现强行进入的痕迹呢？会不会有什么秘密通道或地道可以通向旺德里亚？"

"我想应该没有。"尽管她如此回答，但这却给了哈珀一个启发。"也许我可以去找找看！可能有什么地方被错过或忽略了……能找到的话至少可以对以后的袭击有所防范。"

"我不反对你去探险，"弗洛拉说，"但如果你发现了什么，直接去找弗莱彻，好吗？我不想你受到伤害。"

"我会的，"哈珀向妈妈保证道，"我会小心的，我发誓。"从这点来说哈珀感觉自己又有了一丝新的希望：他们虽然没用咒语困住厄运，但她至少可以对旺德里亚每一寸地方进行检查，看看能不能发现什么隐藏的入口是那个生物正在使用的。

妈妈又问了一些她在旺德里亚生活和交友方面的情况，哈珀边喝饮料边给出回答，直到将饮料喝完。弗洛拉也刚好喝下她"睡前惊喜"的最后一口——"巫师娶了公主，他们从此幸福地生活在一起。"听到故事的结尾，哈珀哼了一声。就在这时，她口袋的鱼钩开始闪起光来，哈珀低头瞥了它一眼。

"我想这意味着我们的时间到了。"她说时，心往下一沉。

弗洛拉上前一步，张开了双臂。哈珀用力地抱住她的母亲，呼吸着她身上香水混合着机油的气味。然后她转身走进了缆车并目送她的母亲也登上了缆车，二人在梦的世界里分开。

第十八章
月亮湾

春天的到来通常意味着新的开始——世界从冬眠中苏醒过来，再次焕发出勃勃生机。然而，旺德里亚却感觉完全相反。尽管他们没再遇到袭击，可是关于旺德里亚走"霉运"的事已经是臭名昭著了。他们在好几周里没有一场演出的票是销售一空的。仍然愿意勇敢前往剧场的观众也都戒备异常，他们的眼睛一直盯着出口，以防厄运会突然出现。他们中有许多人身上戴着护身符或挂着陈年蔬菜做的花环，用来抵御邪恶的力量。

"就好像一串发霉的洋葱会让除朋友以外的任何人都望而却步。"罗西不屑地说道。

星演者戏剧委员会仍然在进行着每月两次的检查，每次都会在旺德里亚周围徘徊数日。每次经过华莱士·里德身边时，哈珀都保证会留给他特别的一瞥。现在，她需要花大量的时间去寻找旺德里亚的隐蔽入口。自从和妈妈谈过之后，哈珀每天至少留出一小时走一遍旺德里亚的走廊，调查可能暗藏通道或地道的每一扇大门、楼梯和墙壁。她的家庭作业落下不少，拉希莉为此将她严厉地批评了一顿。但她争辩说，如果华莱士·里德关了旺德里亚，就什么作业都不会有了。有时特里克会和她一起，但他在寻找时总是出奇地安静；有时就哈珀一个人像幽灵似的在旺德里亚的走廊上游荡。

他们有望于三月中旬抵达月亮湾。这座隐峰的首都被午夜丛林四面环抱，一片绵延的茂密荒野，会在夜间闪现出缤纷的色彩。旺德里亚仅这一次以有轨电车的形态在大白天行驶，为了不被粗树根缠住，铁轨不得不离开地面几米高。哈珀把身子探至窗外，看着丛林飞驰而过。丛林里的树干像炭一样黑，覆盖着闪闪发光的深蓝色树叶，还有长满银叶的紫梅色藤蔓。

当他们缓缓停靠在城边的收费站外时，一个男人（哈珀从他的光着的双脚猜他是个巫师）朝他们叫出了声。

"你们到月亮湾有何贵干？"

弗莱彻向他挥了挥手，说道："我们是旺德里亚音乐厅和大剧院的星演者，我们在城里预订了春季演出。"

这个男人立刻变了态度。"旺德里亚？"他看上去一脸警惕——甚至可以说是怀疑，"你和谁做的预订？"

"是市长，"弗莱彻回答道。哈珀能感觉到他声音中的紧张。"如果你想看的话，我这里有我们之间所有的往来信件。"

"不，不用了——如果你是和市长预订的话，那就轮不到我来说三道四了，"那人嘀咕道，"嗯，你的电车对街道来说太大了，你得到楼顶去。"

"好的，"弗莱彻向那个人点了点头，"非常感谢你的热情迎接。"

特里克轻轻推了哈珀一下，提醒道："你要抓住些什么才行。"

哈珀皱了皱眉头，但还是像特里克、罗西和安薇那样，将身体前倾并抓住前排的座位，而且她抓得正及时。整辆电车突然向上一倾，几个毫无准备的学徒直接向后一滑。哈珀看向窗外，发现不只是电车，铁轨也在倾斜向上，以和城墙平行的角度垂直爬升。继而，随着噼啪一声响，旺德里亚疾速运行起来，沿着铁轨往上直窜，在进入城市后又笨拙地进入到水平状态。

他们沿着楼顶一路隆隆作响，尖顶和风向标都离得如此之近，以至于哈珀伸出手就能触摸到它们。在他们下面是大片令人惊叹的流光溢彩。那里是一个熙熙攘攘的城镇广场，鹅卵石街道两旁排列着优雅的咖啡馆和舞厅，还有一个闪闪发光的户外海滨浴场，配有巨大的水上滑梯。沿街叫卖的小贩来来往往，出售他们的货物并向游客做着广告。

旋转的章鱼：从隐藏之海直接进口的美味海鲜！

月亮湾画廊表演艺术展，门票买二送一！买二送一！

冬日剧场导览之旅！如果你想挑战……快来网站看看……

哈珀的胃向下一沉。"冬日剧场？"

"那里是四个诅咒被唤醒的地方！"安薇低声说着，并不安地瞥了一眼导游，他正在向一对戴着时髦的"我爱月亮湾"帽子的老年夫妇做着推销。"而且，这里是厄运第一次现身的地方！就在午夜丛林的某处。"

"这座城市有前往午夜丛林的巡游呢，就像是游乐园那种。"罗西嘲讽道。

哈珀不安地环顾四周。冬日剧场——就是那个发现尸体的地方，是厄运第一次杀人的地方。旺德里亚回到这里感觉不像是一个好预兆——就好像冬日盛典的场景注定会重演。

当旺德里亚慢慢停下来时，外面已经聚集了规模可观的人群。有些人看上去很兴奋，并急着上前询问弗莱彻关于演出的事。其他人则看上去有些害怕，他们不知道旺德里亚可能会给这座城市带来什么。

"你会带来什么。"哈珀脑海中有一个声音说道。

在接下来的一周里，他们的演出要比以前稍微忙碌一些——即便有诅咒的威胁也不能完全阻止城里的居民前往一个全新的、令人兴奋的景点。他们星期六的日场门票已售出了一半，这让每个人的精神都为之振奋。哈珀已经和她的朋友们计划好要一起去看夜场的演出——拉希莉给他们布置了课外作业，让他们观察星演者的表演，从而帮助自己实现变脸课的进步。但是，由于冬日剧场就在她附近，哈珀还是希望把查找旺德里亚有可能的秘密入口这件事摆在首位。

哈珀爬到了位于顶楼的教学区，来到他们尝试制作咒语的那排排练房。这里不像上次那么空荡荡：一对长发星演者正在拨弄着吉他，合着一首歌并一起尖叫。在哈珀看来，这首歌只是在一遍又一遍地重复"死亡！"一词。她沿着走廊走上走下，尽管敲遍了每一面墙，搜索了每一条缝隙，但还是没能找到任何隐藏的楼梯或是便捷的暗板。哈珀正打算放弃并下楼返回时，洛里·蒙哥马利从那两位尖叫歌手旁边的排练房里走出来。

"哦。你好。"他眨了眨眼，看上去很惊讶，"你在这里做什么呢？"

"我……"哈珀犹豫了一下，犹豫着是否应该实话实说，"我在找通道。我一直在搜查旺德里亚是不是有任何密道——厄运可能从那里进来的通道。"

"我明白了，"洛里若有所思道，"嗯，据我所知，旺德里亚没有任何隐蔽的通道或入口。所有的通道肯定不会都通到这里。这里是最高的楼层，在我们上面只剩天穹了——那里的入口是封着的。"看到哈珀脸上闪过一丝希望，他又补充道："那个生物是不可能从上面进入剧场的。"

哈珀沮丧地叹了口气。"我只是想帮忙，"她坦白道，"我得做点什么才行。"

"我知道，"洛里答道，"但弗莱彻采取的安保措施到目前为止似乎还管用——自从你那次摔下来后，他雇了那些山精，我们就没再遇到过袭击。嗨，要不我还是带你回大堂吧？演出马上就要开始了。"

哈珀最后瞥了一眼走廊，点了点头。她和洛里原路返回一楼后，洛里便离开去后台帮忙了。哈珀花在搜查上的时间比她预期得要长，她急忙绕到剧场前面，去镀金酒吧和特里克碰头。她发现特里克正坐在酒吧的桌边，端着一大杯茶，看着往来的月亮湾居民。他把一杯热巧克力推到哈珀跟前，并告诉她周围的情况。

"常春藤冬季之心。"特里克朝角落里的一位女精灵点了下头，她的脸藏在一把鸵鸟羽毛扇子后面。"她是城市缆车系统的发明者，它用通勤者的抱怨作为燃料运行，非常节能。"

哈珀笑着哼了一声，说道："这我相信。"

"这位是特勒。"特里克继续说道，并朝一位穿着一身黑衣、用巴拉克拉法帽挡着脸的男人点了一下头。"著名的涂鸦艺术家。很显然，他的身份应该算是个大秘密，不过每个人都知道他名叫蒂姆而且在面包店工作。"

在角落里，特勒以一种看上去想必会很酷的方式竖着他的夹克领——但哈珀认为她看到了他靴子上有糖粉的痕迹。她躲在马克杯后面一边傻笑一边环顾四周。

"那她呢？"哈珀把头斜向一位穿着长风衣的女士，这位女士正用涂得鲜红的指甲敲着桌子。"

"爱丝·马龙，《星演者演出日报》的主播。"

哈珀瘪了瘪嘴唇。她并不太喜欢这个节目播报"四个诅咒"的方式。他们的上一期特别节目的名称叫作"四个诅咒：解析为什么它会比你以为的更糟糕！"

弗莱彻走进酒吧，宣布演出将在半个小时后开始，于是观众们开始动身前往音乐厅。哈珀从眼角余光看到爱丝·马龙从口袋里滑出一个金属小装置。她站起身并以压过大家聊天的声音大喊道：

"那么，弗莱彻——对于你们机构的安全工作，你有什么要说的吗？"

当弗莱彻皱着眉头转过身时，人群安静了下来。哈珀看到他眯着眼睛看向爱丝·马龙，笑容礼貌而友善。

"没什么要说的。"

"可是……"爱丝·马龙将金属装置向前递去，哈珀猜想它一定是某种录音机，"你的剧场难道不是唯一一家反复遭受厄运攻击的剧场吗？"

"我对我们的安保措施充满了信心。我们没有理由去害怕任何不受欢迎的访客。"弗莱彻坚定地看着爱丝·马龙，"这里绝对安全。"

"你觉得你的观众也是同样的感觉吗？"爱丝意味深长地瞥了一眼酒吧周围。

"如果他们不是这样想的话，他们随时可以离开，"弗莱彻平静地说道，"我不强迫任何人来这里。啊，赫尔贾——我看到你已经来了，把我们的这位客人送出去吧。"

赫尔贾以一把极具威胁性的园艺锄头的模样出现在爱丝·马龙背后。爱丝看了她一眼，似乎退缩了。但当她离开时，哈珀听到她高声喊道："这里整个都应该关掉！我是说，把它彻底关掉！"

几个人跟着她一起离开，并向弗莱彻投来鄙夷的目光。留下来的那些人彼此交头接耳，一脸怀疑地左顾右盼着。

哈珀低头忧郁地看着她的热巧克力，爱丝·马龙的话在她的脑海回荡着。"这里整个都应该关掉……"她深吸了一口气，并终于问出了在最近几个月一直困扰着她的问题，因为太过害怕，所以她一直没敢问出来。

"特里克……如果他们关闭了旺德里亚，我们会怎么样呢？"

特里克顿了一顿，然后回答道："他们不得不把我们所有人都送走，送往那些开设学徒课程并且还有空缺的地方。我的意思是，我们还是能参加训练的，只是……"

"我们大家将不能在一起了。"哈珀替他把话说完。

特里克摇了摇头。"是不大可能在一起了。"他声音严肃道。

哈珀试着想象了一下她在另一家剧院做学徒的情景：没有弗莱彻、拉希莉和罗珀，没有罗西和安薇，也没有特里克。这对她来说是不可思议的。她属于这里，她不想去任何别的地方。

他们跟着人群走进音乐厅并站在了后排。星演者试图奉献出一场最精彩的演出，但爱丝·马龙的爆发起了作用。观众们似乎很不安，大家动个不停并一直在回头看。幸运的是，最后一场演出的演员是拉希莉，她朗诵了一首关于夏天记忆的十四行诗。就在她讲话时，空气中逐渐弥漫着金银花的香味，和睦、镇定的感觉在观众中蔓延开来。在她表演结束后，观众们纷纷鼓掌，然后他们开始有序地离开音乐厅，所有人都面露幸福的微笑并轻轻摇摆着。

"我们走吗？"特里克强忍下一个哈欠后问道。

"嗯？"哈珀正全神贯注地想要赶走一只蜜蜂，她很肯定听到它在自己周围嗡嗡作响。"哦——好的，我们走吧。"

他们跟着人群走进大堂，听他们兴高采烈地回忆着花园聚会和平底船旅行。山精保安瞪大双眼，让观众从打开的大门涌入到夜晚温暖的空气中。

突然，混乱爆发了。

"救命！救救我！随便是谁，请救救我吧！"

人群中开始爆发出尖叫和呼喊声，还在剧场里的人开始向大门方向跑去，其他人则转过身，将人向后推回到旺德里亚。哈珀拼命环顾四周。

"是谁？发生了什么事？"

弗莱彻在混乱中奋力前行，赫尔贾和山精保安紧随其后。特里克抓住哈珀的胳膊，拉着她穿过人群，离开剧场，来到外面铺着鹅卵石的街上。

"缪斯啊……"特里克喃喃道。

爱丝·马龙此时正躺在街上，一边呻吟，一边抽泣。

她的风衣被撕破了，脸上和头发上有……

"那是血吗？"哈珀小声问道，感觉一阵恶心。

"那不可能，"特里克摇了摇头，"不可能是……"

一些观众已经来到爱丝跟前并蹲在她旁边。

"爱丝？你还好吗？"

"发生了什么事？"

听到这个问题，爱丝·马龙坐直了身体。鲜血顺着她的脸颊流淌下来，她的眼睛看起来很疯狂。

"厄运，"她气喘吁吁，"就在这里。它向我发起了攻击！"

人群中传来一片喘息声和令人窒息的尖叫声。

"我只是坐在这里，"爱丝·马龙声音嘶哑地继续喊道，"正在看一些笔记，它从角落里悄悄跑了过来……它个头很大，还有巨大的爪子……"

哈珀的胃紧缩起来，她对这个描述再熟悉不过了。

"我想逃跑的，但它不怀好意地攻击了我，"爱丝叹息道，"我能逃出来因为是我用笔戳了它的眼睛……"

"它跑到哪里去了？"人群中有个男的喊道。

"我不知道，"爱丝摇了摇头，"鲜血完全挡住了我的视线……"

"对不起……"弗莱彻终于穿过人群，当他看到爱丝·马龙在他剧场外的街道上受伤流血时，他停了下来。

围绕在爱丝身边的人中有一个男人抬起头来，冷冷地望向弗莱彻。

"你刚才是怎么说的来着？说你的剧场绝对安全？"

第十九章
冬日剧场

爱丝·马龙遭袭击的新闻如同水面上令人不悦的浮油一样，很快就传遍了月亮湾。第二天一早，票房的员工就收到了数千条烤箱信息，要求退票和退款。剧场外也排起了长队，人们都想当面对弗莱彻做出控诉——哈珀在午饭时看到了他本人，当时他正忙于抵御一群穿着长袍的大胡子男人，他们出现时手里都拿着一把鼠尾草，宣称自己是来"净化"旺德里亚的厄运的。

"四个诅咒的袭击"，安薇说着瞪大眼睛望着弗莱彻，不怎么礼貌地摔上门，"是四个诅咒的袭击，它们比任何一次都来得糟糕。"

哈珀赶忙避开。安薇是对的，这次袭击造成的严重损失远甚于之前。她无法将爱丝满身是血躺在鹅卵石路上的模样从脑海中抹去。这可怕的画面令她回忆起关于冬日盛典的那篇文章——一条血迹，和一具躺在寒冷户外的尸体。

"我不相信厄运——那个生物袭击了她，"特里克边说边注视他正在抵住大门的叔叔，"这根本说不通！"

哈珀皱起了眉头，问道："为什么说不通？"她猜是因为其他所有的袭击都发生在晚上，而不是傍晚。但可以肯定的是，这些都意味着厄运正变得越来越自信。"再说，爱丝见到了它，记得吗？她见到它后就被袭击了。"

"她可能是弄错了。"特里克固执道。

爱丝·马龙遇袭后的这几周，可能是哈珀来到旺德里亚后最没劲的几周了。月亮湾的居民给剧场留了最宽敞的泊位，无论弗莱彻送出多少桶免费的爆米花，或是舞蹈着的气球动物如何努力地把客人拉进剧场，观众都在变得越来越少，与此同时，有好几个自家剧场的演员也提出了延长休假的申请。（罗伯塔女士声称，自己因为"脆弱的健康"而飞去了金山海岸的一个五星温泉度假酒店，从此便没了音讯。）星演者们的情绪变得越来越低落，随后在特别可怕的某一天达到了高潮。那天，罗西来吃早餐时带着愤怒的情绪,她说她的父母在考虑带她一起离开旺德里亚。

"显然,华莱士·里德已经提交了让我们关门的动议,"罗西对他们说,"在我妈妈工作地点的附近,有一家剧场开设了教学班,我妈妈想让我转学过去。"

哈珀的心骤然跌落,这正是整个一周都让她提心吊胆的事。"现在怎么样了?"她问话时声音紧绷。

"他们已经安排了官方听证会,"罗西边回答边故意用力地去戳一根香肠,"他们会给弗莱彻一些时间准备辩护词,然后他就不得不在理事会的会议厅进行答辩。如果他输了,旺德里亚将会关门。"

哈珀上下打量着桌子。真是一个可怕的景象:几乎所有的学徒都在低声交谈,看上去闷闷不乐。阿尔西娅、凯拉和伯尼从食堂那边瞪向哈珀。一位哈珀以前从未见过的二年级男生在经过时故意撞了她一下,导致哈珀把热巧克力洒了一桌子。

"哦!"

"看着点路!"

罗西和特里克都冲着那个走开的男生大喊道。哈珀没出声,她只是伸手去取了一张餐巾纸,然后擦起桌子来。她几乎无法去埋怨这个男生,因为如果理事会投票决定关闭旺德里亚的话,大家都心知肚明这是谁的错。

安薇帮助哈珀清理了热巧克力。"很显然,现在委员会已经正式提交了动议，他们每天都会监视这里直到听证会结束。"她喃喃道，"他们已经制定了严格的规定。这就是大家会感到愤怒的原因。"

就在那天早上晚些时候，华莱士·里德和另外两名委员会成员出现在了学徒宿舍，这证实了安薇的话。他们安静地进入教学区并走入一号排练厅中，沿着后墙站在了那里。

当拉希莉冲进来时，她刻意忽略了潜伏在教室后面的那些身影，反而直接转头面向学徒们。

"我们今天将会介绍一项新本领，"拉希莉对他们道，"不过，它需要黑暗的环境，所以……"

拉希莉拍了拍手，房间里的星光灯突然闪烁起来。当黑暗笼罩他们时，哈珀眨了眨眼睛。她听到好几个学徒在黑暗中撞在了一起。

突然，墙上有一盏灯闪耀起来。哈珀眯起双眼，仅仅能辨认出拉希莉正蹲在排练厅前面的墙跟前，在她面前放着一个星光手电筒，打出一道白色的光芒。她举到手电筒前面的双手组成一个小鸟的形状。在大家的注视下，手电筒发出的光点发生变化，它复制出了小鸟的形状，并在黑暗的墙上闪烁着。这就像皮影戏的另一面，但又和皮影戏中投射的影子不同，光点可以自己弯曲并模仿拉希莉手的形状。

拉希莉看上去全神贯注，她将双手移向前面。光鸟闪烁起来——然后整个从墙上跳了下来，完全变成了一只三维的小鸟，在半空中拍着翅膀，前进或后退。

"酷！"哈珀听到特里克敬畏地大声称赞道。

拉希莉分开双手后，那只光鸟便消失了。

"确实很酷，"拉希莉表示同意，"这是舞台表演艺术中的星光皮影戏。用你双手做出的造型对光产生作用并取代投影，光将自己形成一个副本。这可能很难，所以先不要考虑刚才的三维投影——大家只要专注于在墙上成形即可。"

拉希莉把大家分成了两两一组。哈珀和安薇在一组，她们急忙走到前面去取手电筒。当哈珀经过委员会成员时，她听到华莱士·里德喃喃道："就他们眼下的情况来看，再教新本领的做法似乎有些愚蠢……"

哈珀握紧了拳头。委员会谈话的语气就好像听证会已经举行完，他们的命运已经决定了似的。但是，他们仍有一线生机，不是吗？弗莱彻会阻止旺德里亚关闭的事发生。他必须这么做。

她为她和安薇领了一个星光手电筒，然后她们选择了一个角落。

"你先来。"哈珀说时突然感到有些紧张。

安薇打开手电筒并将它放在膝盖上。她用手指组成天

254

鹅形状，然后闭上了双眼。

哈珀能听到她把注意力集中到呼吸上，专注于她们周围的星物质。

墙上的光亮开始闪烁起来，然后重新形成了一只完美的仿制天鹅。

"你做这些的时候是什么感觉？"哈珀问道，既感觉印象深刻又有点羡慕。

"这很简单，真的！"安薇急切地说道，"星物质是愿意帮忙的！给——"她把手电筒递向哈珀，"你只要给它提供了一个清晰的渠道，它就会做任何你想做的事！"

从安薇热情的态度里，你很难不觉得自己受到了些许鼓舞。哈珀又想了想安薇所说的，关于为星物质提供一个清晰的渠道。她心知自己可能做不好这一点，因为她的脑海里萦绕着所有的想法和担忧，但这至少也得是一段坎坷的历程。

哈珀直起膝盖，模仿着安薇的姿势，把手电筒放在膝盖上。她用手指组成一个基本的形状——一只尖耳朵猫——然后深吸了一口气，专注于自己周围的空气。她的脑袋里立刻开始喋喋不休起来，说她做不到，说她永远不会掌握窍门。哈珀便由着它们说去，让它们用令人沮丧的预言填满她的思绪。过了一会儿，那些声音似乎是累了。它们退到了她心里的某个角落喃喃自语，而哈珀能够完全感受到星物质在周围噼啪作响的能量。

"就是这样……"哈珀想着，"让我来试一下……"

她把手向前移去并想象着光线在反射它。她感觉到周围的空气在运动，就像一阵尖锐的微风。

"哈珀！"

听到安薇的惊叫时，哈珀猛地将头转向墙壁——正好看到光给自己的猫形成一对了尖尖的耳朵。

"我做到了！"哈珀瞪着墙小声说道。

"我就说你能行！"安薇举起手打算和哈珀击掌，双手相击后，两个人热情地拥抱在一起。在墙上，那个亮光——那只猫抬起了头并嗅了嗅空气，一对耳朵微微地抽动着。哈珀看到后露出了微笑，显然，并不是所有的猫都像松露那样是恶魔伪装成的。

"你们两个，做得好！"拉希莉路过时给出了赞扬。

哈珀本来可以因为成功而雀跃，虽然这只是一个微小的胜利，但考虑到最近发生过的所有可怕的事情，她心中难免有些失落。

"毕竟，"她的脑海里有一个可怕的声音在小声道，"谁知道你还能在这里再上多少课……"

在下课时，拉希莉举起了一只手示意他们集中注意。

"你们中有一些人可能知道，鉴于最近发生的事情，学生们至少要有三位监护人同行才被允许离开旺德里亚。"

她半瞥了一眼后面的委员会成员。"我本人、约瑟夫和罗珀会在今晚组织一次前往月亮湾的旅行，所以如果有任何人想要购物或是观光的话，可以在七点钟和我们在大厅会合。"

哈珀确实想要购物。她妈妈的生日就快到了，她决定要找一份完美的礼物。她需要找一个足够小，小到能放得进瓶子信使里的礼物。但这个礼物要比一支"漂亮的笔"（安薇的提议）更令人兴奋，也要比一只"勇敢的小狗"（特里克的提议）更实用。

七点钟的时候，她来到大厅，和拉希莉、约瑟夫还有罗珀会合后，跟着他们一起穿过月亮湾蜿蜒的街道。他们在购物游乐中心停了下来，拉希莉给了他们二十分钟，去寻找自己需要的东西。哈珀清楚地知道自己要去哪里——一家老杂货店，她之前经过了好几次。她对店里的东西惊叹不已，来来回回地翻看着一包包精灵幸运卡、蘑菇形状的仙女灯，还有配了青铜小钥匙的上了锁的笔记本。最后，她决定要一个狐狸形状的发夹，她知道妈妈一定会喜欢。

在她回大门的路上，途经一个室内石头喷泉，上面懒散地坐着几个街头小贩，明显是在休息。他们一起分享着同一个锡杯里的茶，广告牌被放在他们下面的墙旁边：

乘坐隐峰最快的过山车，五波币一次！

月亮湾竞技场演出：每周五晚，溜冰鞋竞技大比武！

冬日剧场之旅，每小时一班！

　　哈珀在最后一个广告牌前停了下来。"不好意思，打扰一下？"她犹豫地问道。

　　"什么事？"街头小贩跳起来的速度之快，以至于把半杯水都洒到了鞋子上，引得同行们发出一通不满的嘀咕。

　　"冬日剧场有多远？我是指，从这里过去。"哈珀问道。

　　"丛林往里走几千米，"小贩回答说，"步行大约一个小时，要是你乘坐我们的浮动专车，车程半小时。哎呀——你要预订吗？"他急切地向前倾身。"只要花二十波币，包含一杯车厢里的免费饮料。或者二十五波币的话，我们会看看能不能说服看门人摆个姿势拍一下照……"

　　"拍谁？"

　　"冬日剧场的看门人！他从来没有离开过，是不是？仍然住在那个地方，照看着剧场遭受袭击后遗留的一切。他是个奇怪的家伙，有点像是隐士。但如果你朝他窗户扔东西的话，他有时也会跑出来。所以，你妈妈或爸爸会给你付钱的对吗？"

　　这时，拉希莉出现在大门口并向哈珀打着手势，显然，他们到点了。哈珀飞快地咕哝了一声"再见",然后匆匆回到了拉希莉、约瑟夫和罗珀都在等着的地方。在回旺德里亚的路上,她一直紧紧抓着手中的纸袋,脑海里有一个想法在成形。当她走进学徒宿舍时,特里克、罗西和安薇全都坐在豆子坐垫上。特里克正在一张旧节目单上漫不经心地画着素描(可能是给所有的表演者画上胡子和魔鬼的角),而罗西正在把安薇的长发编成辫子。

"你给你妈妈买到东西了吗?"安薇对着哈珀眉开眼笑地问道。

"嗯,是的。"哈珀把袋子放在了椅子上。"特里克,我可以和你聊聊吗?"

他们来到一个远离其他人的角落后,哈珀深深地吸了一口气。

"关于厄运,我有一个想法。"

特里克一脸警惕地问:"什么想法?"

"我想……"哈珀在继续进行这个话题前略微犹豫了一下,"我想我们应该去冬日剧场看看。"

特里克抬了抬眉毛,问道:"什么?为什么?"

"因为那里是一切开始的地方!"哈珀回答道,"四个诅咒是在那里第一次被唤醒。厄运在那里杀了人,如果说有人知道它是从哪里来的,肯定就是那里的人了吧?"

"你为什么会认为那里还会有人?"

"那个老看门人显然还住在那里，那场灾难发生后他也没有离开过，"哈珀告诉他，"他肯定目睹了一切——盛典、厄运的出现、袭击……也许他一开始就看到了是什么唤醒了厄运！那么我们可以试着找出办法……让它不被唤醒。"哈珀感到喉咙发紧。"特里克，这是我们最后一次机会了。如果我们不做点什么，旺德里亚就完蛋了。可能还有人会受伤——或是更糟。而这全都是我的错。"

"这不是你的错！"特里克情绪激烈地反驳道。

"只有罗西、安薇和你是这么想的。"

特里克看起来像是要争辩，但哈珀脸上的某些东西让他突然停了下来。他咬住了嘴唇。"可是……我们什么时候出发呢？我们在训练结束后永远不可能有机会偷偷溜出旺德里亚的，他们盯我们盯得太紧了。"

哈珀也咬住了嘴唇，仿佛下定了决心。"那就早上吧，在训练开始前。"

特里克脸色一白。"训练前？"

"是的。"

"好吧，"特里克顿了顿，"你是知道的，我想我的胃好像要开始疼了……"

"不，你的胃不会疼的，"哈珀反驳道，"我们明天早上六点就去冬日剧场。"

第二十章
西尔夫贾克斯

这么早起来让特里克感觉不怎么开心。

"你知道的，我曾听说过起得太早实际上是对人有害的。你的身体会休克，而且它还会罢工……"

"我才不在意什么罢工呢，你能闭上嘴吗？"哈珀小声道，"你会害我们被抓的！"她清晰地听到自己紧张的心跳声。此时，他们正爬下楼梯前往大堂，如果这时候被抓的话，他们就完了。

"我甚至都没来得及喝上一杯茶，"特里克咕哝道，"这真是太野蛮了。"

幸运的是，他们平安无事地来到了前门——只有赫尔贾在这个时候还没睡，哈珀能听到她在音乐厅里自言自语。

哈珀轻轻把门推开,然后和特里克冒着清晨的寒意冲了出去。

在尝试寻找城市边缘的过程中,他们迷路了好几次。在两次从几条街外折返后,他们最后走到了一条胡同,胡同两边都是赌场,还有一家看起来很破旧的酒吧,酒吧的门上插着一把刀。特里克上下打量着,做了个鬼脸。

"如果我们死在了这里,我会永远缠着你的。"

"如果我也一起死了,你还怎么缠着我?"哈珀反驳道。

"我总会有办法的,"特里克一脸严肃道。

最终,在街道和建筑物退却后,午夜丛林渐渐出现在他们眼前。当他们走近那片由黑暗树林组成的树墙时,两人都变得沉默起来

"那么,"一阵沉默后,特里克问道,"那个小贩说冬日剧场到底是在哪条街来着?"

"几千米之内。"哈珀回答道。

"好吧。"特里克点了点头,"不过,他有没有凑巧还说了点别的什么——比如,您应该从哪里开始,它是在北边还是南边,或是任何可能对我们有帮助的信息?"

"没有,"哈珀嘴硬道,"但它是个剧场,不可能很难找到。如果我们一直往前走,我猜我们会找到的。"她没再多说什么,拨开缠作一堆的藤条后向前走去。特里克叹了一口气,跟在了她身后。

他们小心翼翼地踩在凹凸不平的地面上，生怕发出太大的噪音打扰到隐藏在丛林里的什么东西。哈珀情不自禁地凝视着四周的树冠，闪闪发光的蓝色树叶伸展在他们头上，深紫色的藤条像大蛇一样盘绕在树上。

"嘿，当心树枝。"

"哎哟——那是我的脚！"

他们又这样笨拙地走了几分钟，直到来到树林里的一个缺口处，这里有一条浅溪流淌而过，些许微弱的晨光洒在哈珀和特里克站立的地方。

"现在怎么走？"哈珀望着水，问道，"它看上去不深，可是……"

"哈珀，"特里克的声音突然变得极其严肃，"别动。"

哈珀抬起了头。特里克直直望着她的肩膀，双眼瞪圆。

"哦，怎样？"哈珀哼了一声，"你以为我会上当吗？"

"我是认真的，"特里克结结巴巴道，"那里有……那里有一条……"

哈珀翻了个白眼。"好了！我知道了。你，特里克·托雷斯，是旺德里亚从未有过的最伟大的演员……"

特里克还没来得及回答，哈珀就感到自己的脖子上有什么东西：那东西像是什么温暖的呼吸，让哈珀感觉一阵恶心。她慢慢地转过身，发现自己面对的是一条瓷白色的、巨大的狼。

哈珀感觉自己定在了原地，特里克听上去就好像忘记了如何呼吸。

那条狼张开了血盆大口。

"你在这片树林里想干什么？"他咆哮道。

吃惊的哈珀听到自己发出了声音。"等一下——你会说话？"她尖声道。

狼歪着脑袋问道："我都快要把你给杀了，会说话这事儿重要吗？"

"别，别，别杀我们！"特里克匆匆上前站在哈珀身旁，"说实话，我们没什么可吃的，我们可太邋遢了。我都四天没洗澡了。"说到最后，他还挺自豪的。

"很抱歉，"哈珀小声道，"我们只是在找冬日剧场，我们没有……"在震惊和怀疑下，她的声音越来越轻。

狼怀疑地看着他们俩，问道："为什么要寻找那个坠落地？"

"我——什么？"哈珀皱起了眉头。

狼微微露出了牙齿。"我见过像你们这样的人，在坠落地周围鬼鬼祟祟的，想要狩猎星星。你们到底在打什么主意？"

"我们没有！"哈珀听到了自己的声音，"我们并没有在狩猎星星，这里有些误会。我们甚至都没在寻找坠落地，我们要找的是冬日剧场……"

264

"冬日剧场就是坠落地。"狼冷冷地答道。

哈珀瞪眼望向狼，对这一发现震惊不已。冬日剧场是厄运被唤醒的地方，同时也是坠落地？这也实在是太巧了。这些事之间有联系吗？难道是星星坠落时的冲击唤醒了厄运？

"我们不知道这里是坠落地，"哈珀最后说道，"我们想要去那里是因为我们的家园正在受到一个诅咒的攻击，我们认为这个诅咒是在冬日盛典当晚被唤醒的。我们想着剧场里可能会有线索，像是它从哪里来，又或是如何才能摆脱它。"她强迫自己看向狼的眼睛。"我保证，我们没打算狩猎星星。但如果我们不摆脱这个诅咒的话，我们的剧场就会关门。我们只是在试图拯救我们的家园。"

狼注视了她好一阵子，随后点了点头。"你似乎和其他人看上去不一样，我在你身上并没有看到贪婪。"

"哦，"哈珀干咽了一下，"嗯——谢谢你。"

"其他人都是谁？"特里克问道。

"星星狩猎者，"狼咆哮道，"那些来到这里搜寻的人，他们自认为星星能为他们做事，这令他们产生了贪念。我昨晚还看到了一个高大的男人，脑袋上涂着奇怪的彩绘。"

哈珀微微一颤，狼所说的画面她太熟悉了。"阿里斯泰尔·夏普，"她瞥了特里克一眼，小声道，"我们见过他。"她转过身对狼道："他狩猎星星已经有很长一段时间了。你是……？”她犹豫了一下，“我的意思是，你似乎很关心星星。你是……看门人还是其他什么？你能确定他没找到星星吧？”

狼深呼吸了一下，哈珀突然发现他这是被自己给逗乐了。“哦，在这片丛林里有不少于四颗星星，”狼说道，“不过它们知道要当心狩猎者。”

“这里——有什么——四颗星星？”哈珀喘了口气。她疯狂地望向四周，半期待着会被埋伏的亮光突然袭击。“在哪儿……”

当哈珀真正地望向那条狼时，她的声音渐渐轻了下来。他的皮毛是纯白色的，这种白色她只在旺德里亚见过，被装在了玻璃瓶里。这白色似乎在闪闪发光，就好像它上面涂着一层闪闪发光的——

星尘。

她想起了罗珀在星星缪斯仪式上所说的话：“如果你看得足够仔细，每一颗星星的中央都有一个实体……”

“你不会是……”哈珀几乎无法说出这个想法，“你是星星吗？”

狼看起来很惊讶。他盯着哈珀，研究着她。

“说得不错，”他最终说道，“你们中的大多数人都没有认出我们是什么。即使我们就站在他们面前，他们也无法理解真相。但如果你的目光超越了光和尘，就会看到每一颗星星的内心都有一个动物的形态。"

有那么一阵子，哈珀只是瞪着双眼，因为震惊而变成了一个呆立的人形道具。她迅速地看了眼特里克，他也正瞪大双眼盯着狼看。"但是，你为什么会站在我们面前？你不是应该，你知道的——在天上吗？"

"我向你保证，那正是我更想要待的地方。但在几年前，我被人从天上拉了下来。"

"坠落的星星。"哈珀虚弱地说道。她几乎不敢相信自己正在听到的一切。每当人们谈到坠落的星星，她总是想象着模糊的、半透明的形状，像幽灵一样飘浮在周围。和她面前这条巨大的、沉重的、外观看上去非常壮实的狼根本是两回事。

"你有——有名字吗？"她最终结结巴巴地开口问道。

"西尔夫贾克斯。"狼点了点头说道。

"西尔夫贾克斯，"哈珀重复道，"我是哈珀，他是特里克。"

狼依次朝他们点了点头。"所以，你们俩正在寻找冬日剧场，因为你们相信它会有解开这个诅咒的答案？"

"或许吧，"哈珀回答道，"这是我们能找到答案的最佳机会了。"

西尔夫贾克斯看着他们俩，说道："好吧，我和我的伙伴打算今天傍晚去坠落地。如果你们想去看看那个剧场的话，我们可以带你们过去。"

哈珀猛地吸了一口气，问道："真的吗？"

西尔夫贾克斯点了点头。"我们六点的时候会在丛林的东边。如果你们到时在那里的话，我们会带着你们一起去坠落地的。"

"我们会去那儿的。"哈珀急切道。

西尔夫贾克斯点了点头，开始向后往树林退去。

"我们会帮助你们的——不过作为回报，你们必须向我作出承诺。你们必须保证，只要我们星星还在地球上，你们就不会向任何人泄露我们真实的本性。"

"为什么不可以呢？"哈珀问道。

"只要我们行走在这片土地上，我们就身处危险中，"西尔夫贾克斯严肃地回答道，"到目前为止，还没有星星被捕获，只是因为没什么人知道我们真正的形态。如果有其他人发现的话，这只会增加追踪我们的狩猎者的数量。我不会让我的星星同胞们置身于危险中。"

哈珀想告诉他，许多人更愿意帮助他们而不是狩猎他们，但她不能责怪他的逻辑。"当然，"哈珀保证道，"我们不会告诉任何人的。"

"你们必须保证，"西尔夫贾克斯说，"而且你们要知道——这是一个向星星作出的保证。只要星星没有给出许可，你们就不能违背它。"

哈珀看向狼的眼睛，再次说道："我保证。"

哈珀一说出这话，便感觉到了承诺的重量，它就像一个铅球一样落在她的心上。她心头微微一颤，西尔夫贾克斯并没有夸张。

特里克也重复了一遍承诺，然后轻轻地拉了拉哈珀的胳膊，他们目送着西尔夫贾克斯完全消失不见，他浅白的皮毛像暴风雨中的闪电一样在丛林中闪烁着。他们最后看了一眼树林，再一次把目光转向了旺德里亚。

第二十一章
天空临别会

那天的训练慢得令人痛苦。哈珀忍不住希望这一天的课能快点结束，这样一来他们就能去和西尔夫贾克斯汇合了。最后一节课一结束，哈珀和特里克直接跑回了学徒宿舍，哈珀从餐桌上偷拿了一些面包、四个苹果和一些香肠放进背包。

"你并不认为他们是素食主义者，是吗？"特里克沉思道。

哈珀瞪了他一眼。"他们是狼。"

"严格说起来是星星，不过我们并没有问他们。"

"嗯，对不起，如果当我面对一条巨型星星狼在丛林中徘徊时，我首先想到的一定不是问他是不是一个素食主义者。"

　　在晚上，想要偷偷溜出旺德里亚的难度更大了——因为委员会一直在徘徊，树精保安处于高度戒备的状态，赫尔贾也从她其他的任务中设法腾出了时间，并以拖把的模样在走廊进行巡逻，遇到任何看上去可疑的学徒她都会追上去。他们一路弯腰低头（更别提特里克还用了一片鲜血药丸和一把羽毛），终于在五点半的时候偷偷溜出了前门。他们一路穿越城市，在仅剩几秒的时候到达了丛林的东边。西尔夫贾克斯正在树林里等候着他们，他身边还有另外三条狼。哈珀的呼吸卡在了嗓子眼。

　　"太棒了。我想你给我们带来了零食，西尔夫贾克斯。"他们中有一条狼开口道，一双琥珀色的眼睛盯在哈珀身上。

　　"什么？"哈珀尖叫道。

　　"好吧，"那条狼把头转向包里的食物，"我猜那是给我们的？"

　　"哦——是的，当然！"哈珀飞快地将包从肩膀上摘下来并递了出去。西尔夫贾克斯翻了个白眼。

　　"别理萨尔尼——她就爱开玩笑。"他告诉哈珀道。

　　"好吧，总得有人开开玩笑，"萨尔尼咕哝着回答道，"当你们在鸦瀑沼泽周围忧郁地闲逛时，你们肯定不怎么快乐。"

西尔夫贾克斯看着她，说道："我们并没有忧郁。"

"对，你当时正在咆哮，在积极地沉思。"

西尔夫贾克斯深吸了一口气，向哈珀介绍道："他们是我们另外两位成员——哈勒蒙和戴尼塔。"西尔夫贾克斯说着朝另两条狼点了一下头。

狼群围在书包周围吃了起来（哈珀注意到他们直接去吃香肠后，朝特里克所在的方向看了一眼）。哈珀依次研究了他们一番：萨尔尼的皮毛比西尔夫贾克斯的纯白色更奶油一些。哈勒蒙个子最小，哈珀觉得他或许也是最年轻的。而银白色的戴尼塔则身型敦实。

"那么，我们要怎么去往冬日剧场呢？"哈珀问道。

令哈珀又惊又喜的是，西尔夫贾克斯矮身蹲在了地上，示意他们爬到他身上。哈珀和特里克爬到了他的背上，他的皮毛像海豹的皮一样光滑柔软，明亮得像一个反光球。

"抓牢了。"西尔夫贾克斯咆哮了一声，然后他们就出发了。西尔夫贾克斯轻松地大步踩过地面，带他们穿过丛林。

"到那里以后，你们打算干什么？"哈珀问道。

"我们会搜索周边地区，确保我们的同类不在那里。我们定期轮流访问每个坠落地，寻找其他坠落的星星。我们担心他们中有的可能已经落入了星星狩猎者的手里，如果他们被抓了或是以任何方式丧失了行动能力，那他们就

272

有可能会错过从天空临别会回家的机会。"

"什么是天空临别会？"

"这是所有天国城市中最重要的活动。它每半年左右发生一次，通常在满月举办。在离别的夜晚，星星们会全部聚在天空舞厅参加一个盛大的舞会。最后一次活动是由大熊星星主办的。"

"真是糟糕透顶，"萨尔尼打断道，"大熊星星太容易生气了，而且他们对开胃菜的品位很差。

"不管怎样，"西尔夫贾克斯坚定地说，"舞会的重点是让我们星星齐聚一堂，并向年老的星星道别。你看，在举办天空临别会时，会出现天际公路，星星穿过这条公路就能去往下面的地球了。只有在这个时候，星星才可以在地球和天空之间穿行。当天际公路出现时，我们当中年龄最大的一些星星会做出离开天空的决定，然后前往陆地建立新的家园。"

"但是，为什么？"哈珀皱起了眉头。

"星星在天空中活了很多辈子，"西尔夫贾克斯回答道，"当他们年迈时，他们中的许多星星就已经做好了离开的准备。他们会在临别会期间，沿着天际公路去往下面并成为普通的动物，在地面上度过最后一生。你在地球上看到的许多动物都曾经是星星。"

哈珀看向特里克，因为这一真相而瞪大了双眼。"所以，你就是这么做的？"

"那得视情况而定，"萨尔尼注视着哈珀，"我们对你来说是不是已经上了年纪了？"

"我——唔——嗯……"哈珀干咽了一下。

"萨尔尼。"西尔夫贾克斯语带警告。

"哦，你好没意思啊。"

"最后一次天空临别会出了点状况，"西尔夫贾克斯说道，"庆祝活动进行到一半时，有一股巨大的力量突然把我们中的一些星星从天空中拉了下来。我认为一共有十三颗——那天晚上有十三颗并没打算离开的年轻的星星掉了下来。"

"我们中有些星星在掉下来时受了重伤，"萨尔尼插话道，"比如说西尔夫贾克斯就失去了他的幽默感。"她叹了口气。"这可真是个悲剧。"

"你们还能回去吗？"特里克问道。

"在下一次天空临别会举办以及天际公路再次出现之前，我们都无法再返回天上，"西尔夫贾克斯用庄严的口吻道，"今年本来应该会举办的，但直到最近，我们都不认为它会发生。我们确信发生了上一次的意外后，星星缪斯不会再冒险举办临别活动了。但就在刚刚过去的秋天，我们收到了一条奇怪的消息——通知说今年将会再次举办临别活动。"

哈珀听到特里克急促的呼吸。她看向他，可他却一直在盯着西尔夫贾克斯看。"是谁给你传递的信息？"

"我们也不知道是谁。"

哈珀皱起了眉头。"你刚才说这通常发生在满月时。"算上四月初的余烬月，今年已经有过四次满月了。"所以，天空临别会最快可能会在下个月举办？在银月时？"她问道。

"没错。"西尔夫贾克斯严肃地点了点头，"这就是为什么我们现在会重访坠落地。我第一次发现哈勒蒙就是在他位于北边的坠落地，他曾多次重访那里寻找答案。如果其他星星听说了即将召开天空临别会的传闻，他们也可能会回到自己的坠落地寻找线索。如果我们找不到他们的话，恐怕是我们来得太晚，他们都已经被抓了。"

在和他们谈话时，西尔夫贾克斯放慢了速度。眼下，他绕了个弯并走进一大片被蓝紫色的树所环绕的空地。当西尔夫贾克斯停下来时，哈珀听到自己的喘气声在空中回荡。西尔夫贾克斯让哈珀和特里克从他背上下来，然后便四处打量起来。

冬日剧场曾经显然是一个了不起的存在。它面积比旺德里亚小，但结构很好，而且有个完整的圆顶。它看上去就好像是用雪建成的，然后被施了不知道什么魔法令它永远不会融化。门口是一座装饰了一圈冻玫瑰的拱门，一对大理石雕的北极熊镇守在入口处。即使经过了这么多年，在大门周围仍然随处可见盛典的残骸：舞台、马车和观众看台残留的框架被丢弃在空地上。剧院周围的草高到将它都围住了，葡萄藤像蜘蛛一样，一直攀爬到了门外。

西尔夫贾克斯向哈珀点了点头。"走吧，我们会找找看这里还有没有我们的同类。如果没有找到的话，我们会尽可能来帮助你们的。"

哈珀还没来得及说"谢谢"，狼群就已经朝着不同的方向跃去，迅速消失在了废墟间。哈珀看到特里克盯着他们看了一会儿，这才转头望向她。

"所以接下来，我想我们应该从那里开始。"他边指向剧场边说道。

哈珀点了点头，他们小心谨慎地朝门口走去。哈珀边走边抬头看了一眼天空——太阳刚刚才开始落山。她估算了一下，他们还有一个小时，不然就要错过旺德里亚的关门时间了。她感觉自己新生出一股决心来。拂开门框上的杂草后，几只老鼠窜逃出来，接着，哈珀敲响了门。

一阵短暂的沉默。时间刚好够哈珀用来怀疑他们做的事情是否正确——突然出现在一个陌生人的门口，并询问几年前一件潜在创伤事件的信息，这一切似乎显得有些不合时宜。这时，门打开了。

站在门口的人身材高大，穿着一件红宝石色的燕尾服和一双及膝的抛光皮靴。他的头发是花白的，沙褐色的皮肤上胡子突出得很厉害，看上去就好像是要从他的脸上争取自由似的。

"你们是谁？"他用粗哑的声音问道，并上下打量着他们。

"嗯——我是哈珀，他是特里克，"哈珀用她最擅长的"令人喜欢的讲礼貌的孩子"的嗓音回答道，"如果你不介意的话，我们有一些问题想问你。关于冬日盛典当晚的事。"

男人用怀疑的目光扫了他们俩一眼。"学校作业，是吗？"他问道。

"是的……"哈珀点了点头，"我们正在对那天晚上发生的事情进行采访……关于厄运……"

"厄运，"那个人哼了一声，"好吧，我想你们最好还是进来吧……"

他为他们打开门，他们抬起双脚越过杂草堆，迈入了大厅。在剧场里面，哈珀惊讶地看到，尽管剧场外面全是杂草和藤蔓，可里面却是一尘不染——珍珠色的地毯就像刚落下的雪一样完美无瑕，楼梯两侧的象牙栏杆闪闪发光，仿佛当天早上才刚抛过光。

"往这边走。"那个男人说。他带着他们沿着一条昏暗的走廊一路走到了一扇门前，打开门后通往一间小更衣室。哈珀四下张望，发现一辆红木做的饮料手推车，里面堆着瓶子，一个衣架上挂着可供选择的丝绸燕尾服，还有一面镶了圆形灯的镜子。

"顺便自我介绍一下，我叫所罗门，"男人说着，向下挥了一下手，邀请他们坐下。哈珀坐在了一张木凳上，特里克一屁股坐在了一个大坐垫上。

"请问，你是冬日剧场的看门人吗？"哈珀柔声问道。

所罗门骄傲地挺直了身子。"是的。这里是令隐峰生辉的第一家星演者剧场，"他特意补充道，"比旺德里亚早了六个小时三分钟呢。"

哈珀几乎能感觉到特里克在强忍着翻白眼的冲动。

"我们剧场很小，这是事实，但我们有你们从未见过的最好的剧团。冬日盛典那晚，我们在空地上搭建了三个舞台，整个晚上表演者都连轴献演。这原本应该是一个庆祝活动——庆祝我们来到隐峰一周年。一年前我们从冒烟城逃了出来，在这里开始了全新的生活。"

"然后，厄运出现了？"哈珀轻声鼓动道。

"正是如此，"所罗门严肃道，"我猜你们也知道接下来发生了什么——人们奔跑着、尖叫着，现场乱成一团。那个生物四处乱跑，引发了大混乱。它毁了我们两个舞台，大多数表演者都被吓跑了……"

"它还杀了一个人。"哈珀平静地说道。

特里克往哈珀旁边凑了凑。哈珀瞥了他一眼，但他的眼睛一直盯着所罗门。

所罗门低下了头。"我听说了。不过，我并没有亲眼看到——我看到它偷偷溜进了树林，后来就传出了发现了一具尸体的说法。可怕，真是太可怕了。"

"你看到它是从哪里来的了吗？"哈珀急切地问道，"是不是有什么东西唤醒了它？有什么东西可以逆转这种情况吗？"

"它是从树林里来的，然后又回到了树林里，"所罗门叹了口气，"只给我们留下了一团乱。"

"后来发生了什么事？"特里克边问边向前靠了过去，"对于那个生物所制造的一团乱,你们打算修复它吗？"

所罗门点了点头，回答道："我们已经开始着手去做了。我们知道有些人可能会害怕回来，但我们认为，如果举办一些特别的活动，比如一场大型的音乐首演，或是一场独家的名人音乐会,可能会把观众吸引回来。谁知道呢？要不是理事会过来到处指指点点，这办法甚至可能已经奏效了。"

"理事会吗？"哈珀皱起了眉头。

"他们那时还没有把所有的坠落地归为保密级别，"所罗门告诉她说，"他们把两年里最好的时间都花在对全部十三个坠落地进行保密工作上了。在那场盛典灾难发生的几周后，他们出现在这里并到四下听了一番，然后宣布这一整片空地都是坠落地。"他叹了口气。"事情就是这样。如果人们对厄运迷信的话，肯定也会对坠落地迷信。当我们得知我们正位于坠落地上时，就知道这里再也不可能恢复了。"

"那你为什么还要留下来呢？"特里克大声问道，"我的意思是——你是一个看门人，但这里还真没有什么——呃——需要人看守的了。"

所罗门挺直了身子，严肃地答道："如果一遇到困难就放弃了我的职责，那我还算什么看门人？除此之外，我想要确保它的存在，万一有谁还会回来。"

想到所罗门独自坐在剧院里，除了一对北极熊雕像和老鼠一家子，根本没什么需要照看的，哈珀突然感到极度的悲伤。

"当然，这也给了我足够的时间去思考那一晚，"所罗门平静地咕哝道，"我终于想明白到底发生了什么。"

"到底发生了什么事？"哈珀向前探身追问道，"关于厄运的？"

所罗门望向她。"每个人都这么称呼它，"他平静道，"但它并不是大家所想的那样。"

哈珀皱起了眉头问："你是怎么——"

一个让她不寒而栗的声音打断了她——外面空地上

响起一阵骚乱，紧接着传来一连串的嚎叫。

"缪斯啊，那是什么……"当哈珀和特里克同时跳起来时，所罗门喃喃道。哈珀跑到窗前向外张望，但黑漆漆的什么都看不清。

"我们得走了，"她说时已经朝门口走去，"对不起。"

"等一等！"所罗门在他们后面喊道，"我还没告诉你们关于——"

一声响亮的叮当声加入到外面的嚎叫声中，紧接着又响起了一个低沉刺耳的声音。哈珀猛地推开门，飞快地走出更衣室，特里克紧紧地跟在她后面。他们沿着走廊一路往回跑，穿过大厅来到门口。打开一扇扇门，哈珀气喘吁吁地冲到了空地上。

迎接她的景象就像是给她的肚子来了一记重拳。狼星星们正在奋力挣脱着扔向他们的沉重的钢铁巨网。他们中的三个被绑在了一辆大马车上，一个身影正在吊起最后一个狼星星。

"是夏普。"哈珀小声告诉特里克。

夏普用力推了一把钢铁网，把西尔夫贾克斯和其他星星一起转运到马车上。狼星星们咬向夏普，但他们能咬到的只有冷冰冰的钢铁。

"我们该怎么做才好？"哈珀惊慌地低声道，"我们不能让夏普把他们带走！"

夏普跳下马车并绕到了前面，现在，是他们最后的机会了。

"来吧！"哈珀边低声说着边轻轻推了一下特里克，两人立刻朝着马车冲去。哈珀抓住马车的一侧，翻身上去，一路爬到狼星星们面前。

"哈珀，你在干什么？"西尔夫贾克斯说，"你们两个必须离开！"

"我们不能就这样让他把你们带走！坚持住，我们会想办法让你们自由的……"哈珀在马车里找起武器来，任何锋利到可以切断钢铁网的东西都可以。特里克弯下腰，猛地拉起网结来。

"哈珀！"

随着一声咆哮，马车突然颤抖着动了起来，差点把哈珀摔到地上。

"不，这样不行……"无奈之下，哈珀也用双手去拽网，手指上被勒出了红色的伤痕。特里克用一块石头砸着网结，但这大网又厚又结实，压根纹丝不动。

"你们两个必须下车！"西尔夫贾克斯咆哮道。

"我们不能这样丢下你们！"哈珀喊道。

"如果他发现你们在这里，他可能会杀了你们的。快走啊！"

哈珀知道西尔夫贾克斯是对的，当车轮开始向前滚动时，她只得不顾一切地跳下马车。

"听着，"西尔夫贾克斯急促道，"我担心狩猎者可能已经抓住了所有的星星。但如果你们看到有其他星星出现的话，请警告他们说他们已经被盯上了！"

"我们会的！"哈珀小跑着跟上马车并小声问道，"他们都长什么样子？"

"我们四个都是狼星星，"西尔夫贾克斯说，"其他坠落的星星里有两只乌鸦、一只孔雀、一头雄鹿、几只松鼠、一头熊、一只兔子和一只某个种类的大猫——我想是一只豹子。"

哈珀感觉呼吸一下子停住了，真相如同一辆高速有轨电车一样猛烈地撞向了她。

一只豹子。

她转向特里克，嘴巴因震惊而大张着。

"特里克，是厄运。"

回去的过程一片模糊。马车刚被拉走，他们就立刻逃离了现场。因为要躲开夏普，他们甚至忘记了和所罗门道别。特里克拉着哈珀穿过丛林往回走，有时几乎是在拽着她走。

"特里克！哎哟！看着点路！"

"太晚了，"特里克说，"我们必须得快点赶回去！"

哈珀明白他着急的原因——如果他们偷偷溜回去时被抓到的话，根据委员会的最新规则，他们会惹上大麻烦。但她所有的心思都集中在了西尔夫贾克斯的话上。

一只豹子。

那个生物不是厄运，它从来都不是厄运。它是一颗坠落的星星！哈珀的大脑疾速运转着——那其他的诅咒呢？西尔夫贾克斯提到了乌鸦、松鼠、雄鹿……正如同儿歌里描述的那样，是"扇动着翅膀"到来、用"小爪子"跑来跑去，或者"长有角和蹄"的生物。所有自称目击到四个诅咒的事件，其实都是看到了星星吗？

他们回到旺德里亚时，为数不多愿意勇敢走进他们剧场的几位观众，刚刚看完表演陆续离场。特里克把哈珀拉到角落，准备在离场观众的掩护下偷偷溜进去。他们躲藏在浮夸的裙子和长大衣之间，猫着腰进到了大堂。

不幸的是，有人正在那里等着他们。

"说说吧，"拉希莉双手抱臂，说道，"你们到底去了哪里？"

第二十二章
一个警告

哈珀和特里克站在了拉希莉办公室门前。拉希莉脸色阴沉，就像即将到来的暴风雨正在等待着第一声闪电。

"没有监护人就不能离开旺德里亚，这是为了保障你们的安全而作出的规定，"拉希莉异常平静地说道，"你们是否愿意解释一下为什么你们认为自己能越过规定？"

"我们不知道。"哈珀迅速回答道。她想解释，想告诉拉希莉他们一直在试着帮忙，但他们对西尔夫贾克斯作出了保证，绝对不会透露他们所知道的关于星星的事。

"你们想过没有，如果委员会看到你们的话，事情会变成什么样子？"拉希莉说。"我们甚至都没法保证自己的学徒遵守这些规定，你们觉得，这不会被他们拿来在听证会上对付我们是吗？"

哈珀低下了头。她从没考虑过这一点。

拉希莉的目光在两个人间闪烁着。"从现在开始，你们俩谁都不允许离开旺德里亚，也不允许参加任何课外活动，还有晚上的演出。完成一天的课程后，你们就给我立刻返回学徒宿舍，然后整个晚上都得待在那里。"

"要待多长时间？"哈珀哭喊道。

"我觉得需要待多久就待多久，伍尔夫小姐。现在，你们立即回学徒宿舍去。"

她的口吻不容争辩。哈珀瞥了一眼特里克，两个人一起转过身，有气无力地离开了房间。当他们回到生活区时，特里克瞥了哈珀一眼问道："你还好吗？"

"我不知道。"哈珀说。意外发现的关于星星的秘密，在某种程度上中和了被拉希莉抓到所带来的不愉快，但现在所有的事情又如潮水般再次涌了回来。

"它不是厄运，"她缓缓道，"从来都不是。这就是所罗门一直试图告诉我们的事，是他发现的真相——自始至终，它就是一颗星星！这就是目击事件都是从几年前开始出现的原因，事件出现在星星坠落后，尽管童谣早就已经存在了。而且不只是厄运。想想儿歌里其他的生物！死亡的'翅膀'，疾病的'小爪子'……大家所目击到的四个诅咒很有可能都是星星！"

"这绝对说得通。"特里克点了点头。

"冬日剧场就建在坠落地上，"她接着分析道，"盛典当晚，豹子星星一定是在故地重游，就像西尔夫贾克斯和他的伙伴们一样。"当他们理清全部的真相后，哈珀终于松了一口气。"这意味着——一切都不是我的错。如果四个诅咒不是真的，如果那个生物不是厄运的话——那就说明不是我把它召唤过来的,我并没有给大家带来不幸！"

"我从一开始就是这么告诉你的。"特里克强调说。

在承受了几个月由内疚和恐惧带来的重压后，在哈珀意识到这真的不是自己的错时，她感到头晕目眩。她的胸口好像有什么东西被解了下来，那个东西从全幽灵夜开始就一直在那里，甚至可能是从首演夜开始的。但是，如果她没有召唤过厄运，那为什么这个生物总是出现在旺德里亚呢？为什么一颗星星要去攻击人类呢？

"你认为会是坠落造成的吗？"哈珀问道，"你觉得有没有可能是什么事情改变了星星,让它变坏或是怎么样,我也说不清楚？"

特里克盯着地板发呆。哈珀戳了戳他的肋部，提醒道:"喂，我在跟你说话呢。"

"我不知道。"特里克皱着眉头道。

哈珀想起了西尔夫贾克斯告诉他们的话——天空临别会即将召开。如果他们能确保所有的星星都穿过天际公路回到天上的话，那么肯定就不会再有人看到诅咒了吧？让他们回到他们本该在的地方，包括豹子星星，这个噩梦终将会结束。但夏普把星星们给抓了起来，现在，事情变得困难重重。

他们到达学徒宿舍时，哈珀惊讶地看到罗西和安薇已经在等着他们了。

"你们俩去哪儿了？"罗西问，"现在都快十一点了。"

"我们——嗯……"哈珀望着自己的双脚，"我们偷偷溜出去了。"

安薇抽了口气，眼睛睁得大大的。另一边，罗西皱起了眉头，问道："为什么？"

哈珀瞥了一眼特里克。

"我们想去……嗯……月亮湾图书馆，"特里克即兴发挥道，"我们认为我们可能会找到一些东西，在弗莱彻参加听证会时能帮上忙。但我们回来时被拉希莉抓了个正着，所以我们现在基本上是被软禁起来了。"

"哦，不，"安薇同情地叹道，"你们向她解释了没有？她知不知道你们是想帮忙呢？如果你们需要的话，我和罗西可以为你们担保……"

"她看起来是已经打定主意了，"哈珀打断道，"无论如何，还是要谢谢你们一直在等我们。"即便刚刚穿越了震惊和困惑的迷雾，朋友们对她的担心仍然令她感动。

"不过她肯定会让你们出去听音乐会的吧？"罗西急切地问道，"她必须让你们去！"

"什么音乐会？"哈珀皱起了眉头。

罗西睁大了眼睛。"你没听说吗？消息一下子就传遍整个城市了……"她跑向餐桌，拿着收音机回来，接着说道，"我想《星演者演出日报》应该还在报道这事……"

她把收音机放在桌子上，摆弄着按钮，直到收到了正确的频道。

> 今天的头条新闻是，原创歌剧《四个诅咒》的作曲家托尔尼奥·夜曲出乎意料地宣布，他将暂别自己的退休生活，举办一场仅演一晚的音乐会！夜曲在昨天发表的声明中表示，他为当下剧场所面临的困境'深感悲痛'。为了帮助艺术界重新恢复过来，他承诺将在月亮湾竞技场举办一场独家音乐会……

罗西看上去激动得都快断气了。"你能相信吗？托尔尼奥·夜曲将要举办一场音乐会！就在月亮湾！"

"我还以为他隐居世外了呢？"哈珀皱着眉头说道。

"他通常是在隐居，"罗西回答道，"但他要从放逐天涯的日子里回归，来举办这场音乐会了！拉希莉肯定会让你们去的。我的意思是——如果他表演了《章鱼的挽歌》或者是《无头的霍雷肖的七起意外死亡》呢？"

哈珀和特里克交换了一下眼神，说道："我觉得她不会。"

"她是真的很生气。"特里克补充道。

"也许她明天早上就会冷静下来吧？"安薇充满期待地提议道。

"也许吧。"哈珀嘴上表示赞同，可心里却并不这么想。她没有和她们争辩的力气了。此外，在他们今晚知道的所有事情中，一位知名星演者的音乐会并没有排在她首先要考虑的位置上。她打了个哈欠，说道："我想我要去睡觉了。"

特里克点了点头，他们俩都走向了楼梯。哈珀一走进自己的房间就瘫倒在了床上，但她发现自己根本睡不着。她的脑子就好像一个被震动的雪球，她在过去的几个月里知道并学习的一切，此时全都浮现在脑海里。

最后，哈珀将自己深深地埋进毯子里，并慢慢进入梦乡——她一睡着，就发生了一件非常奇怪的事。

哈珀逐渐意识到一种漂浮的感觉。她感觉自己失重了，就好像脱离了地面似的。她皱着眉头，眨了眨睁开的双眼，发现房间周围的一切都在消融。她被围困在了公寓里，黑暗似乎无穷无尽地延伸着。

当视线集中起来时，她发现自己并没有在漂浮，她正站在一个石头做的大高台上。直到这时，她才意识到自己人在哪里。

"隐峰内的人试图通过梦境传输系统联系你，"一个温和的声音从上面传来，"你接受邀请吗？"

哈珀再次皱起了眉头。谁会试图通过梦境联系自己呢？她认识的人里唯一有可能的只有小贼。如果是他在尝试联系自己的话，可能是有什么紧急的事……

"我接受。"哈珀回答道。

熟悉的隆隆声从身后传来，她转过身，看见一辆缆车来到高台前。犹豫了一会儿后，她走到车前，并在车门打开时上了车。

这次的梦境和上一次不同。没有人在高台上愉快地会面，也没有其他的缆车缓缓经过，天空中甚至没有任何星星。哈珀觉得自己是那里唯一的活物。当她环顾四周无休无止的黑暗时，一种恐惧感开始笼罩她。

她在另一个高台上下了车。当她看向周围时，不由得眉头紧锁。从她目前的经验来看，她觉得梦境中的高台代表着人们的梦想：它们是花园和游乐场，是亲密聊天时坐的情侣座，或是可以跳舞的活泼派对。然而，眼下这个高台是空的，没有任何东西向她表明她进入了谁的梦境。

"有人看见你了。"

一个低沉而冷酷的声音在她周围回荡开来。哈珀转身看向四面八方，但并没有看到什么人。

"当你试图把星星从马车里救出来时，以为你偷偷摸摸的没人会知道。可是我的手下看到你了。"

哈珀当场愣住了，心想：你的手下，这是不是表示……

"夏普。他在……为你工作？"哈珀问道。

"你果然很聪明。"

哈珀困惑地摇了摇头。夏普不是在为他自己寻找星星吗？

"如果夏普看见了我们，"哈珀缓缓道，"他应该已经杀了我们才对。"

"如果我明确告诉过他，抓住星星们并且不要留下痕迹，那么他就不会动手——两具尸体也算是某种痕迹，你不这样觉得吗？"

听到对方的语音语调，哈珀不禁浑身发抖。她再次四下环顾，想找出判断对方身份的线索，但高台仍然空空如也。

"你是谁？"她问道，声音在黑暗中回荡着。

"这和你无关。但有件事和你有关：阿里斯泰尔·夏普是按照我的命令在工作。我注意到你似乎挡了他的道。你让光明坞当局把他给关了起来，他在丛林里运货时你又试图去干扰他。"那个声音突然间变得严厉起来。"给你一个警告：下次如果我再听说你妨碍了我们的狩猎，我就要自己出面了。相信我，那对你来说将会是最不愉快的事。"

"你别想再把你的手伸向其他的星星了，"哈珀凶狠地说道，"我们不会让你得逞的。"

那个声音笑了起来。"你们已经太晚了，那些星星是我的了。"

哈珀的胃扭成一团。这听起来就像是西尔夫贾克斯所担心的那样，夏普已经抓到了所有的星星。这会是真的吗？

"可是……天空临别会……"她喃喃道。

"天空临别会无关紧要，"这个声音说道，"星星们都被关进了笼子里，而且，我让我的手下把它们藏在了隐峰最安全的地方。事实上，那个地方离你家很近。当天际公路出现时，他们将无法通行。他们会被困在这里并终将属于我。"

哈珀感到一阵恶心。他在嘲笑她，笑她在隐藏星星的地点周围绕来绕去，却根本没有挖出任何有用的信息。哈珀想起了西尔夫贾克斯、萨尔尼还有其他的星星，一想到他们在笼子里的画面时，她的胸口便绞痛起来。惊恐交加中，另一个可怕的念头突然击中了哈珀：如果星星们仍然逗留在地球的话，碍于对西尔夫贾克斯所做的承诺，他们所知道的星星其实就是诅咒的真相将无法揭露。如果他们无法向理事会和委员会作出解释的话，解救旺德里亚就没有希望了。

"你为什么要这么做？"哈珀气愤地问道。

"眼下，我认为这件事跟你完全没有关系，不是吗？"

哈珀眯了眯眼睛。"不管你是谁，我都不怕你。"

"哦，真的吗？"那个声音回答道。

哈珀脚下的石头突然断裂开来，当整个高台一分为二时，她赶紧跳到了其中一边。哈珀扒着石头，紧紧抓住了一块锯齿状的岩石。现在，她的双脚摆动着，脚下已经变成了一个陡峭的深沟。

"快停下！"她愤怒地叫道。

"我还以为你不会害怕呢？"那个声音冷酷地说道。

哈珀能感觉到自己的双手在不断地下滑，石头在慢慢滑出她的指尖。

"离我的计划远点，事情就不会变得更加糟糕。"就在哈珀双手落空时，那个声音说道。她发现自己正在向下坠落，耳边传来风的呼啸声，她就这样跌进了一片虚无……

哈珀一下惊醒过来，心脏在胸口怦怦直跳。房间里一片漆黑并且寂静无声，但她仍然能够听到一个微弱的细语声在房间里回荡。

第二十三章
鬼鬼祟祟

　　"如果我们找不到让星星自由的办法，他们就会被困在这里。天空临别会就要召开了，但他们却没法回家，而我们永远也救不了旺德里亚了！"

　　在去参加训练的路上，哈珀向特里克讲述了她在梦境传输系统中遭受到的可怕折磨。当她告诉特里克那个神秘的"雇主"时，他的脸色变得很苍白，看上去就像是病了似的。

　　"但是，我们甚至不知道他把星星们藏在哪儿了，我们又要怎么去放了他们？他关押他们的'安全地点'到底在哪里呢？"

　　"我不知道，"哈珀咬住了嘴唇，"他说那个地方'靠近我家'——我猜它靠近旺德里亚。你说它会不会是在月亮湾的某个地方？"

"有可能，"特里克若有所思道，"它是隐峰最大的城市，一定有很多可以隐藏东西的地方……"当他们进入一号排练厅时，拉希莉向他们投来不满的一瞥。哈珀感到一阵焦虑，她希望像安薇说的那样，拉希莉到了早上就会冷静一点，但显然没有。

拉希莉转向大家，双手叉腰。

"年终汇报！"她宣布道，"你们下周会放春假，假期之后你们将进入学徒学习第一年的期末。从现在开始，你们要着手准备你们的个人汇报了，要将你认为自己最擅长的能力展示出来，无论哪方面。你们的表演可以是机械方向的也可以是舞台表演方向的，汇报时间定在夏季学期的倒数第二周。"

哈珀内心在叫苦连连。她正忙于揭露星星和四个诅咒的真相，更别提还有夏普的雇主对她的访问和威胁——要是还得再考虑别的事情的话，她的头可能真的会爆炸。

"我不知道我们有什么好烦心的，"阿尔西娅·里德喃喃道，"这个地方在学期结束后就会关门……接下来我们无疑还会再遭到一次袭击……"她踢了一下哈珀的椅子，伯尼和凯拉偷偷笑了起来。

"不，我们不会的！"哈珀想尖叫，"只要那位邪恶

296

的前魔术师没有抓住豹子星星，并把它和其他的星星一起藏起来！"

但她不能那样说，她不能告诉他们为什么会知道这件事。就哈珀看来，豹子星星被抓，无法再对他们进行袭击的想法并不令人欣慰。因为，如果豹子星星被抓的话，就没法回到天上，也没法永远离开他们的生活了。

这一切都让人丧气。在与夏普的雇主交谈后，哈珀清楚地知道自己需要去做些什么——要做那些可以让他们摆脱眼下这团混乱的事。如果哈珀和特里克能够在临别会前及时让星星们重获自由，那么所有的星星就都可以穿越天际公路，返回他们在天上的家园了，这其中也包括豹子星星。一旦他们顺利回到了天上，哈珀和特里克就可以透露他们所知道的一切，这样就不算违背对西尔夫贾克斯的承诺了。他们可以直接去找弗莱彻，去找理事会，甚至去找委员会。告诉他们事情的真相：四个诅咒不是真的，从来都不是真的。大家目击到的实际上都是坠落的星星。而在那时，星星们应该已经安全地回到天上了，包括一年来一直在攻击旺德里亚的那颗星星。一旦理事会知道旺德里亚已经不存在威胁了，那他们肯定也不会再投票要关掉它了吧？他们可以救下旺德里亚，救下所有的人——只要他们能找出关押星星的地方并将他们给放了。

"今天早上，你们要和最适合你所选学科的老师一起

297

讨论出初步的想法。"拉希莉的声音打断了哈珀的思路，"我将监督所有的戏剧表演项目，图尔西亚负责所有的机械类项目，罗珀负责所有的服装等。"她朝门的方向点了一下头。"现在，你们可以自由行动，去和他们讨论方案了。"

几个学徒起身向门口走去，室内响起椅子的刮擦声和书包的沙沙声。哈珀甩了甩头，试图甩走脑袋里的星星和诅咒，这样她才能专注眼前的事情。在过去的几个月里，她的学徒功课一直都落后，现在拉希莉正在生她的气呢，她必须想办法让自己的训练重回正轨，并同时想出解救星星的办法来。

年终汇报……哈珀想做点机械的东西，这是肯定的。但她需要的是技术含量高的，能让她鹤立鸡群的……

突然，哈珀有了个主意。她拿起书包，匆匆离开了一号排练厅，冲回学徒宿舍。她爬上楼梯回到自己的房间，迅速打开衣柜翻找出了一件旧睡袍——几个月前，弗莱彻、特里克和赫尔贾把她从冒烟城带走时，她穿的就是这件睡袍。她从口袋里掏出一张纸条，匆匆回到了旺德里亚的主要区域，来到舞台下面的制景工场。她发现工作台旁边的图尔西亚大师，正兴高采烈地无视着两名潜伏的董事会成员，那两个人小心翼翼地戳着沉浸式的森林场景，这场景看上去就好像在威胁似的盘绕着他们。

"我还在想，你们当中会不会没有任何一个人愿意来这里，"他咧嘴一笑，"那么——你是想做些什么机械的东西来作为你的汇报内容吗？"

哈珀点了点头，递上了她的那张纸。"我想做这个。"她说。

图尔西亚查看起纸上的内容来。这纸在哈珀的睡袍口袋里放了这么久，早就已经皱巴巴的了，但哈珀在冒烟城学校读书时设计的那只小机械龙仍然清晰可见。现在回看那时，真是一个完全不同的世界，一种完全不同的生活啊。

"我以前在表演中看到过机械做的动物，"哈珀对图尔西亚说，"我能用这张图做一个类似的东西吗？"

"我觉得没有什么不可以的，"图尔西亚思索道，"如果你想要的话，我们可以让它移动、飞行，甚至是喷火。"

"嗯，"哈珀咬着嘴唇补充道，"我还想做一个调整。"

她向图尔西亚解释了她的想法，并在原始的图上标注了计划调整的地方。当她说完时，图尔西亚脸上的兴奋之情溢于言表。

"我认为这绝对可行，"他兴高采烈地说，"如果你愿意的话，我们现在就可以开始。"

"听起来不错。"哈珀咧嘴笑道。她取来一副护目镜，然后犹豫了一下。她不断回想着阿尔西娅在第一排练厅里说过的话，说这一切都将变得没有意义。

"你觉得还会有年终展示吗？"她冲着图尔西亚大师

脱口而出，"或是说……你觉得到那时我们会不会已经关门了？"

图尔西亚大师沉默了一会儿。他扁了扁嘴，胡须像毛毛虫一样弯了起来，最后他给出回答。

"我不知道有没有人能回答得了这个问题，"他直言不讳，"在听证会上，理事会既可以投赞成票也可以投反对票——概率各占一半。但如果你想听我的意见……"他环顾了一圈旺德里亚所有的工作坊，朝着沉浸式森林露出微微一笑，森林已经将董事会成员全都围了起来，并且挡住了满腔愤慨想要挣脱的人。"我可不认为旺德里亚就这么完蛋了。"

哈珀听后微微一笑。有些人——比如阿尔西娅·里德——似乎认为旺德里亚关门已成定局。知道还有人相信他们仍然还有希望时，这感觉真好。即便如此，她仍然不想把旺德里亚的未来押在这一半对一半的概率上。

在他们被罚一周后，哈珀绝望到了想要偷偷溜出学徒宿舍的程度。春假过半，其他学徒已经在重重监护下享受了市内旅行，并且被强迫从巧克力僵尸（一个僵尸，据说他将被肢解的巧克力脑袋藏在了家里，有些脑袋里装着奶

油，还有一些装着白菜）那里离开。哈珀则相反，她在休息时埋头苦读，寻找着月亮湾周围被人提起过的"安全地点"。她读到过秘密的地下银行，还有山顶掩体和海底档案，但她不知道，这些地方中有哪一个有可能会被夏普和他的雇主用来藏匿星星。

哈珀需要更多信息，而且她非常确信自己知道该到哪里去找。

这次，她一直等到深夜才尝试逃跑。在门口时，她犹豫了一下，想知道自己是否应该叫醒特里克。最后，她决定不去叫他——这样一来，就算自己被抓住了，至少在他们两个人中只有一个人需要接受额外的惩罚。

哈珀沿着旺德里亚静谧的走廊蹑手蹑脚地走着，她的呼吸声很响而且还有回音。她向上爬到了教学区，直到发现自己已经站在了弗莱彻书房的大门外。她猜如果有任何人有可能会帮助他们的话，那非弗莱彻莫属——尤其他还一直在留意夏普的动向。如果她能找出夏普和他的雇主藏匿星星的地方……随后他们怎么去到那里的问题也将迎刃而解。

"……要多久？"

从弗莱彻的书房里传来一个声音，哈珀赶紧贴在墙上听了起来。

"直到听证会结束，"第一个作出回答的是拉希莉的声音，"弗莱彻说他为了准备辩护，需要反反复复地研究。所以在理事会做出决定前，他指派我来担任演出制作人。"

哈珀的心一沉。如果弗莱彻连演出制作人的职责都暂时放下了，那他肯定是在为辩护做斗争。她感觉到一种强烈的挫败感，这已经不是第一次了。如果能把星星的事告诉弗莱彻该有多好！他肯定会派出搜查队在月亮湾周围找出被夏普藏起来的星星们。但对西尔夫贾克斯的誓言阻止她这么做。她必须信守承诺，所以哈珀知道这件事只有靠自己解决。

"我已经给一些开设学徒课程的剧院发了信，"拉希莉接着道，"看看他们还有没有名额。"

"真的已经到那个地步了吗？"另一个声音轻轻地问道——哈珀发现那是罗珀的声音。

"弗莱彻是希望不要走到那一步的，但我们必须实事求是，"拉希莉叹气道，"如果旺德里亚关了，我们必须有个安置学徒的计划。"

"我会尽我所能去帮你的，"罗珀主动道，"我猜我要找你的话，这里就是最佳的地点了吧？"

"是的，我想我还是在这里办公吧，省得我再把所有的烤面包机全拖去我自己的办公室。"

罗珀哈哈大笑道："好的，我也会告知约瑟夫的。"

"谢谢。哦，如果有星演者想要开始申请其他工作的话，告诉他们可以来我这里领参考资料。"

屋内沉默了一会儿。"我会的，"罗珀说道，"愿缪斯给予我们帮助。"

哈珀听到有脚步声在向大门靠近，她飞快地跑到了拐角处。片刻之后，罗珀打着哈欠离开书房，她用手搓了搓额头，沿着走廊朝相反的方向走去。

哈珀坐了一会儿，她的心一阵乱跳。如果拉希莉正在联络其他的剧场来接收学徒，那表示——对于弗莱彻为了拯救大家而做的努力，她并没有抱太大的信心。这会不会只是出于谨慎？还是她知道根本没有希望？

哈珀的计划泡汤了，今晚不用闯进弗莱彻的办公室了。她沿着走廊返回，顺着蜿蜒的楼梯而下，最后回到了大堂。她环顾着周围构成旺德里亚的所有一切：彩绘的天花板，金色的音乐厅大门，镀金酒吧以及店里堆放着的闪闪发光的玻璃杯。现在她不能忍受失去这一切。

在回学徒宿舍的路上，脑海里有什么东西在挠着她。她不断回忆着罗珀最后的话：愿缪斯给予我们帮助……

哈珀太累了，以至于她想不出来是什么在困扰她。爬回自己的房间后，她倒进床里。就在她入睡前，这句话在她的脑海中再次回荡起来。

愿缪斯给予我们帮助。

睡醒后，哈珀有了一个计划。

晨光从窗户照射进来，哈珀穿好衣服迅速下楼。环顾四周，她惊讶地发现眼前一片繁忙的景象。学徒们在窗边推搡着，争抢着一片刚好经过外面的装着信的瓶子云团。

哈珀走到他们跟前，好奇地看着眼前的景象。

"发生什么事了？"

站在人群中的罗西和别人一样正在拼命争抢，她匆匆转头朝哈珀咧嘴一笑。

"夜曲的演唱会门票！他们今天就要到了！"

当送信的瓶子靠近窗户时，罗西躲在一个看起来一脸惊慌的初级学徒的胳膊下面，然后猛地冲向了瓶子。她从空中抓到一个瓶子后便把里面的东西倒在了手上。那是一张卷起来的纸，又厚又白，镶了金边，上面是旋转的字体。哈珀倚着罗西的肩膀读起纸上的字来。

入场券
托尔尼奥·夜曲 《银月之夜》
月亮湾剧场

托尔尼奥·夜曲是一位三度获得议事厅奖的作曲家。他的代表作品主要有歌剧《四个诅咒》和《高斯林王子芭

304

蕾舞曲》。他在《星演者时代报》的"最具影响力人物排行榜"上名列榜首，同时还是《光明坞演出早报》最丝滑发质比赛的获胜者。

哈珀向下去看日期。银月——如果西尔夫贾克斯收到的消息是真的，那天空临别会很可能在同一晚举办。

说到天空临别会，哈珀看了看周围，寻找着特里克的身影。她看见他正从梯子上下来，便向他跑了过去。特里克打了个哈欠，顶着一头刚睡醒的乱发，当哈珀靠近时，他一脸怀疑地看向她。

"一脸鬼鬼祟祟的样子，"他控诉道，"你怎么一大清早就一脸鬼鬼祟祟的。"

"我想我们需要和星星缪斯谈谈。"哈珀脱口而出。

特里克扬起的眉毛几乎消失在了他的头发里。"你说什么？"

"西尔夫贾克斯说星星们无法去到缪斯那里，但说不定我们能行！"哈珀解释说，"如果我们能引起他的注意，他肯定能想办法救出星星们！"

特里克把头歪向一边，说道："是的……但你打算怎么让我们和星星缪斯对上话呢？"

"玻璃球！"哈珀得意扬扬道，"我们在星星缪斯纪念仪式上用的玻璃球！这些玻璃球是用来引起他注意的，对吗？是致谢用的吧？如果我们能弄到几个，把它们送到天上，就像是在发送信号……"

"弗莱彻把这些玻璃球全都锁在了他的书房里，"特里克告诉她道，"我不知道你是不是还记得，除了参加训练和学徒宿舍，拉希莉禁止我们去任何地方。"

"我记着呢。"哈珀飞快地解释了她昨晚的那段跋涉，还有她在弗莱彻书房外无意中偷听到的事。

一旁听着的特里克皱起了眉头。

"弗莱彻说过，为了做辩护他会离开一阵子，但我不知道他会让拉希莉代为执掌旺德里亚。"他焦虑地用牙齿咬住了下嘴唇，"这意味着如果我们偷偷溜进书房被抓到的话，我们会惹上更大的麻烦！"

哈珀稍停了一下，望向围在窗户边的人群。为了抢票，阿尔西娅故意肘击了另外两个学徒的脸，现在她正在炫耀自己抢到的票呢，而她背后是那两个在为自己鼻子止血的受害者。

"我爸爸已经给我安排好了一次私人会面和接待，"她沾沾自喜地宣布道，"在音乐会结束后，我将和夜曲先生一起喝下午茶……"

哈珀吸了口气。"就是它，在托尔尼奥·夜曲举办音乐会的晚上，所有人都会外出观摩演出，这其中包括拉希莉！她将会负责这次出行。不管怎么说，我们是被禁足的，所以就算留下来也没人会多想什么。我们可以在那个时候试着溜进弗莱彻的书房。"

"可是……那晚也是银月夜。"特里克皱着眉道，"临别会可能就在当天晚上举办！"

"那就更好了，"哈珀答道，"事实上，有缪斯在的话，就能确保当天晚上会举办临别会——所以，一旦他帮助我们释放了星星，那星星们就都可以回家了，我们也就可以在听证会上及时告诉每个人我们所知道的一切！"这并不是一个完美的计划，但感觉这像是他们最后的希望。

"那好，"特里克点了点头，"就让我们去跟缪斯谈谈吧。"

第二十四章
仅限一晚

随着音乐会的临近，学徒们忙成了一团。瓶子信使更加频繁地出现在窗前，为那些打算去参加音乐会的学徒送来他们订购的礼盒，里面装着新衣服和夜曲的周边。罗西用了一整瓶变色龙美发配方，把她梅红色的波波头变成了齐腰的墨黑色长发，因为夜曲在哥特时期曾经有过这样的发型。与此同时，安薇在学徒宿舍里，就她如果有机会见到夜曲本人会对他说什么，大声排练了几个小时。她思考着："我该说我是个粉丝吗？这样会不会太脑残……？用'仰慕者'这个词会不会更好？但是这样一来又好像太疏远了……"

哈珀也对银月之夜感到紧张，不过原因却大不相同。

她不知道自己和星星缪斯谈一下的计划能否奏效。如果他们失败了，那旺德里亚就在劫难逃了，而且谁又知道被可怕的夏普和他的神秘雇主绑架的星星们会遭遇什么。

音乐会当天，所有的学徒完成训练后都匆匆赶回来开始做准备。哈珀比其他人回来得都要晚，因为她和特里克的计划只能在所有人都离开后才能实施，所以整个下午她都待在工作间摆弄她的机械小龙。她已经快完工了，只需要添加一个上发条用的钥匙就可以让小龙动起来啦。她把它藏在了背包里，每当想起它，骄傲感油然而生。她决心要在年终的汇报演出上惊艳所有人——如果到那时旺德里亚还在的话。

尽管哈珀没有去听音乐会，但罗西坚持要她"一起"进行了准备工作。哈珀选了她最鲜艳的外套（邮筒红色的工装裤配蓝衬衫和金靴子），罗西把指甲涂成了午夜黑。

"今晚是不是让你很兴奋？"哈珀问道。

"是的……"罗西回答道，因为一块指甲油上略有污渍而皱起眉头。"不过，我担心夜曲只演奏那些更有名的曲子。就我个人而言，我认为他成名前的一些作品才是最好的。比如在他早年作为作曲家时，曾写过一首长达七分钟长的曲子，名为《奶酪烤饼颂》，非常动人。"

"哦。"哈珀个人并不同意这一点，没有人需要坐在那里听上七分钟致敬可口烘焙食品的音乐。

当朋友们准备好后，哈珀和特里克同她们一起下楼，来到大门口并挥手告别。旺德里亚几乎每个人都会去听音乐会，只有哈珀和特里克留了下来，洛里·蒙哥马利也会留守，确保他们不会搞恶作剧。哈珀试着表现出因为不被允许去听音乐会而有些悲伤，但实际上，她因为太过期待而蹦了起来——他们没有多少时间可以用来实施计划。当罗西和安薇加入熙熙攘攘的人群一起涌向月亮湾的有轨电车站时，哈珀向她们挥了挥手，随后有个红头发的女人和她撞了个满怀，将她撞得转了起来，她愤怒地喊出了声。

"嘿——"哈珀正开口抗议，双唇间却突然没了声音。在熙熙攘攘的人群外，有个人影正偷偷朝着旺德里亚方向而去。哈珀眯起双眼，试图透过拥挤的人群看清楚。有那么一瞬间，她吓坏了，在不停摆动的侧门那里，她看到涂了彩绘的脑袋一闪而过——但当人群逐渐散去后，她发现那里没有人。

特里克轻轻推了推哈珀，问道："出什么事了？"

"我……我想我看到夏普了，"哈珀犹豫道，"但也许是我看错了……"毕竟，夏普为什么要来旺德里亚呢？他肯定会和星星们在一起才对。一定是她看错了，她一定是太焦虑了才会看到不存在的事情。

"走吧，"她对特里克道，"我们拿玻璃球去。"

他们一路跑回旺德里亚，走廊里回荡着他们的脚步声。洛里在镀金酒吧里，哈珀知道他肯定看到了正朝学徒宿舍走的他们。在洛里把视线移开后，他们又再次原路返回。他们尽可能安静地穿过大门进入教学区，然后爬上五楼——弗莱彻的书房就在那里。

"他有一个箱子，用来存放很多重要的东西，"一路上，特里克告诉她道，"旺德里亚的钥匙，老照片，我的乳牙……"

"你的牙？"哈珀重复道。

"是的，他是个怪人，"特里克耸了耸肩，"但不管怎么说，我们应该先去那个箱子里找找看。"

哈珀伸出一只胳膊阻止了特里克——紧挨着他们的那条走廊里突然传来沉重的脚步声。他们互相交换了一个不确定的眼神。如果是洛里跟在他们后面的话，他们肯定会察觉的吧？哈珀做了个深呼吸，稍稍往前走了走，在角落处往四周查看。

一个身着格子西装的高挑身影沿走廊向下，一路朝他们而来。他的注意力集中在手里的一个小麻袋上——是一个咒语？好奇一闪而过。但有一点肯定不会错——

"是夏普！"她低声道，"我刚才看到的就是他！"

"但是……夏普为什么会出现在旺德里亚？"特里克问道。

"我不知道，"哈珀小声道，"不过他就要转过拐角并逮到我们了。"她沿着走廊向下看去，走廊很长，而且没有可以藏身的房间。就算他们拔腿就跑，夏普转过拐角后，也会在他们到达走廊尽头前就早早看到他们。

"我来分散他的注意力，"特里克说，"你去弗莱彻的书房找玻璃球。"

"什么？"哈珀嘘道，"不行！"

"如果他发现了我们俩，那一切就全都完了！这样至少能为你争取一些时间！"

"可是——"

"除此之外，"特里克咧嘴笑了起来，"我们都知道我是旺德里亚至今为止最伟大的演员。"

还没等哈珀反驳，他已经跳起身越过了拐角。

"晚上好！请问你是来护送我去音乐会的吗？"

哈珀冒险偷看了他们一眼。夏普目瞪着特里克，显然有些摸不着头脑。

"你说——什么？"

"我叫埃格伯特王子，来自蒙面之海。我父亲说他会派一名保安来保护我的个人安全。现在，我必须警告你——我的家族有很多敌人。这一切要从我的曾祖父入侵福克斯霍尔王国说起……"

哈珀知道她必须得动起来，特里克给她创造的机会不能白白浪费。她转身跑到了远离特里克和夏普的走廊另一头。她向上跑了三段楼梯，毫不顾忌急促的呼吸和心口的刺痛，并一口气跑到五楼。最后，弗莱彻书房那扇翡翠绿的大门出现了，玻璃球近在咫尺！就在她离大门仅数米的距离时，附近的房间里突然传出一个声音。

"夏普，是你吗？"

哈珀愣住了。"呃……是的，"她答道，并试着让自己的声音低沉而带着嘲弄。

"我相信一切都顺利吧？"

那声音听起来很熟悉，低沉又悦耳。

"是的。"哈珀咕哝道。

"很好。我要在那群没用的东西发现根本没什么音乐会前，抓住那颗星星，并让这整块地方都停业关门。"

当哈珀意识到自己曾在哪里听到过这个声音时，她倒吸了一口冷气。她在梦境里听到的那个声音和它一模一样，那个警告她远离星星的声音，夏普的雇主。

她将视线慢慢前移，直到她望向传出声音的那个房间的门口。

她面对的是一间废弃的大更衣室，室内有圆形的窗户和厚厚的地毯。在角落摆着一张巨大的梳妆台和一面镜子，墙上装饰着画像，都是曾在旺德里亚演出过的著名的星演者们。

然而，所有这些都没能引起哈珀的注意。她的双眼牢牢地盯着那张正通过镜子望向自己的脸：那是一个男人的倒影，有着浓密的黑发和光滑白皙的皮肤。哈珀在报纸、报道和罗西的十七张海报中看到过这张脸。

他就是托尔尼奥·夜曲。

他慢慢地转身，直到与哈珀面对面，脸上露出一抹令人讨厌的微笑。

"哦，天哪。你不是夏普，对吗？"

第二十五章
隐士

哈珀瞪着托尔尼奥·夜曲。他光滑的脸上没有一丝皱纹，发型整洁。他身穿一件剪裁得体的燕尾服，配上一双闪亮的靴子，正四肢伸展地坐在椅子上，像一只得到了奶油并从银碗里吃得津津有味的猫，甚至吃完后又得到了一份。他身上有种闻着像是浓烈的紫罗兰的味道，这味道侵入哈珀的鼻孔，让她觉得恶心。

"哦，我可真为你难过。"夜曲温和地回答道。

当这个声音在脑海中回荡时，哈珀浑身发抖。她记得在梦境中，当她脚下的地板消失时，这个声音发出过愉快的大笑。

"你——夏普是在为你工作？可是，为什么？坠落的星星们对你有什么用？"哈珀无法理解。托尔尼奥·夜曲已经很有钱，有名并且有权，他要星星做什么呢？

"如果他们对我没用的话，我一开始就不会那么费劲儿地把他们从天上拉下来了，你说是不是？"夜曲慵懒地伸了伸腰。

哈珀张大了嘴巴，吃惊地问道："是你把他们从天上拉下来的？"

"没错，"夜曲将身子坐直了些，看上去很为自己感到骄傲，"这是一种令人印象深刻的魔术，不过我还是干净利落地完成了它。"

"干净利落？"哈珀嗤之以鼻，"他们坠落时散得到处都是，这也是你计划的一部分吗？"

夜曲的脸上闪过一丝怨恨。"显而易见，我本来是想把他们直接拉到我身边的，但星星是狡猾的东西。"

"你花了六年时间才把他们全都找出来。"哈珀嘲讽道。她知道激怒他会有风险，但他如果生气的话，也许会泄露一些把星星藏在哪里的信息。"我听着怎么觉得不怎么样呢。"

"我是一个公众人物，"夜曲厉声道，"我对自己的所作所为必须非常小心，我的手下同样不能大摇大摆地行动。我们原以为时间还很充裕，并且已经确信在我上次对星星们下手之后，那个讨厌的星星缪斯不会冒险再次举办临别会了。但是，就在去年秋天，夏普发现星星们收到了一条信息——说是今年将会举办临别会。"夜曲叹了口气。"这给我的搜查带来了一点压力。我必须确保在临别会开始前抓住所有的星星，并且把他们全都关押起来，以防那个讨厌的星星缪斯把他们全都给带回去。"

"虽然并不是由你动手，对吗？"哈珀针锋相对，"夏普才是那个干了所有事情的人。"

夜曲眨了眨眼，说道："我可能不得不把重活交给别人去做，但我是那个让所有人保持友好并分散他们注意力的人，这样就没有人会注意到我们在做什么了。"

哈珀顺着他的眼神看到了一张《四个诅咒》的海报，恍然大悟："你……原来是你！是你传出了四个诅咒的谣言！"

"显然是用了匿名消息的方式。"夜曲露出自鸣得意的笑容。"就在我们发现那条消息后，我开始到处传播关于四个诅咒的目击事件。星演者是一群非常迷信的人，非常愿意去相信童话和传说。冬日盛典也是一样——出现了什么他们不理解的事情，他们全都愿意将其归为一种荒谬的迷信。所以，当你们星演者被星星们吓傻时，我和我的助手则在过去几个月里丝毫不受打扰地进行着狩猎。"夜曲对着哈珀露齿一笑。"我必须说，这一招很管用。我现在想要得到的只剩下豹子星星了，如此一来，我的收藏就齐了。"

哈珀深吸了一口气。所以夜曲还没有抓到所有的星星——有一颗星星仍然是自由的，即便他一直在对旺德里亚造成威胁。

"你说的'收藏'是什么意思？"哈珀脑海中闪过一个可怕的画面，玻璃柜，还有空洞的、没有灵魂的眼睛。"你打算对星星们做什么？"

"哦，我觉得你没必要知道这个，难道不是吗？"夜曲说，"别担心，我得到最后一颗星星后就会立刻离开的。"

"好吧，你来错地方了，"哈珀怒道，"豹子星星不在这里。"

"那你可就错了，"夜曲轻快道，"那颗星星每晚都在旺德里亚。"

哈珀目瞪口呆地望着他，说道："这不可能。"

"可事实就是如此。这颗星星躲我躲了很长一段时间。每次我试图追踪他时，他都会从地球表面消失几个小时，这我可以发誓，然后又出现在一个意想不到的地方。我不知道到底发生了什么。今年，我成功地对一位巫师的跟踪咒语进行了调整，然后我发现他出现的这些地方并不是随机的，碰巧和旺德里亚音乐厅和大剧院的路线相当吻合。当我仔细观察后发现，这颗星星经常出现在旺德里亚内部——他可能会出去并出现在周围的区域，但他总是从旺德里亚出发并在夜晚结束时返回这里。"

哈珀对此感觉想不通——一只巨大的豹子星星每晚都出现在这里的话，他们怎么可能从来没撞见过？

"当然，这让事情变得稍微困难了一些。"夜曲说道，"在树林里抓到狼星星是一回事，但在一个非常著名且戒备森严的剧场进行查找那又是另外一回事了。虽然四个诅咒的谣言非常管用地把观众从你们剧场给赶了出去，但我知道，我仍然无法在一个普通的晚上就这样走进来，我必须想出个理由让剧场能有多空就有多空。"

"于是你策划了这场音乐会，"哈珀替他说完，"你知道每个人都会参加，这样就能不被打扰地寻找星星了。"

"非常准确。"

"哦。替你感到不幸，剧场并不是空的。我在这里！"哈珀双臂抱胸，试图让自己看起来比自己感觉的更勇敢。

夜曲笑了起来。"是的。你很勇敢，我会给你这样的评价。但这是你最后一次挡我的道了……"

就在这时，一个瓶子信使猛地钻进了房间。夜曲抓住了它并倒出了瓶里的信。他扫了扫信上的字，眼睛一下子睁大起来，脸色阴沉地发出了一声深吼。

"这件事是不是和你有关？"他举起纸条向哈珀质问道，"一个蓝头发的小家伙正在找我手下的麻烦？"

哈珀屏住了呼吸，但她尽量不让自己显示出情绪来。

"嗯。好吧，恐怕他把他自己困进我的计划里了。"夜曲的脸上露出一种奇怪的表情，"他得跟我们一起走了。"

这次，哈珀再也无法掩藏自己的感情。"不！"她喊道，并试图躲开夜曲往大门跑。

夜曲的动作很快。他从袖子里滑出了个什么东西，并用手接住了它。这是一根长长的细棒，轮廓粗糙，颜色是奇怪的灰白色。他弹了一下棒子，哈珀突然感觉一股力量将自己往地板上推去。他又弹了一下，哈珀身后壁柜的门突然打开了，哈珀被迫进到了柜子里，一个重心不稳背朝地摔倒在里面。她立刻站起身，但夜曲已当着她的面摔上了门。哈珀听到从外面传来上锁的咔嗒声。

"你要把特里克带到哪里去？"她边敲门边大喊道。

她听到夜曲在门的那边咯咯直笑。"没错，尽管你一直这么碍事，但你从来也没有找到过我的安全地点，是吗？好吧，等我把你的小朋友还回来的时候，他会告诉你的——要是他还能活着回来的话。"

哈珀听到他的脚步声越来越轻。她把全身的重量都压向柜门并用力去推着，但还是晚了。

夜曲已经离开了。

哈珀用尽了所有的办法想出去：敲门，在墙上摸了一圈寻找洞口或薄弱处，往天花板上戳个不停想找到活板门。但一切都是徒劳的。她不知道还要多久才会有人来找她。洛里还在楼下吗？他会注意到他们俩不在学徒宿舍吗？

又过了十分钟。当哈珀试图用脚踹开柜门时，突然听到有脚步声沿着走廊而来。

"你好？"一个声音从外面传来，"我听到有声音，不知道是不是出什么事了？"

哈珀大大地松了口气，她听出了那个声音。"洛里！"她尖叫起来，"救救我！"

"这是怎么回事……！"她听见有脚步声匆匆走了进来，"哈珀？是你吗？"

"是的！我在壁柜里！"

洛里把柜门把手摇得嘎嘎直响，然后说道："哈珀，我打算把门给砸开，你往后站！"

哈珀站在了离柜门最远的那面墙边。洛里踢了一次、两次——然后门被踹开了。哈珀眨了眨眼睛，在壁柜里待了那么久以后，亮光让她感到刺痛。洛里低头看着她。

"这是怎么回事？"

"我——他——"哈珀甚至都不知道该从哪里说起，

"我们必须通知大家——弗莱彻，拉希莉，随便谁！"

"弗莱彻在理事会，"洛里皱起了眉头，"拉希莉作为监护人在去音乐会的路上。哈珀，发生什么事了？"

"特里克不见了，"哈珀颤声道，"他——他们抓了特里克。"

大声说出来后，这件事变得更真实了，哈珀只觉得全身泛起一阵令人窒息的恐慌。

洛里的表情从疑惑变成了担心。"是谁抓了特里克？他在哪里？"

"是夜曲，"哈珀放声大哭了起来，"我不知道他们去了哪里，我……"

"夜曲？"洛里一脸困惑，"托尔尼奥·夜曲吗？"

哈珀无法回答，她感到喉头一阵发紧。

"好吧，"洛里将一只手放在哈珀的肩上，"听着——我打算去一下月亮湾剧场。我可以用皮肤歌唱，然后飞到那里去，这需要十分钟的时间。我会告诉拉希莉发生了什么事，并把她带回来，那时我们就能知道我们要做什么了。来吧——到学徒宿舍等我们。"

他将一只手放在哈珀的肩膀上，带着她离开了更衣室。哈珀试图抗议，但恐惧的阴霾让她几乎无法思考。洛里领着她走下楼梯，穿过空荡荡的大堂，回到了学徒宿舍。

"在你房间里等着，"洛里敦促道，"锁上门，不管谁来都不要开门。"

哈珀沿着楼梯爬回到自己的房间。她听到洛里开始用低沉、悦耳的声音歌唱起来，她迅速地回头去看。一眨眼的工夫，一只鹰出现在了阳台上——下一秒，洛里就消失了，那只鹰飞进了黑暗的天空。哈珀屏住呼吸——这还是她第一次亲眼看到有人使用皮肤歌唱技能，这的确非常值得一看。

洛里一走，哈珀就跌跌撞撞地回到了自己的房间并跌坐在地板上，绝望的感觉在她身上蔓延。如果洛里在去音乐会的路上发生意外了怎么办？他们要怎么样才能追上夜曲和夏普？他们要怎么样才能找到夜曲隐藏星星并带走特里克的地方？

突然，在恐慌的阴霾中，一个念头闪过哈珀的脑海。星演者都去听音乐会了，但还有可以求助的人。她跌跌撞撞地走到衣柜前，拿出了那个看起来非常脆弱的鸡蛋。她把它砸在地面上，淡紫色的云立刻形成了小贼的脸。"哈珀？"

"我需要你的帮助，"哈珀说，"是夏普——他抓走了特里克。"

小贼睁大了双眼，在他那张烟雾形成的脸上使劲眨了眨，一秒后，完全成形的小贼站在了她的房间里。"你说什么？"

哈珀尽可能快速地解释了当晚发生的事情。"其他星演者都去城镇那头听音乐会了，我不知道该怎么办。"

"哦。哈珀，先停一下。"小贼举起手来，"对不起。不过先让我想一想这整件事。你知道夜曲有可能会把特里克带去哪里吗？"

哈珀强迫自己冷静下来思考。"他把特里克带到了他关押星星的地方。但我不知道那是什么地方！我一直想弄清楚，可我在哪里都没找到——"

突然，一阵席卷着空气的奇怪颤抖打断了她。哈珀感觉自己的身体好像被一波巨大的潮汐所击中。与此同时，一个叮当作响的尖锐声音回荡在他们周围，是那种金属和金属碰撞的声音，非常响亮，最终在人的心惊胆战中结束。

哈珀抬眼看向小贼。"那是什么？"她倒吸了一口气。

"一个停顿的咒语，"小贼看起来心神不宁，"它会封锁所有的入口——没人能从外面进来。"

哈珀皱起了眉头，夜曲先前说过的话浮现在她的脑海："……我要抓住那颗星星并将这整块地方都停顿……"但是夜曲和夏普已经都离开了，不是吗？那他们为什么还要在这里使用让旺德里亚周围停滞的咒语？

除非……

"他们还在这里。"哈珀声音嘶哑道，"特里克还在这里。他们把旺德里亚封锁起来，这样就没人能进来了。因为——"这一发现令她无法喘息。"星星们在这里！这里就是他的'安全地点'！他把星星们藏在了旺德里亚！"

哈珀感觉自己处在大笑或者大哭，又或者会对着枕头叫个不停的边缘。自从西尔夫贾克斯和其他狼星星被绑架以来，她度过了多少个不眠之夜？她翻同一本书翻了无数遍，拼命地寻找着线索。自始至终，星星们一直就在自己的眼皮底下，就藏在旺德里亚的某个地方。"靠近家园"——正如夜曲在梦境系统里告诉自己的那样。

"有道理，"小贼点了点头，"谁会费心去查看一家普通的老剧场？尤其还是一家总是在移动的剧场。但旺德里亚到底是哪个地方，会大到足够藏下十三颗星星而不被任何人注意呢？"

哈珀在脑海过了一遍位置。音乐厅、镀金酒吧、制景工场……这些地方全都太大庭广众了，又频繁被用到。夏普没办法一直偷偷地溜进溜出，在不引起任何人注意的情况下把星星们藏进角落里。所以必须是空旷又没有人会去的地方……

"天穹。"她缓缓地说道。

"那是什么？"

"它们是屋顶的圆形内部，用来存放旧设备，"哈珀飞快地解释道，"人们把旧的服装、装置等诸如此类的东西都放在那里。那个地方堆满了垃圾，显然是个无人问津的地方。这意味着……"

"……它会是夜曲隐藏星星的最佳地点。"小贼接过话并问道，"好吧，那我们该怎么过去呢？"

哈珀咬着嘴唇，回忆着自己和洛里的谈话，说道："入口是封着的，我没有发现任何上锁的门或者是通往顶层的楼梯……"

"也许它在天花板上，"小贼提议道，"类似一扇活板门。要不我们先去看看吧。"

哈珀犹豫了一会儿。洛里告诉她待在房里，等他和拉希莉回来。但是，如果夜曲停顿了这个地方，他们将无法进来，而特里克现在正身处危险之中。

"好吧，"她说，"我们走。"

他们沿梯子向下爬到了学徒宿舍并退出到走廊。当他们沿着楼梯往下跑时，哈珀注意到一个蓝色的光点从小贼的口袋里探出头，东张西望起来。她不知道该怎么形容它。

"嘿，"她指向光点说道，"这不是我们召唤的那个咒语吗？没起作用的那个？"

小贼看起来有点内疚。"啊——是的。好吧，我知道我说过把咒语当成宠物是不明智的，但是……"他认真地看着哈珀，"它真的很可爱。"

咒语把头斜向了哈珀，哈珀用严厉的目光望向它，下定决心不去发现它到底哪里可爱。

"你根本就是故意的。"她对小贼说。

他们穿过大厅进入教学区，向上，向上，向上，一直爬到了旺德里亚的最顶层。为了寻找旺德里亚的隐藏入口，哈珀几个星期前刚来过这里。

无所谓了，她固执地想着。那颗星星一直都在这里。

"你看到什么了吗？"小贼边向上张望边问道。

哈珀扫了一下天花板。灰白色的墙面上画着丑陋的漩涡图案，但是没有任何迹象表明它暗藏着什么秘密的活板门。她在走廊里来回踱步，双手在身侧焦急地握成了拳。就在她开始担心自己的直觉有错时，小贼突然停了下来并指了指上面。

"嘿——那是什么？"

哈珀伸长脖子探看。天花板上有一个小小的银色按钮——小到你完全会忽略它，除非你看得非常仔细。哈珀不是专家，但是天花板上有一个按钮的话，从逻辑上来看似乎意味着藏着一扇秘门……

"我们怎么做才能够到呢？"哈珀环顾四周，寻找有没有哪里放着椅子、盒子，或任何能让她够到天花板的东西。"或许我能——啊……"

说到最后，哈珀发出了一声有损尊严的尖叫，因为小贼弯下腰，一把将哈珀扛到了自己的肩膀上。当他直起身子，哈珀摇摇晃晃，差点向后栽倒。她大叫起来，出于求生欲一把抓住了小贼的脑袋。

"哎哟！当心我的头发！"

"如果你提醒我一下的话，我就不会拽到你的头发了。"哈珀抱怨道。尽管她很生气，但当她看到小贼后脑勺的姜黄色鬈发，被她送的发圈粗略地扎成了一个发髻，她忍不住哈哈大笑起来。她是对的——发圈和头发确实撞色撞得厉害。

"你能够到它吗？"小贼问道。

哈珀伸出一只手臂够向天花板，另一只手撑着小贼的头以保持平衡。

"快了……"哈珀在小贼的肩膀上摇摇晃晃，尽可能地向上够着，"再往前一点点——就在那里！"哈珀敲了一下银色的按钮，天花板立刻开始移动起来。那些丑陋的漩涡铺展开来，就像大风中的树叶一样向后弯曲起来。当天花板上出现一个洞时，小贼赶忙跳开身，哈珀仍然紧紧抓着他的肩膀。一个精致的银色楼梯从洞中盘旋而下，正好落在他们脚边。

"哇！"小贼一点也不讲究地将哈珀抛回到地板上，问道，"你准备好了吗？"

哈珀沿着楼梯向上看去，却什么也没看到。她不知道他们会在天穹里找到什么——她只知道她必须去救她最好的朋友和星星们。哈珀坚定地说道："我从来没准备得这么充分过。"

第二十六章
天穹

银色的楼梯通往一间布满灰尘的空荡荡的大房间，光线暗到哈珀几乎什么都看不见。上方的屋顶高高地拱起，横梁和屋檐纵横交错。哈珀把手伸进背包里翻找了一会儿，拿出一个银色的星光手电筒。她打开后照了一圈，让光线照亮周围的环境。

哈珀一眼就看明白了为什么没有人来这里。说它"乱七八糟"真算是极其轻描淡写了。它更像是"一团糟乱"有了生命，走进来后自己又接着制造了一团糟乱，然后这团糟乱又活了，继续把一切搞得更糟。一堆堆旧乐谱和剧本摇摇晃晃地垒着，一直堆到了天花板上。一个弹出式的木偶剧场占据了整个角落，还配有一套落满灰尘的提线木偶，描绘的是挤奶女工和山羊。一个巨大的橡木箱子里放着一排生锈的大刀，还有一个盾牌，上面有一排文字涂鸦——麦卡宾斯是个麻木不仁的人。

"哎哟，"小贼走进房间后上气不接下气，"这地方就像是巫师的天堂。"

哈珀点了点头表示同意。即使是最勤劳的巫师，想要把这里的每一件剩余垃圾都清理干净，那都挺难的。

"来吧。"她低声说着，然后坚定地向前迈了一步。他们没有可以浪费的时间了。房间的另一边有一扇门，哈珀立刻奔了过去。打开门时，它发出了响亮的嘎吱声。哈珀屏住呼吸，等待着喊叫声或是跑动的脚步声出现。当发现并没有人出现时，她用动作向小贼示意，并看向了隔壁的房间。

就在这一瞬间，哈珀的心脏几乎停止了跳动。房间里挤满了人影，围成圈，看样子像是准备好了要发起攻击。哈珀跌跌撞撞地向后退时撞上了小贼，她挥舞着双手想自卫，接着她意识到，并没有哪个人影在动弹。她举起手电筒，将手电筒的光束从一个人影移向另一个，眯起眼小心地打量着。她看到，他们都穿着做了一半的衣服，很明显是废弃品。有藏有武器的薄纱礼服，有用糖果包装纸拼接的西装，还有用珠子、扑克牌镶边或是有小块刺绣的精致斗篷。

"他们是服装模特儿。"哈珀小声道。

哈珀快速瞥了一眼房间，特里克并不在这里，于是她和小贼匆匆地从正中间穿过房间，走向了下一扇门。这是一扇实铁做成的门，他们俩竭尽全力只推开一道口子，但足够他们溜进去了。

在门的另一边是一条狭窄的木头走廊，歪歪扭扭地通向一个低矮的拱门。

穿过走廊后，哈珀停下了脚步。看到拱门那头的景象时，她的呼吸开始有点困难。

和其他房间一样，这个房间的天花板也是穹顶，还有一股潮湿的霉味。房间四周点着灯笼，在地板和墙壁上投射出奇怪的亮光。离他们最近的那面墙上挂着铁链，而对面的墙边上堆放着一堆铁笼子。透过厚厚的栏杆，哈珀看到各种各样的动物形状，包括……

"西尔夫贾克斯！"哈珀冲了过去并探出一只手，小贼就跟在她身后。

"哈珀？"西尔夫贾克斯低沉道，"是你吗？"

哈珀感觉一股怒意席卷了她。她抬起头来，注意到每个笼子上面都有一个粗糙的标识：狼星星、熊星星、乌鸦星星……她看到萨尔尼、哈勒蒙和戴尼塔全都被关在一模一样的小笼子里瑟瑟发抖。

"这到底是怎么回事？"小贼恐惧地望向笼子里的星

星，开口问道。

"是那个作曲家，"西尔夫贾克斯告诉他们道，"哈珀，他的计划是要杀死我们。在同一时间，杀死我们所有的星星。"

"什么？为什么？"哈珀惊呆了。

"杀死一颗星星将释放出巨大的天体能量，"西尔夫贾克斯说，"他一定是想把这种能量装进什么东西里。现在他已经抓住了我们全部十三个……"

"十三颗星星全都被抓了吗？"哈珀感到不舒服，"他抓到豹子星星了？"难道，夜曲是在自己被锁进壁柜时抓到他的吗？

"严格来说，是的，"西尔夫贾克斯回答，"不过——"

"哈珀，"小贼的声音从她右边响起。他正站在一个笼子跟前，盯着里面看。哈珀抬头看了一眼上面的标识，写着：

豹子星星

哈珀走近笼子时干咽了一下。就算她现在已经知道了事实真相，还是非常不希望再面对那个曾经被她认为是厄运的生物。但是小贼的表情却一脸古怪……哈珀慢慢靠近过去。

她眨了眨眼，然后又眨了眨眼。笼子里的那个身影可一点也不像星星。

他是特里克。

哈珀冲上前去。"特里克？"她抓住了笼子里的栏杆问道，"发生了什么事？他们为什么会把你关进笼子里？"

小贼从口袋里掏出一个金属片开起了锁。几秒钟后，笼子门打开了，但特里克并没有马上走出来。相反的，他抬头时脸上浮现出一种奇怪的表情——既期待，又混合着恐惧和害怕。

"我不明白……"哈珀发现自己盯着那个标识又看了一次，那上面赫然刻着四个字。

豹子星星

她突然觉得自己好像被定在了原地。一时间，各种画面充斥进脑海。太晚的话特里克就不愿意出去……快乐节提前离开了聚会……在夏普抓住星星后，实际上自己是被他拖回旺德里亚的……他对召唤咒语表现出来的犹豫（从他脸上的表情可以看出法术已经激活了）……那个生物出现后特里克坚持这并不是哈珀的错……还有那个生物第一次遇见她时望着她的样子——就像是认出了她。

当哈珀回忆完，她颤抖地望向特里克，从他的脸上她知道了一切都是真的。

　　"是你，"她说道，声音因为嘶哑而颤抖着，"你是第十三颗星星。"

第二十七章
酷爪

哈珀盯着特里克。"怎么可能？"她闭上双眼，试着理清自己的思绪，"怎么可能……？到底怎么……？"

"我可以解释。"特里克连忙说道。

"你是……星星……"哈珀突然生出一个可怕的想法，她踉踉跄跄地向后退离笼子。"你袭击了我们，你还杀了人。"

"没有。"特里克走出笼子来到他们跟前，"所有这些都不是你想的那样。请先让我解释一下。"

当哈珀望向她的朋友时，屋内一片沉默。她知道这颗豹子星星曾经有多可怕，她亲眼看到过。但这一切怎么可能都是特里克造成的呢？

"你给我从头说起，"最后，哈珀哽咽道，"这一切到底是怎么回事？"

特里克做了一个深呼吸，开口说道："这一切都要从我们穿越到隐峰的那天晚上——也就是星星坠落的那天晚上说起。那一晚，我们在午夜丛林的南部扎营。那起意外让我很难过，所以我偷偷溜了出去，想去门关那里看看你是不是已经找来了。但随后我就听到耳朵里响起了一个奇怪的歌声……歌声把我引向了他。"

"引向了豹子星星吗？"小贼问道。他一脸震惊地盯着特里克。

特里克点了点头。"当我看清他是什么并且伤得有多严重时，我就想要帮帮他。于是……"他抬头去看哈珀，"我试着用了皮肤歌唱。"

哈珀张大了嘴，惊讶地问道："你会皮肤歌唱？"

"这在年纪很小时就会有征兆，"特里克提醒她道，"我那时已经开始发生奇怪的眩晕——在穿越前就有过一次，你还记得吗？但我当时不确定那是什么，直到歌声把我引向了他。我想如果我能把自己唱进他的皮肤里，就有可能给他一些额外的力量来帮助他痊愈。但事情出了差错。"他低下了头。"当你用皮肤歌唱时，你本来应该能够按照自己的意愿用歌唱的方式让自己离开。可当我这么做时，我们俩都变成了我的形态。也许是因为我的能力有限没能正确显现它，又或者是因为他是一颗星星而不是一只动物……总之，他被卡住了。从那以后……"特里克干咽了一下。"大多数时候，我在我自己的皮肤里，他在我的体内。但我觉得很对不起他，是我害他一直被困在那里。所以一到晚上，我就把我们唱进他的皮肤里，这样一来他就可以舒展一下他的腿脚了。"

哈珀闭了闭双眼，想起了夜曲对她说的话。"这颗星星每天晚上都在旺德里亚。"

"那些袭击又是怎么回事？"她小声道，"那场冬日盛典……"

"他并没有故意去发起袭击，"特里克说，"冬日盛典正好是星星坠落一周年的日子。他很不安，想回到坠落地找一下线索——就像西尔夫贾克斯提到过的其他星星所做的那样！我试着告诉他了，这不是个好主意，可他真的很固执。"

特里克所谈论的那颗星星，那颗星星——正住在他的体内。哈珀无力地想着。

"我把我们俩唱进了他的皮肤，然后我们走进了空地。他一出现，人们就开始惊慌失措起来。"特里克解释道，"他并没打算造成任何的伤害，但人们却叫个不停，并且一直在踩踏……他只是想要逃跑罢了。"

"那雪地里的尸体呢？"哈珀问道。

"那具'尸体'是我,"特里克回答道,"盛典结束后,我们在树林里迷了路。他试着找到回旺德里亚的路,但紧接着就迎来了清晨。我勉强唱回了我自己的样子,但我冻坏了,而且精疲力竭,然后我就倒在了雪地里。我本来可能已经死掉了,是他用他的体温让我活了下来。那些发现我们的徒步旅行者们,他们全都喝醉了。当他们发现有个人一动不动时,便推测人已经死了。他们立刻去找人寻求帮助,可当他们回来时,我已经离开了。这本来应该作为我并没有死的一个线索,但我想,可能是因为这件事可以用来编造一个精彩的故事,所以也就没人提这事了。"

自从快乐节以来,这些话一直困扰着哈珀:一个人死了……一具尸体躺在雪地里。只是他并不是一具尸体,而是特里克。

"在那之后我们达成一致要更低调才是,"特里克说,"当我变形时,我们要靠近旺德里亚——通常是在午夜的时候。这一切一直都在我们的掌控中,直到今年。"

"今年发生了什么事?"小贼问道。

"我开始接受训练了,"特里克简单道,"我一旦成为了学徒,就被允许去到一部分我以前从来都没去过的地方,我想看多少演出就能看多少……我太兴奋了,在外面待得太晚了。在首演夜之后,我们发生了一起和灯笼有关的小意外……"他看了看哈珀。

哈珀想起了那些被打碎的灯笼，还有危险的金属柱子。"那全幽灵前夜呢？"她问道。

　　"那天好看的东西太多了，我忍不住一直待在外面，"特里克坦白道，"他在午夜前就醒了，发起了脾气，在我的脑子里一阵嘶吼。最后，我找到了一条废弃的走廊，用歌声把我们唱进了他的皮肤，我就是想让他安静下来。所有的人都在音乐厅或是后台，所以我以为不会有人看到他进入我的房间，可他却迷了路，于是我们来到了音乐厅。他不是存心让吊灯掉下来的，他只是受惊后想要逃出去。致敬乐队那晚也是一样——我从音乐会上偷偷溜了出来，我以为服装部没人。他越来越不耐烦，所以我变了形……我根本不知道你在里面！"

　　"可他一直在追赶我！"哈珀提出抗议。

　　"不是的，他是认出了你，"特里克回答道，"从我的记忆来看，他想让你帮帮他——但后来你从楼梯上摔了下来。"特里克垂下了双眼。"他对此感到很内疚，我们俩都很内疚。"

　　小贼突然倒吸了一口气，将手举到了头上，恍然大悟道："那个咒语！这就是为什么它不起作用的原因了——因为你本来就在房间里！根本就没有东西可以召唤，星星已经在那里了，在你身体里！我就知道它不会是个没用的咒语。"

他口袋里的咒语探出身来，朝哈珀吹了一颗覆盆子。

"那爱丝·马龙呢？"哈珀突然想起来，"她也遭到了袭击！"

"不，她没有，"特里克冷冷地说道，"我知道这不可能是'厄运'干的，很显然——我和你一起看的演出，我能感觉到星星一直在我的脑袋里打着鼾。所以，第二天我去服装部查了一下，果然，少了一把鲜血药丸。罗珀在全幽灵夜中用过这东西，让人看起来像是在流血似的，你还记得吗？"

"什么——你是说，她假装遭到了袭击？"哈珀不敢相信道。

"爱丝·马龙是一个脱口秀主持人，"特里克耸了耸肩，"她想要最轰动的故事。"

这惹得哈珀勃然大怒。正是因为爱丝·马龙遭到袭击，才导致委员会采取行动要关闭旺德里亚。他们濒临关门大吉，而这一切都只是因为一个故事？

"你为什么不告诉别人呢？"

"我知道，少了几颗假血丸无法作为充分的证据，"特里克回答道，"而我知道这不是厄运所为的另一个原因，我又没法告知他们。"

"可是你为什么不告诉我呢？"哈珀终于爆发了，"为什么不在我们第一次谈话时就告诉我这些呢？'哦，嗨，我是特里克，我今年十一岁了，顺便说一下，我每天晚上都会变形成巨大的豹子星星！'"几个月累积下来的所有恐惧和沮丧，一下子全都释放了出来，"自从全幽灵夜我相信了这是一个诅咒在袭击我们，并相信这全是我的错后，我一直在四处奔走！"

"我一直在试图告诉你这不是你的错！"特里克辩白道，"我告诉过你那些古老的迷信不是真的！"

"可你知道厄运根本不是一个威胁！"哈珀反驳道，"你怎么就不能告诉我真相呢？"

"我向他保证过，"特里克平静道，"在冬日盛典后，看到人们对他的反应，他让我保证不会向任何人透露他的身份。"他坚定地看着哈珀。"还记得西尔夫贾克斯对我们说过什么吗？对一颗星星所作的承诺，未经他们的允许是不可以打破的？"

"但是，现在你都已经告诉我们了。"小贼指出道。

"是啊，好吧，我们最近有聊过关于怎么合理地做到'永远不会告诉任何人'，"特里克说道，"他答应在绝对必要的情况下才可以告诉别人，我想眼下应该就是这种情况了。"

屋内沉寂了片刻。哈珀深吸了几口气，试着控制住自己的情绪。

"不是说我不再感觉受到了伤害。"最后，哈珀开口道。所有的事都太真实，太接近了。"但是，我是理解的，理解你为什么不能告诉我。不过从现在开始，你必须保证会对我坦诚。无论任何事情。"

特里克充满希望地睁大了双眼，说道："我保证！"

"再也不隐瞒秘密了。"

"再也不隐瞒秘密了。"特里克的脸上露出了让人熟悉的调皮表情，"那你想不想听我谈谈，曾经有一次我想把一只火鼻涕虫当作宠物来养，然后它爬进了弗莱彻的靴子里并把他脚给烫伤了的故事？或者是我有一次在精灵市场上吃完面条，然后整个晚上都在……"

"好了，稍稍隐瞒一些秘密还是可以的。"哈珀咕哝道。

她再次抬起头看了一眼笼子顶部写着的字：豹子星星……在震惊和受伤之余，哈珀忍不住感到有点奇妙。因为，并不是每天你都会发现你最好的朋友可以变形成星星的。

"所以，夜曲和夏普也知道这件事了吗？"小贼问道。

"是的，"特里克闷闷不乐道，"我一来到转角处，跟踪咒语就发作了。夏普抓住了我并给夜曲捎了信，然后他就发现了。"

"说到夜曲，"小贼插话道，"我们需要想办法在他出现之前把你们都放出来。"

"他和夏普一起走了，"特里克说，"我想他是给夏普下了指令让他去干什么，与此同时由夜曲来，呃——处理星星们。"

哈珀飞快地思考着，说道："好的。小贼，快撬开其他的锁，把星星们从笼子里弄出来。我去分散夜曲的注意力，你们快走。然后我们就可以考虑如何联系星星缪斯了。"

"不行。"

"绝对不行！"特里克和小贼异口同声。

"夜曲想要杀死星星们，"哈珀告诉他们，"如果他发现你们在逃跑，我们就没有机会阻止他了！"

"那我跟你一起去，"特里克说道，"不，听着，他伤不了我的，他不会动真格的，因为他知道要是伤到我的话，也就伤到了酷爪，他不会冒那个险的。"看到哈珀一脸困惑，他眨了眨眼解释道："哦——那是他的名字，我称他为酷爪。虽然他讨厌我这样叫他。"

"我想这还是比'厄运'好听多了，"哈珀回答道，"那好。下面，由我们去引开夜曲，小贼则负责把星星们放出来。"

小贼对这个安排看上去并不怎么高兴，不过他还是心软妥协了。"好吧，但他们一自由，我就回来帮你们。"

哈珀给自己打了打气，问道："夜曲去哪儿了？"

特里克朝另一扇门点了一下头，答道："去那边了。"

哈珀最后看了一眼小贼和星星们，转过身走向了那扇门。她小心翼翼地把门打开并走了进去，特里克紧随其后。他们爬上一段快要散架的楼梯，出现在一个光秃秃的房间里。事实上，当哈珀环顾四周时，她意识到他们正在层顶的橡木上，处于穹顶的顶端。他们脚下的地只比梁格宽上些许，旁边是一条蜿蜒的窄步道，下面是非常陡峭的深渊。哈珀瞥了一眼特里克，开始沿着步道边缘前行，双手抓着橡木来保持平衡。

　　"我还是不敢相信夜曲想要杀了星星们，"当他们极其危险地越过狭窄的小路时，哈珀小声道，"他已经是有史以来最著名的星演者之一了，他还想要什么？"

　　"不巧的是，想要的相当多。"从他们身后传来一个慢吞吞的声音。

第二十八章
星星缪斯

哈珀转过身来，她的心提到了嗓子眼。托尔尼奥·夜曲正倚着身后的一根橡木，双臂环抱在胸前，脸上挂着一抹浅浅的笑。紫罗兰的香味悄悄向他们袭来，哈珀向后退去，想避开这令人讨厌的甜腻味，却差点踩穿脚下一根腐烂的横梁。她一把抓住特里克来保持平衡。这时，夜曲举起了一根白色的长棒，哈珀曾在旺德里亚看到过他使用这东西。

"你喜欢它吗？"他沾沾自喜地问道，"我打赌你猜不出这是什么吧。"

哈珀可没打算干等着玩猜谜游戏。"快跑！"她边喊边转身。她壮着胆子用最快的速度穿横梁而逃，尽量控制自己不去看下面的深渊。她向后瞥了一眼，看到夜曲用长棒猛地做了一个动作——那是什么东西？——他们正前方的步道突然坍塌下来，砸落到下面的房间里。哈珀急停下来，但特里克一把抓住了她的手，带她一起跳过了坍塌的洞口，重重地落到了洞的另一边。特里克摇摇摆摆，几乎向后栽倒，哈珀一把拉住了他。

"这边！"特里克指向屋檐尽头一段狭窄的螺旋楼梯道。他们一跃而起，半跑半摔地落在了楼梯上。当他们来到下面的房间时，哈珀抬起头来：她看到夜曲正大步穿过他们头顶上的格子横梁，快速走向楼梯。

"我们的时间不多了，"哈珀小声道，她的心怦怦直跳，"我们得想办法弄到那根奇怪的棒子，他的力量就是从那里来的。"

"没错，但怎么才能弄到呢？"特里克气喘吁吁地反问。

哈珀环顾了一下他们所在的房间。屋内一片漆黑，到处都是旧景片。透过昏暗的光线，哈珀可以看到一些褪色的图片，上面画着城堡、魔法森林和起伏的田野，而另一些图则被灰色的防尘布盖着。哈珀从口袋里取出星光手电筒照向防尘布，脑海中冒出了一个点子。

"快，"她边说边把特里克拉到景片后面并抓住了防尘布的一角。她把防尘布的另一角塞给特里克，她匆匆地将手中的布和其中一块景片系在了一起，并示意特里克也这样做。这样，防尘布就像船帆一样紧紧地绷了起来。夜曲的脚步声从楼梯传来，这让他们惊恐万分。哈珀蹲到另一块景片后面并将手电筒照向防尘布。

"你一有机会就去拿棒子。"她低声对特里克说道。

"我什么时候——"

"先躲好！"哈珀嘘道。特里克刚闪躲到她身后，夜曲就从螺旋楼梯走了出来。他站在楼梯底部，用敏锐的目光扫视着房间。

哈珀静静地深吸了一口气，双手放到星光手电筒的前面，做出了和舞台表演课上一样的猫的形状。她放空头脑，感觉自己周围的空气中有一种来自星物质的寒冷能量在咯吱作响。她深深吸了口气，把注意力集中在了手电筒上并感觉到有星物质从她身上一窜而过，将光束变成了一只完美的复制猫，在灰色的防尘布上闪闪发光。哈珀看见夜曲瞥向了它，然后朝着光源走去。他咧嘴笑了笑，又向她所在的方向迈近了一步。

哈珀把所有的注意力都集中在灯光上并将她的手推向前面，就像拉希莉做的那样。她的那只光猫绷紧了身子，然后和防尘布一起向前逼近，冲向了夜曲所站的地方。夜曲停下脚步，伴着一声咆哮，他被迫蹲下身闪避那只光猫向他扇来的一爪。他脚下一个踉跄，不过手里仍然紧握着那根棒子。

哈珀移动双手让猫张开了嘴巴。在空中，那只光猫咬住了夜曲，他跌跌撞撞地往后退去，而哈珀正蹲在那里。

"你以为玩几个光影小把戏就能打败我吗？"他对着黑暗喊道。

不能，哈珀想着，瞥到自己右边有个身影在移动时，她感到非常满意，毕竟，能分散他的注意力就够了。

当夜曲再次猛然转身，想挥散哈珀的光猫时，特里克飞快地冲了过来。夜曲转过身已经来不及阻止他。当特里克扑向他的手，一把抓住棒子时，夜曲似乎呆住了。有一瞬间，特里克悬停在了空中。随后，他发出一声胜利的欢呼并落回到地上——手中握着那根棒子。他立刻把它扔在地上并狠狠地踩在上面。

"不！"夜曲猛地向前倾向特里克。哈珀感觉自己的心都要从胸口跳出来了。

夜曲一把推开特里克，把棒子从地板上拔了出来。哈珀惊恐地看到那根棒子裂开了，从头裂到尾，但却没断掉。

"你！"夜曲突然咆哮着袭向特里克。

哈珀从景片后面跳出来扑向夜曲，但夜曲已经用胳膊抱住特里克，把他推到了自己前面。夜曲举起裂开的棒子指向了哈珀。

"待在原地别动。"

哈珀定住了！

"这棒子并不像看上去那么容易损坏，对吗？"夜曲边说边敲击了一下棒子。"用脚可能可以踩裂木头或玻璃，但这是骨头——骨头可是由更坚固的物质制成的。"

哈珀觉到不太舒服。"那个——那个是用骨头做的？"

"星星的骨头。我想我在杀他们之前可以先做些实验——于是就借了一两根肋骨，对他们来说也不是多大的损失。当你使用星星的骨头、牙齿或鲜血时，不必像使用星光和星尘那样还需要借助渠道，更不必像耍把戏的猴子那样唱歌、表演或是跳舞，只为了让星物质听命于你。你只要下令，它就会服从。"

哈珀摇了摇头，她一点也不想去想象这类事。"放开他。"她要求道。

"你知道吗，这让我想起了指挥棒，"夜曲将棒子举向有光的地方，漫不经心道，"当我指挥一个管弦乐队时，一切全由我来掌控。我让演奏家们动他们就动，我让他们演奏他们就演奏。事实证明，当你拥有星骨的力量，你也可以控制其他任何东西。"

哈珀无助地环顾房间。她看不到有别的门，也没有窗户——看在缪斯的分上，他们全都在旺德里亚的屋顶里面！他们该怎么做才能出去呢？

夜曲注意到她的目光后咧嘴笑了起来，说道："没错，有点像是被幽禁在这里了，不是吗？我们要不去透透气吧？"

"不……"哈珀突然发现自己正在空中飞翔，笔直地朝着屋顶内拱顶而去。她将双臂举过头顶，猜自己会像昆虫一样啪哒一声撞上屋顶。但就在她快撞上的时刻，圆顶内部融化开来，哈珀飞入了夜空。她掉在了旺德里亚的主屋顶上，然后开始往下滑去。她拼命去抓光滑的屋顶，万幸被圆顶较低的那层拦住了，让她在完全掉出边缘前停了下来。哈珀看着延伸在她面前的月亮湾，在夜空映衬下闪闪发亮。哈珀想尖声叫救命，但在这么高的地方别说听到了，会有人看得到他们吗？

"你知道什么是华彩段吗？我一直很喜欢乐曲中的这一段。"夜曲的声音从她上方传来。哈珀看向屋顶另一边，只见他正站在他弄出的那个洞的边缘，旁边是被他制住的特里克。"华彩段是指当管弦乐队全体暂停时，由独奏者来演奏的段落。一个单独的声音，凌驾在其他的声音之上。"

特里克想挣脱夜曲的压制。尽管夜曲身材苗条，却似乎毫不费力就制住了特里克，而且他的外表似乎一如既往地无懈可击。哈珀觉得这肯定是某种法术——他用法术维持着自己的容貌、时髦的穿着、从皮肤里渗出的甜腻的紫罗兰味。

"我猜那就是你，对吗？"哈珀说时，挣扎着站了起来，"一个声音，凌驾在其他的声音上？"

"可以这么说，"夜曲点了点头，"我正是那个想进一步推动我们的人。如果我们愿意的话，星演者可以比巫师、精灵和其他所有族类都更强大，甚至可以比缪斯更有力量！"

"你为什么要比缪斯更有力量呢？"特里克喊道，"只是为了让自己看起来高人一等吗？"

"我本来就高人一等！"夜曲气愤地跺起他那擦得锃亮的靴子来。"需要给你做个示范吗？唔……要不就让你的朋友沿着这屋顶的边缘往下散个步怎么样？"

哈珀还没来得及留意一脸惊恐的特里克，只感觉自己被猛地往上一拉并转了个圈，使她朝向了较小的那个圆顶的边缘。一股无形的力量从背后推着她——先是一只脚，然后是另一只，就好像有一股七级以上的大风在她背后把她往前送。

"住手！"特里克疯狂地扭着身子，但作曲家紧紧地抓着他。

哈珀握紧双拳，绷紧肌肉，试图抵挡背后那股力量，可这根本是徒劳。她又向前迈了一步。

在他们下面，突然闪过一团模糊的影子。从旺德里亚涌出一串身影——四条狼，两只乌鸦，一只雄鹿，一只熊，一只孔雀，两只松鼠和一只兔子。在他们前面是夺路而逃的夏普，穿过广场蹿入前方的小巷。小贼跟着星星们一起跑了出来也在追着夏普。即使哈珀正处于恐慌中，但如释重负的感觉却越来越强。他们做到了——星星们自由了。

隐约间，她听到月亮湾远处那两座塔楼其中的一座传出了午夜的钟响。即便她的脚被迫又向前迈了一步，危险地靠近着屋顶的边缘，但她还是看向了天空。银月已经到了最圆的时候，又润又圆像颗珍珠似的挂在半空。

"不！不！"

伴着夜曲的喊叫，哈珀感觉到背后的那股力量突然消失了。她眨了眨眼，意识到自己又可以控制自己的四肢了，于是她从屋顶的边缘跳了下来。当她转过身，看到了一个奇怪的场景：特里克的脚浮在了空中，刚刚显然是和夜曲的手连在一起的——那只手空空地张在那里。星骨指挥棒在空中旋转着，弯成拱形不断向上，向上，向上，随即垂直落到了屋顶的边缘。

"太好了！"哈珀喘了口气。与此同时夜曲再次发出了咆哮："不！"

当夜曲向前冲时，脸孔因发怒而扭成一团，他拼命将手伸向指挥棒。他似乎忘记了特里克还在他前面，当他伸手去够时，整个人压向了特里克。特里克摇摇晃晃，就像走钢丝的人一样晃得厉害，然后从屋顶边缘摔了下去。

特里克直直地向地面栽去，哈珀大叫起来。没有较小的穹顶用来挡住下跌的他——在他和街道之间只有无尽的空旷空间。哈珀向前冲去并拼命伸出手，但她离得太远了没法抓住他。哈珀看到，下坠的特里克动了动嘴唇，仿佛唱起什么来。突然，一道银光吞没了他的身体。哈珀屏气凝神地看着那道银光移动、扩大、改变形状，直到——

一只巨大的银豹伸出了一只巨大的爪子，他将爪子插进屋顶的瓦片里，阻止了下跌的势头。他把自己巨大的身体拖到屋顶的一边，用爪子竭力抓住瓦片，就像把手伸进刚下的雪里一样容易，哈珀看得肃然起敬。

"酷爪。"哈珀吁了口气。

那只豹子把脸转向她。他银色的皮毛在月光下闪闪发亮，他的双瞳又黑又亮。他朝哈珀点了点头，然后把注意力转向了夜曲。酷爪一个猛扑，把夜曲扑倒后按在了地上。夜曲发出一声愤怒的尖叫，但这是没有用的：没有了指挥棒，他是敌不过庞大又结实的豹子星星的。

哈珀仰望天空。云层正在移动，一个低沉的隆隆声在空气中慢慢弥漫开来。在她眼前发生了这样一幕：天空正在向左右两边分开。她扫向广阔的天空，想着星星缪斯会知道他们在哪里吗？他能找到他们吗？

"他才不知道星星们在这里呢，"夜曲咆哮道，"如果他不知道他们在哪里，就没有办法把天际公路给他们送过来！"

哈珀望向天空，动起脑筋来。他们需要一个信号——那种明亮耀眼的东西，那种能让星星缪斯知道他们在哪里的东西，让他知道他们需要他的帮助。

在想到完整的计划前，她的手已经伸向了自己的背包。她从包里拿出了那个机械龙，几个月前在冒烟城中设计的，今天还在工作坊里进行制作的东西。如果能给它充入能量，那她给它设计的额外功能将会是完美的信号。但她还没有给它加上发条钥匙，她装进去的星物质全都静静地躺在里面，等待着一次她没法提供的能量的爆发。

又或者……她有办法做到？机械完成品都是靠星物质来提供力量的，但是还有另一种方式可以使用星物质——直接通过歌曲、舞蹈或演讲将它导入，就像舞台表演时所做的那样。如果她提供了渠道，是不是就能把所有的能量都注入到机械龙身上了？靠她自己能让它启动吗？

哈珀知道自己必须试一下，她把所有的注意力都集中在那条龙上并放空了思绪。自从她在皮影课上取得突破以来，这件事就变得越来越容易了。她几乎一下子就感觉到了星物质：当把注意力转向这条可能的通道时，她感觉到了星物质的明亮和冰冷的风。她记起了拉希莉在他们第一天的课上说过的话——你必须知道你想要星物质为自己做些什么，不然它会因此而困惑。哈珀闭上眼开始哼唱起来。

一开始，她甚至都不确定自己在哼什么——当意识到这是一首老歌时，她的脸上露出了微笑，她的妈妈过去常常边唱着这首歌边围着厨房转。这首歌关于爱情、关于梦想、关于能让你飘飘然飞起来的事。在哼这首歌时，哈珀让自己脑海中填满能让自己飞起来的画面——妈妈紧紧抱着自己，吹着小号的父亲脖子上系着那个银色的领结；特里克给她的那本充满了回忆的素描本，拉希莉对她的夸奖，还有在他们偷溜出去后，一直在等他们回来的罗西和安薇。她双手紧握着机械龙，把所有这些想法全都集中到它身上。

当哈珀感觉到星物质顺着她的手臂向下时，她一阵颤抖，身上起了鸡皮疙瘩。星物质按照她的指引一路向前冲去，如同一束激光直接射向了她手中的龙。

那条龙开始发起光来，一开始还很微弱，随着流入的星物质越来越多，它也变得越来越亮。哈珀手中的金属在变冷，直到她几乎无法拿住那条龙。哈珀微微向下沉了沉双手，然后把自己的作品投向了空中。

机械龙在空中咔嗒咔嗒地活了过来，它展开一双铜翅盘旋到哈珀跟前，尾巴还左右摇摆着。它眨动着一双明亮的红玛瑙眼睛，在空中拍动自己发光的双翅，转身直直望向哈珀。

"亮起来吧！"哈珀说。

有一瞬间，她想她几乎看到了小龙露出微笑，然后它便径直飞上了天。在漆黑的天空里，机械龙变成了一个闪闪发光的小点……随后它张开了嘴巴，天空中出现了爆炸。

当她第一次生出自己造龙的想法时，她问图尔西亚大师，是不是有可能让龙吐出的是亮光而不是火焰——五颜六色、如燃烧般的亮光，就好像隐峰有时会亮起的那些能照亮天空的光。这条龙是她在冒烟城构思出来的，所以她想要添加一些明亮耀眼的东西，用来代表她作为星演者的生活。

夜空中，那亮光猛烈地闪耀着，呈现出淡蓝色混合着银色、紫色和柔和的粉色的光芒。它在他们的头顶上飞舞着，闪闪发光，燃烧着，很难被忽视。

下面的星星们似乎明白了她要做什么。西尔夫贾克斯仰起头发出嚎叫，其他三条狼星星很快加入进来。熊星星对着天空吼叫，乌鸦尖叫着，甚至连小兔子也勇敢地发出了叫声。

"你在做什么？"夜曲的脸因愤怒而扭曲起来，"快停下来！"

哈珀感觉到身后刮起了一阵大风。当她转过身抬头去仰望天空时，不禁张大了嘴巴，她找不到合适的词语来形容眼前发生的一切——缕缕蓝色和灰色的光线以最快的速度互相盘转，它像是一场飓风，一团纯净的能量。当这团东西靠近时，哈珀眯起了双眼，她觉得自己在中间辨认出了一个形状：那是一个人的形状，他正骑在一只巨大的鸟背上。

"不！"夜曲朝着天空尖叫。

星星缪斯飞过哈珀的头顶，停在了夜曲上空。风势越来越猛烈，哈珀不得不向后拢住自己的头发好看清发生了什么。

能量的漏斗像一阵龙卷风一样延伸到地面，夜曲被那盘转的蓝灰色光线所吞没。它绕着夜曲打了个转，几乎完全遮住了他的视线。然后用风给出了最后一击。这龙卷风似乎从内部爆裂开来，一股力量叫嚣着冲出，击中了哈珀，她向后一个踉跄。

当她回头去看时，夜曲已经不见了。龙卷风退回到在他们头顶旋转的光团中，那团徘徊的光团慢慢向高处移去。哈珀周围的狂风也跟着弱了下来，她又能看清楚了。

有一阵子，哈珀只是目瞪口呆地凝视着前一秒还站着夜曲的地方。在她还没弄清楚发生了什么事的时候，酷爪跃上了她所在的那个圆顶，重重地落在她面前。他低下头，把她抛到自己的肩膀上，然后向后上方跃去。他的爪子抓着圆顶的侧边，朝屋顶的那个洞爬了过去。安全返回屋里后，他立刻小心翼翼将哈珀放回到地上。

"你还好吗？他有没有伤到你？"她望着这只遍体鳞

伤的大豹子问道。他吸了一口气，然后摇了摇头，并蹲身坐了下来。

哈珀犹豫地伸出一只手来，问道："我能摸摸你吗？"

酷爪低下头，哈珀伸手摸向他的背部。他的皮毛柔软顺滑。她一路摸到了他的脑袋，他又吸了一口气并甩起尾巴来。

哈珀好奇地看着他。"你不怎么爱说话吗？那对你来说，要一直待在特里克的脑袋里肯定是一场噩梦吧。"

酷爪没有回答，但他用略低了低头的方式让哈珀感觉他对此表示同意。

"哈珀！"

突然，小贼穿过房间向他们跑来。"发生了什么事？夜曲去哪里了？"他问道。

"我也不确定，"哈珀直言不讳，"星星缪斯一来，他就……把所有的风和能量都集中到了夜曲的周围，然后我知道的就是他不见了。"

哈珀望向小贼背后。西尔夫贾克斯和其他的星星们也蹦跳着上了楼梯，穿过房间，围绕在圆顶的那个洞周围。哈珀伸手搂住狼脖子，紧紧拥抱了他。

"那么，眼下是怎么回事？"她问时收回身，抬头仰望天空。那一团蓝色的东西还在他们上方盘旋，但哈珀觉得它表现出了一种更加友好的氛围。

"现在，"西尔夫贾克斯回答道，"我们该回家了。"

哈珀点了点头。要和狼群说再见让她很难过，可他们属于那里。她望向酷爪，问道："那你呢？"

酷爪摇了摇头，仰望天空的双眼看上去透着哀伤。

"我想只要他还被困在特里克的身体里，就没法回去。"小贼说。

"我们就不能把他们分开吗？"哈珀望向西尔夫贾克斯。

"皮肤歌唱是一种人类的天赋——很罕见的那种。这不是星星缪斯能管得了的，"西尔夫贾克斯回答说，"如果能有办法把他们分开的话，他们肯定已经找到办法了。"

酷爪朝着西尔夫贾克斯望了好一会儿，然后对他点了点头。酷爪转身趴到地板上，将自己巨大的脑袋靠在了爪子上。

哈珀将手放在他的脖子上。酷爪不会带着特里克和他一起返回天空，这让她感觉松了一口气，但同时，也为这颗星星被困在了不属于自己的地方感到非常难过。

天空中突然亮起一束光。他们头顶的云彩整个一分为二，突然间，哈珀看到一条由纯净的光所组成的闪闪发亮的道路，从天空直接延伸到他们站着的地方。

"天际公路。"哈珀低声道。

两个松鼠星星率先动了起来，他们跳向屋顶的那个洞，然后跃入空中。哈珀深深地吸了一口气，害怕了好一阵子，怕他们会掉下来，不过他们干净利落地站在了闪闪发光的公路上，然后飞向了天空。

乌鸦星星飞了起来，向上翱翔。熊星星缓缓地穿过洞口，向下掉了一大截，哈珀被惊得大叫起来。接着熊星星被拉起来，头脚颠倒地上了公路。西尔夫贾克斯把鼻子贴在哈珀的脸上蹭了蹭，然后将他的同伴们带向公路。

"等一下！"哈珀叫道，西尔夫贾克斯回过了头。"西尔夫贾克斯，我们必须把你们的事告诉大家——关于这一年究竟发生了什么。如果我们不这么做的话，他们还是会关闭旺德里亚的。等你们安全地回到了天上，我们能不能把真相告诉大家？"

"当然。"西尔夫贾克斯点了点头，然后转过身跃入空中。

当西尔夫贾克斯和他的伙伴们降落在天际公路并朝天空而去时，哈珀一下子感到如释重负。所有的星星都越过公路后，发生了一个小型的内部爆炸，然后星星、公路还有缪斯本人全都消失不见了。

他们身后一片寂静。那条机械龙回到了哈珀肩头上。听到酷爪深深叹了口气，哈珀飞快地亲了一下他巨大的脑袋。她最后看了一眼天空，然后转向小贼。

"那么，现在我们该做什么呢？"

小贼微微一笑，说道："现在，我想他们可能想要一个解释。"他向下点了点头。

哈珀低头看向城市。在天空一分为二和星星返回家园的那段时间里，广场上聚集了一大群人。大家都抬头望着他们，嘴巴大张，惊呆在原地。他们中间站着的是拉希莉，洛里和弗莱彻，哈珀开心极了。

"那些都是什么呀？"人群中有一个声音道。

"是诅咒！"另一个人喊道。

"不，他们都是鬼魂！"

"他们是启示录中的走狗！我们都完了！"有人尖叫着，跪在地上磕起头来。

"他们才不是那些东西呢！"在人群陷入混乱前，哈珀向着下面大喊起来。她瞥了一眼酷爪，他已经退到了谁也看不见他的房间里。他似乎在哈珀的脸上读出了她想问什么，他点了点自己的大脑袋。哈珀转向人群并做了一个深呼吸，然后大声地说道：

"他们是星星。"

第二十九章
星光

星星的真相在隐峰引起了相当大的轰动。坊间一直流传着星星拥有"隐藏模式"的传闻，他们其实是动物这一发现，让许多人陷入疯狂。光明坞区的学者和大师开足马力，宣布通宵开放图书馆和天文台，发表了数十篇学术论文详细阐述这些新的信息对星演者的意义；还组织了与所谓"专家们"的谈话，这些专家声称，他们一直都知道星星的真相。有报道称，理事会正在考虑将银月之夜定为一年一度的假日，用以庆祝这一重要发现。许多新闻工作者和记者出现在旺德里亚，想采访"那个在屋顶上的孩子"，但弗莱彻兴高采烈地赶走了他们，他认为这样对哈珀比较好。

这对哈珀来说是这辈子最奇怪的一周：一切都从她在

屋顶上向一群吓昏了头的陌生人曝光了真相开始——

星星们一返回天空，她就向大家揭示了他们本来的面目，这引起了轩然大波：人群发出喘气和叫喊，大声提问或提出要求。弗莱彻设法用他的魅力加上免费饮料来安抚人群，说服他们为了自身安全继续留在外面，而他则会去调查到底发生了什么事。当弗莱彻走向旺德里亚时——夜曲消失了，他对这个地方的威胁也就解除了。小贼转向哈珀，说道：

"嗯——不得不说，我也该走了。"

"什么？"哈珀很沮丧，"可你帮了我们！是你解放了星星们！难道你不想让每个人都知道吗？"

"并没有特别想，"小贼回答道，"你可别忘了，某种意义来说我还是个逃犯。再说了，我在公众面前总是会把事情搞砸。"他坐立不安，很显然是想在弗莱彻过来前就离开。

哈珀瞥了一眼酷爪，他也正看着小贼，明显在聆听着他说的每一个字。

"那么，你现在有什么打算呢？"她问小贼。

他耸了耸肩，说道："我有几件私事要处理一下，可能会去北面。一路上，我会尽最大的努力保护我的脑袋不被人砍掉。"

哈珀叹了一声，说道："最好是这样。"

她看着正在他口袋里睡觉的咒语问："你在路上会把它放生吗？"

小贼懊恼地摇了摇头。"我想我做不到。我都给它起好名字了，我喜欢上他了。"

"你给咒语取了名字？"

"是的。来见见欧里庇得斯·巴尼巴斯·西庇太一世。"他冲着哈珀露齿一笑，"我开玩笑的！我管它叫乌贼。"

哈珀觉得这名字也好不到哪里去，不过，就给宠物咒语取的名字有多愚蠢一事去争论的话，她觉得自己可能也争不赢。

"来，拿一个吧。"小贼把手伸进口袋并掏出了一个金蛋，"这个蛋是不限次数的——你可以用它发消息，想发多少次就发多少次，它会一直重新聚合成形。如果你有需要我帮忙的地方，只要把它砸碎，我就会过来的。"

"谢谢，"哈珀一边说一边小心翼翼地把鸡蛋装进口袋里，"谢谢你所做的一切。"

酷爪抬了抬爪子，非常认真地望向小贼，然后舔起他的脸来，从下巴一直舔到头发。小贼嘶嘶地抽气，一脸震惊的表情逗得哈珀大笑起来。

最后，小贼冲他们咧嘴一笑，把一个鸡蛋往地上一砸，便消失在了一团淡紫色的尘雾中。

"伍尔夫小姐？"弗莱彻出现在房间里，他的眼睛睁得大大的，因为他面对的是那只一直给他的剧场造成恐慌的巨型豹子。

哈珀看向酷爪，酷爪耸了耸他那巨大的肩胛。

"我想我们得做一些解释才是。"她说道。

一周后，收到瓶子信使的召唤，哈珀站在了弗莱彻书房的大门前。这与上次来这里时已经完全不同了，当时她无意中听到的是拉希莉在谈论要关闭旺德里亚的事。哈珀敲了敲门，门内响起了弗莱彻让她进去的声音。

当哈珀打开门，她发现弗莱彻正坐在办公桌前，手托着下巴。他对哈珀笑了笑，看上去有点疲惫，倒并不生气。

"啊，伍尔夫小姐。谢谢你能过来。"

"唔——这没什么，"哈珀微微涨红了脸，"您要见我是有什么事吗？"

"嗯，首先，我想告诉你一个最新消息，我想你会很高兴听到的。那就是星演者委员会放弃了他们关闭旺德里亚的提议。"

哈珀的心怦怦直跳，问道："真的吗？"

"是的。他们现在已经知道了所谓的'诅咒'实际上是星星们——有一大群人能证明那些星星现在已经安全返回天上的事实，所以威胁等级已经大幅降低了。他们可能会在附近逗留几天解决一些悬而未决的问题，不过旺德里亚将继续开放。"

这个消息让哈珀生出一股既喜悦又如释重负的感觉来。她曾经很肯定，理事会在听到真相后会撤销这起案件，但由弗莱彻正式说出来还是很让人高兴的。

"那夜曲呢？还有夏普？"

弗莱彻叹了口气。"夏普失踪了。至于夜曲……"

哈珀不喜欢他的语调。"他怎么了？"

"好吧，我把你的事告诉了当局。我指出了那些可怕的笼子，以及我屋顶上炸开的大洞。但他们似乎并不相信这是夜曲明确参与其中的证据。他们的建议是，或许在发生所有这些激动人心的事情时，其中的某些可能是——呃——你和特里克想象出来的。"他一脸严肃地沉思道，"当你很有名又非常有钱的话，人们便不怎么愿意去调查你的不当行为。"

哈珀感到一阵愤怒。想象出来的？"那么，在他做下这桩桩件件的坏事后，就让他这样逍遥法外吗？就因为他有钱又有名？"

"我不会说'让他逍遥法外'。毕竟，在发生了屋顶上的那些事后，我们甚至都不能确定他是否还活着。谁知道星星缪斯会怎么对付他。但是，当局不会调查他。"弗莱彻望向哈珀的双眼，向她保证道："但请放心，伍尔夫小姐，如果托尔尼奥·夜曲再兴风作浪的话，我们将会阻止他。"

哈珀点了点头。这件事仍然困扰着她，但她知道弗莱彻会信守他的承诺。

"那其他公众呢？"她问道，"他们知道旺德里亚不再是个危险的地方了，对吗？"

弗莱彻笑了起来。"我想是的。知道四个诅咒不在我们中间时，这让许多人都松了一口气，他们都愿意用一种更宽容的眼光来看待过去几个月发生的事。确实，有很多人已经站了出来——啊咳——评估他们所目击到的情况，把它们归因于是巧合，或是意外，或直接归因于人们的恐慌。"弗莱彻温和地补充道："爱丝·马龙遭到袭击的事也全部是捏造的，这消息很快就会透露出去！这应该有助于驱散任何挥之不去的恐惧。"

"她坦白了？"哈珀表示怀疑。

"哦，没有。不过这件事被人以某种方式告知了《星演者演出日报》，她的几位前同事似乎非常高兴能揭穿她。"

"太好了！"哈珀态度坚决道。

"第二件事，"弗莱彻说，"就是据普通民众所知，全部十三颗星星都已经回到天上了。他们没人知道其中还有一颗仍然留在地上，而且还被困在了我侄子的身体里。特里克不想把这事告诉别人。我相信你能替他保密吧？"

"当然能！"哈珀惊讶道，"如果特里克不想告诉任何人，那就没有人会从我这里听到这件事。"

"很好。"弗莱彻微笑道。

"你觉得你能把他们分开吗？"哈珀悄声问道。

弗莱彻揉了揉脸。"这和我以前听说过的那些事可不太一样，它需要进行大量的研究。"他脸上又露出了一丝他常有的表情，"幸运的是，我可是非常聪明的。"

哈珀点了点头，说道："我会尽我所能帮忙的。"

弗莱彻看着她。"我很高兴他能有你这个朋友。我一直认为替自己保守秘密是一件孤独的事情，我很高兴至少有一个人能和他一起。"

哈珀不知道该对此说些什么，但一种温暖的感觉在她心里冒着泡，让她的脸上露出笑来。

"嗯，如果我是你的话我会回到学徒宿舍去，"弗莱彻说，"我知道赫尔贾这周给你塞了很多健康丰盛的食物来帮你缓解受到的惊吓。我相信今晚的菜单上会有卷心菜、肝脏和菠菜。特里克一定会激动不已。"他笑着迎上哈珀的目光。

哈珀简直不敢相信，一切这么快就恢复了正常——或者至少，恢复到了和旺里德亚平时一样正常。尽管弗莱彻

368

已经说服拉希莉解除了对他们的惩罚，但他们的年终表演还将继续，这意味着哈珀的大部分时间都奔波在了工场和学徒宿舍之间。在银月之夜看到自己的创作如此成功后，哈珀迫不及待地想在他们的表演中展示它。

除了他们的展示，学徒们讨论最多的话题便是托尔尼奥·夜曲的音乐会——或者说是他缺席的音乐会。显然，对此的解释是夜曲生病了，无法在最后一刻出席。作为替代，每个人都参加了一场由月亮湾小学业余管弦乐队举办的"特别音乐会"。每当罗西谈到这件事时，她的眼睛便抽搐起来。

哈珀的同学们并不知道夜曲参与了星星的事——当局驳回了哈珀和特里克的申明，他们非常有效地压下了这件事，哈珀也不想让她的朋友们认为她是在胡编乱造。尽管如此，当她和特里克看到罗西贴的海报，或是听到朋友们讨论，说希望夜曲什么时候能再来开一场音乐会时，还是会觉得煎熬。

在年终演出的当晚，音乐厅里坐满了星演者。哈珀站在后台，看着她的学徒小伙伴正在对他们的项目进行最后一刻的调整，开声暖嗓和做哈珀看着都肌肉酸疼的四肢拉伸。其他初级学徒们对她的态度明显变得温和了，自从星星们的真相被揭露，现在终于证明了哈珀没有给他们带来厄运，也不需要对此负责。有些人对她说"嗨"并会跟她聊上两句，凯拉·格里芬，阿尔西娅的得力助手，可能还对着哈珀微笑了那么一下（也可能只是消化不良）。然而，仍然有些事情困扰着哈珀。特里克的解释让哈珀几乎理解了过去一年发生的所有事——首演夜的意外，全幽灵前夜在服装部遭到的攻击——但他们仍然无法找到，第一次展示时舞台会发生爆炸的原因。

在爱丝·马龙"遇袭"一事曝光后，哈珀心里初步勾勒出一个想法，她决定看看自己是不是猜对了。她把机械龙小心地放在后台的架子上后，悄悄走到舞台的另一边，阿尔西娅正站在那里准备她的展示。

哈珀不知道阿尔西娅会展示什么，似乎是她头上那只会上蹿下跳的宝石孔雀。哈珀从阿尔西亚身边经过时，假装被绊了一下并狠狠撞向了她。

"啊！"

摔倒在地上的哈珀抓住了阿尔西娅的表演服，把她也一起拉倒在地。

"你要干什么？"阿尔西娅尖叫道，"你这个笨手笨脚的家伙！"

哈珀并不在乎阿尔西娅怎么称呼她。她一个猛扑抓起了几件刚刚滚落在地板上的东西。

"我就知道！"哈珀说着将这些东西举到阿尔西娅面前。她手里攥着的是用两个非常小的玻璃瓶装着的星光。

"这就是我们上次展示时舞台会爆炸的原因，对不对？"哈珀问道，"是你！你引爆了两种类型的星物质，你明知道将它们放在一起会产生激烈的反应！"

阿尔西娅瞪了她一眼，说道："你没法证明这一点。"

"你为什么要陷害我？"哈珀问道，"我的意思是——你也会害了你自己，还有你的朋友们！这样做根本不值得不是吗？"

阿尔西娅从地板上站了起来，一本正经地掸去演出服上的灰尘。"听着，别以为你通过用诡计占了上风，就意味着我对你的看法是不正确的。你不属于这里，你永远也不会属于这里的。"说完，她便扬长而去。

哈珀目送她离开。曾经，这些话会让她痛彻骨髓。而现在，她发现自己并不那么在意阿尔西娅怎么说自己了。经过最近发生的这所有的事情后，她知道她已经证明了自己在星演者中的价值。如果还有其他人仍然心存疑虑，在她做完展示后，他们就会打消疑虑的。

厅内的灯光暗了下来，一年级的学徒们一个接一个地走上舞台。安薇一边唱歌一边变出一片又一片的云彩，从棉花糖的粉色到极深的紫色，舞台上飘满了雨雪并偶尔亮起闪电。罗西双手画着树叶和藤蔓，沿着她的皮肤一直盘绕到双臂并越过肩膀，盛开出生气勃勃的花朵。特里克表演了一段非常长且具有戏剧性的死亡演讲，摘自一部伟大的星演者悲剧，他足足拖了十分钟的时间在抽搐，直到最后倒在了舞台上方一股红色丝带的漩涡中。

最后，轮到哈珀上场了。她深吸了一口气，然后拉直了她脖子上的领结。

"诅咒你会被一千只蜜蜂叮咬！"特里克慢慢跑下台时，对着哈珀咧嘴一笑。

"也希望你被狼咬掉脚趾头。"哈珀在走上舞台前回答道。

按她所要求的，音乐厅一片漆黑。哈珀小心翼翼地穿越舞台，来到中央站定。她把手伸进口袋，手指紧紧地握住金属物体，取出了机械小龙。

"亮起来吧！"她低声说着并举起双手。

一道爆发的光照亮了音乐厅。突如其来的光闪耀着，将观众席点亮成白色、淡紫色、蓝色和玫瑰色。小龙低空掠过观众们的头顶，七彩的光芒铺满了整个音乐厅。四周的灯光像火焰一样跃动起来，越跳越高，直到围绕在枝形吊灯周围闪闪发亮。

"就像极光一样！"前排的一个女士因激动而喘息着对她身边的男士说道，"记得吗？我们在蜜月时看到过！"

龙又呼出了一片光，但这一次，这片光并没有像波涛一样拍过礼堂，它分散成一堆闪闪发光的光球，就像他们在星星缪斯仪式上放出的玻璃球。他们在观众的头顶上来回摆动，然后盘旋上升到了天花板，像蜡烛一样闪动着。

哈珀站在那里，龙回到了她的肩膀上。哈珀被机械龙创造的光所照亮——而她创造了那条机械龙。

观众爆发出热烈的掌声。从哈珀所站的位置，她可以看到弗莱彻脸上洋溢着微笑，拉希莉点了点头表示认可。罗珀和约瑟夫站起来为她的精彩表现鼓掌。最重要的是，她只瞥了一眼后台，就能看到特里克、罗西、安薇和其他的学徒们正为她欢呼雀跃。

哈珀咧嘴一笑，在那一刻，她觉得自己好像可以毫不费力地一下子点亮一百个音乐厅。

在学期最后一天，拉希莉告诉了他们所有人展示演出的成绩。他们都以良好的成绩通过了考试，甚至包括阿尔西娅。哈珀尽量让自己不要对此表现得太不情愿。她和特里克都荣获了黄金等级，她的表现被评价为"高超的机械技术令人印象深刻"，而特里克则被评价为"超长的且令人毛骨悚然的死亡表演令人印象深刻"。特里克咧嘴笑了起来而且立即宣布，他打算把这个裱起来挂在他的床头。

作为年终礼物，拉希莉带来了一块巨大的巧克力蛋糕，是她爱人烘焙的，他们全都围坐在一号排练厅里开心地吃着蛋糕。

"所以，学期就这样结束了？"哈珀一边舔掉手指上的奶油一边说道，"整个夏天我们都会放假吗？"

"是啊，"特里克回答道，"但别兴奋太早——我们不可能连着几周都在海滩上晒日光浴的。夏天是旺德里亚最忙碌的季节，所以弗莱彻总是会给学徒们找些事来做。比如缝补演出服装，或是帮忙装灯，或是追着罗伯塔夫人转，把温度刚刚好的苏打水递给她。"

听到这些，哈珀暗自高兴。在长时间担心自己会失去这一切后，她是不会为夏天要花一些时间帮忙去做点针线和安装工作而抱怨的。不管怎么说，在海滩上晒日光浴听上去就很无聊。

那天晚上，大多数学徒决定到城市里去。很明显，天文台已经为连夜观星的人打开了大门，邀请大家用他们最好的望远镜看看是否能发现星星的形状。特里克不得不拒绝——他已经下定决心要将酷爪的秘密保护得更好，并且决定每天在午夜之后，至少待在豹子星星的皮肤里一个小时。哈珀决定留下来陪他，他们整个晚上都在用松饼干杯庆祝。与此同时，哈珀开始给妈妈写第二封信——她有许多事要告诉她。

有那么一阵子，他们静坐在友善的氛围中，屋内只听得见哈珀的钢笔划动的声音。当哈珀写完信，又附上了一列建议日期，妈妈夏天来看望她时可以参考。完成后，她抖了抖疼痛的手腕并看向特里克。

"一个脑袋里有两套记忆，这是不是会造成困扰？"

"对酷爪来说不太会，"特里克回答道，"他认为我才活了那么一点点时间，我的记忆几乎都填不满一个针箍。对于我——有时候，的确会。我偶尔会从空中瞥见他的记忆。活在这样一个无边无际的空间，活了这样无穷无尽的年头……"他微微颤抖了一下。"老实说，看得我头疼。"

说到这里，特里克放下了他的松饼。"我最好还是回我的房间吧，都快午夜了。"

哈珀收起了自己的书并和站在楼梯上的特里克道了晚安。当她走进自己的房间时，换了一套颜色明亮又舒服的睡衣，不过她并没有上床去睡觉。相反，她站到了窗子跟前，身侧的双手紧握成拳，抬头仰望起星星来。自从他们回到天上后，哈珀就一直幻想自己几乎能把他们的动物形状都给认出来：一双翅膀在这里闪过，一条巨大的毛茸茸的尾巴在那里猛地一抽。当她仰望他们时，脑海深处会浮现出一丝恐惧，有个焦虑的声音在疑惑，夜曲是不是真的消失了，或者他是不是还会回来——来找星星们，找酷爪，或是找哈珀本人。哈珀摇了摇头，试图打消这个念头。他们打败过他一次，不是吗？如果他回来的话，他们只需要想办法再打败他一次就是了。

事实上，当哈珀想到这一年她所克服的一切，她简直不敢相信。她穿着睡袍和拖鞋出现在隐峰，对星演者和星物质一无所知，也不知道任何魔法的背后都隐藏着边界。她从来没有想过这一年会有多么艰难，她要面对多少黑暗。但也有一些其他的事情是她同样没有想过的——她没想过把星光握在手中是什么感觉，站在舞台上看到观众对你创造的东西惊叹不已是什么感觉，拥有无论发生什么事都会坚定不移地站在你身边的朋友们又是什么感觉……

学徒宿舍响起了午夜的钟声，片刻后，哈珀听到下面两扇门远的地方传来一阵窸窸窣窣的声响。一个巨大的身影从特里克房间的窗户窜入黑夜之中。酷爪伸展着四肢，爪子稳稳地抓住了地面。随即他抬头仰望，看到哈珀也在看向他。

哈珀在窗台上张开自己的手，露出了握在掌中的东西：是她那只小小的机械龙，它黄铜的鳞片在月光下闪着微光。哈珀将它抛向窗外，于是它立刻活了过来，直直望向哈珀的双眼。

哈珀朝那颗星星点了点头，小龙似乎明白了。它转身跃入空中，边飞边喷出一束彩色的光芒。哈珀透过窗户看到豹子星星转身跳进了更深的夜色中，她的小机械龙盘旋在他上方，一路保护着他。

（本册终）

376

正值午夜时分，群星纷纷坠落……

在这本书中，藏有 13 个星星坠落地，
你找到它们都在哪里了吗？